S — I — G — N — A — L

信號

시그널

上

金銀姬 著

胡椒筒 譯

(《 編劇的話 》)

用 2 年時間寫下了這 16 集劇本，在此期間，最讓我苦惱的是該如何呈現故事裡的人物。雖然過程是孤獨、痛苦的，但託那些陪我一起苦惱的朋友的福，才有了《信號》的誕生。

感謝一起走到最後的金元錫導演，奪目耀眼的演員們，感激不盡的工作人員，以及成為堅強支柱的 tvN 電視臺；不畏辛勞、一直在身邊鼓勵我的編劇組世利和潤熙，還有 Astory 的朋友，再此向大家深表感謝。

仍有我們尚未解決的案件，我懇切的祈禱，20 年後，這些傷痛可以得到治癒。

不放棄才會有希望。

—金銀姬—

((演員的話))

無論何時開始新的作品，我內心都會感到興奮、激動——但《信號》這部作品可能是個例外，大概是因為了解那些苦痛後，才投入準備工作的關係。

儘管如此，我還是選擇了拍攝這部作品，只因那一句話：「都過去 20 年了，至少在你那裡，應該有所改變了吧？」可惜我們所在的現實，並沒有任何改變。

所以，我認為至少應該有人站出來吶喊，我希望可以從自己的嘴巴裡喊出來！這裡有悲痛，有力不從心的現實，還有一直吶喊著的我們。

從這層意義來看，《信號》不是讓人回想起無數痛苦的作品，它是這沉重世界裡的一線希望。

—— 李材韓／演員 趙震雄

珍惜再珍惜，一直珍藏在心中的 16 集劇本。

於是，你我的時間又這樣連接上了。

—— 車秀賢／演員 金惠秀

金銀姬編劇並沒有忘記，她透過《信號》再次展現了在那些流逝的時光裡，被遺忘的案件受害者及家屬的痛苦。在此向她表達真心的感謝。

讓我們熱血沸騰的《信號》如今轉換成文字，希望能夠感動更多人。

—— 朴海英／演員 李帝勳

人們總稱我們為「戲子」，卻期望我們像「文人」一樣生活。有幸能參與這部蘊含時代精神的作品，身為「戲子」，《信號》讓我感到無比驕傲！

—— 金偕哲／演員 金元海

她的文字真實牢固，在不眠與宿醉的深淵中，撈起這些文字匯集成書，希望可以給更多的人帶來安慰……

—— 金范洙／演員 張鉉誠

信號……歪斜了的瓦片，屋簷下等待母親的孩子流著眼淚，未曾現身的母親……向著真實邁出一步。

童年時的陽光，燦爛的臉龐。總是令人想哭的無力感，殘酷的現實，如今卻成為充滿淚水的回憶……

「不……不好意思，我們之前是不是在哪裡見過？」

如今，孩子已經長大成人……

—— 安治秀／演員 鄭海均

((劇本用語說明))

D（Day）	白天
N（Night）	夜晚
S （Scene，場次）	組成電視劇的單位之一。相同的場所、時間裡連貫的動作與臺詞，構成一個場次。
Insert（插入）	為強調特定的動作或情況而從中間插入畫面，使情節更加明確，場面表現更加淋漓盡致。Insert 一般使用於特寫場面與一般場面之間。
Montage （蒙太奇）	將不同時間、畫面剪輯在一起的技法，常用在快速體現情感、情節或人物思想的變化。
Tilt Down	攝影機垂直由上至下的拍攝手法。
Tilt Up	攝影機垂直由下而上的拍攝手法。
Zoon In	鏡頭慢慢朝目標拉近的手法。
Quick Zoom	快速的 Zoom In、Zoom Out。
Omit（刪除）	最終版劇本中指示省略鏡頭的用語。

編按：本書盡可能忠實呈現了編劇金銀姬創作的劇本原貌，此為最終版劇本，其中包含電視劇未播出的部分。

車秀賢　　**20 代～ 30 代 [1]（女）／長期懸案專案組刑警**
講話簡潔有力，氣場十足，一個眼神、一個動作就能
震懾旁人。於驚險的現場出生入死、資歷 15 年的資
深刑警。

朴海英　　**20 代～ 30 代（男）／長期懸案專案組罪犯側寫師**
20 代後半段，警察大學畢業後晉級警衛 [2]，堪稱警界
精英，卻對世界充滿不信任。

李材韓　　**20 代～ 30 代（男）／重案組刑警**
不懂得要小聰明，一旦認定的事便會勇往直前的耿直
刑警。在暗戀的女孩面前卻是個連眼神都不敢對視的
害羞大男人。

金范洙　　**30 代～ 50 代（男）／警察廳搜查局長**
追逐名利、亟欲出人頭地。

安治秀　　**30 代～ 50 代（男）／首爾地方警察廳廣域搜查隊股長**
實際上是警察廳搜查局長金范洙的一顆棋子，過去在
鄉下警局當刑警時，初次遇見李材韓。

張英哲　　**50 代～ 60 代（男）／國會議員**
與大盜案、仁州女高中生案有關的國會議員。

金偕哲 40代（男）／長期懸案專案組刑警
和秀賢一樣，同屬振陽警局重案組刑警。

鄭憲基 30代（男）／長期懸案專案組科學鑑識員
外表看起來是個不折不扣的大叔刑警，卻有著背叛冷酷外表的細膩內心。

黃義景 20代（男）／廣域搜查隊義警
身強體壯，警局中的小鮮肉。在辦公室負責打雜、跑腿，常被前輩呼來喚去。

吳允書 30代（女）／國家科學搜查研究院法醫
從3公尺外看冷酷、性感、聰明，但站在30公分處跟她對話，就會發現是個輕浮的人。

朴善宇 10代（男）／朴海英的哥哥
被看不到的背後勢力陷害，成為仁州女高中生案的嫌犯。

幼年海英 （男）／朴善宇的弟弟
和哥哥感情非常好，幼年經歷家庭的不幸。

---

1 韓語中，表示年齡段用「代」指稱，如10代指10～19歲、20代指20～29歲，以此類推。
2 韓國警察位階由低而高依序為：巡警、警長、警查、警衛、警監、警正、總警。

目錄

編劇的話　　　　　　　002

演員的話　　　　　　　003

劇本用語說明　　　　　005

登場人物　　　　　　　006

第一集　　　　　　　　009

第二集　　　　　　　　063

第三集　　　　　　　　107

第四集　　　　　　　　151

第五集　　　　　　　　199

第六集　　　　　　　　245

第七集　　　　　　　　289

第八集　　　　　　　　331

導讀與推薦　　　　　　373

第一集

－　下午。夏日蔚藍的天空下，孩子們的喊叫聲和歡笑聲。運動場上進行了好一會的體育課，兩人一組打羽毛球。空蕩的階梯上，看起來像是生病了、臉色很難看的允貞（12歲，女）安靜注視著運動場。

運動場對面的大樹下，沒有羽毛球拍的海英（12歲，男）一個人踢著樹幹，兩人視線相對。海英像是討厭與對方互看，避開視線後盯著地面獨自蹲坐下來，用石頭畫著什麼。過了一會他突然抬起頭，發現階梯處的允貞不見了。去哪了？他四處張望。突然允貞出現在眼前，露出甜美笑容把自己的羽毛球拍遞給海英。但海英瞥了允貞一眼，冷漠的閃開了，站到離她很遠的地方。允貞難為情的、以不知道自己哪裡做錯了的表情看著海英。接著響起放學的鐘聲「叮咚噹咚——」。

＊字幕 — 2000年7月29日

－　奔跑的腳步聲，呼喊朋友的聲音等。平凡且歡樂的放學時間，不喜歡和大家一起行動的海英獨自坐在教室裡。零星的雨點掉了下來。

－　孩子一個接一個揹著包包、歡快的跑向大樓門口，突然降下陣雨，讓到了門口的孩子們徬徨駐足，整個穿堂變得熙熙攘攘。

－　時間漸漸流逝，出現了打著雨傘來接孩子的父母。孩子一個個跟著父母離開，來往的人群中，隱約看到攀爬架前有人撐著一把黑傘……

－　很晚才從教室出來的海英在穿堂前停下腳步。允貞一個人站在那裡。

海英看了看自己手中的雨傘，一把破舊不堪、生鏽的雨傘。允貞突然回過頭來，與海英視線相對。海英反射性的把雨傘藏到身後。允貞靜靜看著海英，海英以更冷漠

的表情忽視允貞，從她身邊閃過，沒打傘就淋著雨跑向運動場，拋下身後愈來愈遠的允貞。

淋著大雨跑向正門的海英，看到攀爬架前撐著黑傘的女人，停下腳步。雖然看不到被傘遮住的臉，但可以看到紅色高跟鞋、顏色豔麗的項鍊和花哨的手環。沒有撐傘的手，手指甲剪得極短，傘下露出的嘴唇塗了紅色口紅。一直望著學校的女人正要看向海英的瞬間，海英轉移視線，轉頭快速朝學校正門跑去。忽然，他停下來……覺得哪裡怪怪的。回頭一看，遠方朝後門走去的女人一手牽著允貞。看著她們離去的幼年海英也轉身走掉……音樂響起……

S／2　　Montage

– 音樂響起，畫面快速閃過。
– 簡陋的套房，海英獨自吃著泡麵。這時，破舊的電視裡傳出即時新聞。

主播　　即時新聞。京畿道振陽市一名小學生於放學途中遭到綁架，目前警察已展開調查。

海英抬起頭，看到主播身後露出笑容開朗的允貞照片，嚇得一動不動。

– 振陽國小正門前，記者拿著麥克風肆意採訪上學的孩子們。「你認識金允貞嗎？」「對於金允貞同學被誘拐，你有什麼看法嗎？」「允貞同學平時為人如何？」海英站在人群中，一臉受驚嚇的表情看著前方。
– 路過電器行的幼年海英，看到播報新聞的主播後方出現徐亨俊的照片。

主播　　現已確認誘拐金允貞小朋友的主要嫌犯。從勒索信及現場發現的指紋，可以研判嫌犯為徐亨俊……

　　　　　　　　畫面放大徐亨俊的照片，海英看著新聞畫面。

海英　　　　（顫抖的眼神）……帶走允貞的人……是個女人啊……

－　警局前。以害怕的表情望著警局的幼年海英。
－　走進警局大廳的孩子的腳。看到因誘拐案奔忙的警察，海英再次感到害怕，倒退了兩步。在海英當下的反應中……
－　過去，在海英家門前，看著善宇被捕的海英。
－　過去，在法院押送車前，呼喊著「不是哥哥」的海英。
－　現在，走進警局大廳想起過去的事，海英更加害怕。打算放棄回家的海英看到大廳擺著的意見箱，意見箱前放著便條紙和筆。海英的身影與允貞母親的哭喊聲重疊。
－　葬禮。失去孩子的母親痛哭聲。母親抱著菊花裝飾的允貞遺照，不停哭泣。
－　網路報導稱人質已被撕票，從解剖結果推測，死亡時間為7月29日到30日之間。
－　教室。孩子們難過的表情。允貞的書桌上擺滿白菊花。女孩們的哭聲。海英看著她們。切換鏡頭。

主播(聲音)　　數千張傳單、數百名警力、4千6百萬國民發起尋找金允貞的行動，但遺憾的是，金允貞小朋友仍舊以冰冷的屍體回到我們身邊。

－　播報新聞的主播旁出現寫著「5千萬與消失的嫌犯」的CG畫面，還有徐亨俊的照片。

主播　　　　嫌犯徐亨俊拿到5千萬贖金後，成功躲避警方追捕，徹底消失不見。目前全國已下達通緝，但也不排除嫌犯逃往國外的可能性。

－　警局門前，正在進行一人抗議的允貞母親，手舉寫有「請逮捕殺害我女兒的罪犯」的牌子。馬路對面，幼年

海英從川流不息的車流縫隙間看著允貞母親。他想向她走去，但最後還是停下了腳步……

－　依舊在一人抗議的允貞母親已經年老。從振陽警局走出來的海英已長成高中生。海英駐足望向允貞的母親，接著表情沉痛的走掉。

－　Insert 播報新聞的主播（以 2015 年前的感覺）

主播　　　三大未結懸案之一的金允貞誘拐案，公訴時效馬上就要終止。只有在 2015 年 7 月 29 日午夜前逮捕嫌犯，才能將其繩之以法。

－　快速閃過的字幕，慢慢翻閱 2015 年華麗的花紋日曆，在 7 月 27 日的數字上畫下「X」的手。鏡頭慢慢移動，兩天後，2015 年 7 月 29 日下面標記著「The end」。畫面漸漸轉暗。

　　＊字幕 ― 2015 年 7 月 27 日，金允貞誘拐案公訴時效終止前 3 天。

S ／ 3　　　D，咖啡廳

黑暗畫面中響起海英的聲音。

海英(聲音)　　問題在於潛意識。

畫面轉亮。與記者面對面坐著的海英，外形樸素，穿著俐落乾淨，20 代後段。

海英　　　客廳展示櫃的獎杯，桌上的照片，浴室裡出現的一本書……這些都可以看出一個人的潛意識。心理學稱之為「Snooping」。

記者　　　所以你是說，透過這什麼 Snooping 看出來的？

畫面出現當日體育報頭版的照片和新聞。幽暗的公園後門，正要上車的任時完和姜索拉的照片下寫著：「韓版布袋戀情侶誕生，姜索拉、任時完公開戀情」。

海英　　你說哪個？他們的交往嗎？

記者　　不是，我是問，他們昨天晚上10點半在現進公園後門約會。你是怎麼猜到的？又不是神仙……

海英一笑，用平板電腦給他看照片。

海英　　去年他們一起拍戲，這三個人的三角關係炒得沸沸揚揚。你看，任時完、姜索拉和卞耀漢。

海英　　（再次點開其他照片）但你看5天前的機場穿搭。（看著卞耀漢的機場穿搭照）三角關係其中一位要拍攝畫報，到國外4天3夜，這樣剩下的兩人就有了整理關係的時間。

海英用平板電腦找到任時完家的照片。有人開門走進咖啡廳。

海英　　這是任時完公開的家內照片，客廳裡的照片和海報都很大吧？以統計學的角度來看，這種人相當自戀，自尊心也很強。就算姜索拉一直找他，也未必會輕易去見她。但在卞耀漢回國前一天，這種心理上的馬奇諾防線就崩塌了。因此，就是昨天，7月26日。

記者　　為什麼時間是10點半呢？

一個身影走進咖啡廳，在一眼就能看到海英和記者的位置坐下。隨意搭配的外套和牛仔褲，熬夜多日疲憊的眼神，綁著馬尾的秀賢（30代後段，女）。秀賢瞅了海英一眼，接著看向記者。

海英　　時間也講究心理。隔天早上10點，任時完要去大型演

唱會的彩排。為了配合自己的行程，早上 8 點必須起床，所以要計算好充足的睡眠時間、與姜索拉見面時所需的時間，以及人們不會出來走動的時間，這些都要算好，所以得出了晚上 10 點半。

記者　　地點呢？為什麼是現進公園？

秀賢看著講話的海英，從手中的文件夾裡取出照片，CCTV 拍下在陰森的垃圾堆前、行動可疑的海英。

海英　　1989 年冷戰結束後，布希和戈巴契夫沒有選擇美國或蘇聯，而是在馬爾他舉行首腦會面，為什麼呢？越是存在利害關係的會談，越要選擇中立的場所，愛情也是如此。在這種對峙狀態下，會約在家裡嗎？要選擇在移動路線中間的地點，路燈少、流動人口少，戴著帽子、穿著運動服也不會覺得不自然的地方，就是現進公園後門的長椅旁，OK？

記者痴痴看著海英，表情像被藥商矇騙上當的老婆婆。

海英　　那麼，繼續談下一筆生意吧。

拿出池晟和李寶英的照片放在桌上。

海英　　下週一他們會在哪裡約會呢？
記者　　（睜大眼睛）他們在交往嗎？你怎麼知道的？
秀賢(聲音)　翻垃圾堆。

海英和記者吃了一驚，同時看向聲音傳來的方向。不知何時站起身、走過來的秀賢，向海英出示證件，上面寫著「振陽警局重案一組　車秀賢警衛」。吃驚的海英輪番看著證件和秀賢的臉。

S／4　　　　N，振陽警局外景

S／5　　　　N，振陽警局重案組辦公室

　　　　　　秀賢把CCTV的照片攤在歪坐在椅子上的海英面前，鄰桌的重案組刑警偕哲（30代後段，男）以稀奇的表情看著海英。

偕哲　　　　哈，到處翻人家垃圾的傢伙，竟然是警察？
海英　　　　（不覺得自己哪裡有錯，眼神理直氣壯）
秀賢　　　　（公事公辦的冷淡語氣）北大門派出所三組朴海英警衛？有人舉報說你是李寶英的跟蹤狂。
海英　　　　跟蹤狂？翻一下丟在外面的垃圾就叫跟蹤狂，那來收垃圾的人豈不是私闖民宅了？
偕哲　　　　（滿臉怒氣的看著海英）看來你這小子還沒搞清楚狀況，你可是現任警察！去翻人家垃圾還不夠，還收了錢、把情報拿去賣給娛樂新聞的記者。
海英　　　　收錢？我嗎？去查查我戶頭，我可一分錢都沒收，這只是我的興趣而已。人家釣魚、打毛線的時候，我發揮自己的能力找到情報分享出來，有什麼不對？
偕哲　　　　（怒氣沖沖）你這傢伙吃硬不吃軟啊！（看向秀賢）車刑警，明天一早跟上面報告這傢伙有損警察形象，開除他吧。
海英　　　　（嘲笑）有損形象？我來告訴你警察做什麼才叫有損形象吧。（指著秀賢的桌子）這桌子（看向秀賢）是妳的吧？

　　　　　　鏡頭跟隨海英的話移向辦公桌，堆積的文件快占滿整張桌子。

海英　　　　遠美停車場縱火案、振陽一洞竊盜案、綠洲KTV案……妳這是在抗議工作量太多嗎？案子堆積如山，東查一下、西查一下，最後抓來像我這樣的無辜良民，才叫有

損警察形象呢。

秀賢　　　（臉色沉了下來）

海英　　　這種人一定會——

海英指著被文件巧妙擋住的相框。

海英　　　在對面、旁邊、後面的人都看不見、只有自己坐下才能
　　　　　看到的位置⋯⋯

海英故意像展示一樣，拿起裝有蝙蝠俠照片的相框，讀
出上面的字。

海英　　　一副手銬背負著2.5公升眼淚。寫下這種話才能自我暗
　　　　　示，我是個好警察。（放回原處）不覺得蝙蝠俠太破壞
　　　　　氣氛嗎？

秀賢的表情顯得更加嚴肅，海英毫不理睬，又看了看旁
邊偕哲的辦公桌。

海英　　　（指著秀賢的桌子）至少這還像個警察。但那個（看著
　　　　　偕哲的桌子），可就是典型銷售公司代理的辦公桌了。

偕哲　　　喂，別亂碰！

偕哲雖然擋在那，但海英已經看到了書架上的書。

海英　　　（拿起書架上的偵查指南，然後放下）偵查指南是吃拉
　　　　　麵時當桌墊用的，最近看的書都是高爾夫、登山雜誌
　　　　　嘛。

偕哲　　　我說你⋯⋯

海英　　　比這更重要的是這些彩色的名片夾。我用項上人頭打
　　　　　賭，裡面一定有李寶英經紀人的名片。

秀賢　　　（皺了皺眉，看向偕哲）

偕哲　　　（被秀賢看得心虛，迴避視線）

海英	你們現在不就是受到那個經紀人委託才調查的嗎？如果不是，翻幾下垃圾這種事幹嘛要重案組來調查，你說是不是？這就是你們口口聲聲的形象？警察的形象？真好笑，大韓民國的警察還有形象可以損失嗎？

秀賢轉變態度，緩緩開口。

秀賢	俗話說，嘴歪但話要說正……你這嘴長得挺正，可怎麼淨講歪話呢？
海英	（一副「說什麼啊」的眼神）
秀賢	說得沒錯，警察哪還有什麼形象可言。看來警大都沒教過你這些，所以你才會去翻人家垃圾啊？
海英	（不高興）不是翻垃圾，是調查……（話講一半）妳為什麼不用敬語？
秀賢	還裝什麼？我們沒形象的警察之間，這樣就沒意思了！對什麼人，說什麼話嘛。

這時，辦公室的電話響了。

秀賢	振陽警局重案一組……（邊聽邊顯得急躁）好，知道了。（看向海英）本來能有點意思的，白高興了，對方說取消舉報了。
海英	他們取消，我可沒完。必須查清楚你們背後有沒有收錢……
秀賢	對嘛！這樣才有意思，翻垃圾對收賄，還真是頂級較量啊。反正都是丟臉，來看看誰丟得更徹底吧。

偕哲尷尬的看看秀賢，海英見秀賢耍狠，無話可說似的慢慢站起。

海英	今天，就算我讓您一次吧。
偕哲	這臭小子……

S／6   N，振陽警局，重案組辦公室外走廊

傍晚，海英走出辦公室，走在昏暗的走廊。秀賢跟出
來，站在門口，雙手抱胸。

秀賢   不用送你回家吧？
海英   嘖，真是……（轉頭繼續走）
秀賢   討厭警察、有品格的朴海英警衛。
海英   （看過去）
秀賢   （沒有笑容）趁還不遲，去幹點別的吧，你不適合當警
          察。

秀賢轉身走回辦公室。看著秀賢的海英氣呼呼的，也轉身
繼續走，突然停下來。海英看著眼前昏暗的走廊，鏡頭漸
漸轉暗。

S／7   N，現在／過去，振陽警局走廊

海英從樓梯下來，停住腳步。依舊昏暗空蕩的走廊盡頭
擺著一座古老的掛鐘，掛鐘前是一個孩子的背影。孩子
慢慢轉過身來，是幼年的海英。長大的海英看著過去幼
年時的自己，漸漸傳來屬於過去的聲音。
刑警奔跑的腳步聲。「聯繫到信用卡公司了嗎？」「允
貞家那邊怎麼說？」這些聲音漸漸擴大，日光燈也漸漸
轉亮。來往的刑警也出現在畫面中，成年的海英消失，
變成回到過去、在走廊裡穿行的刑警、巡警之間，受到
驚嚇正發抖的幼年海英，撞到了巡警1。

巡警1   （本想經過卻與海英視線相對）你在這裡做什麼？和媽
          媽一起來的？找不到家了？
幼年海英   （害怕的眼神，搖搖頭）
巡警1   為什麼到這裡來？這裡不是小朋友該來的地方喔。

海英看著巡警，像受了驚嚇似的頭也不回跑下樓梯。這時，與上樓剛轉過彎的材韓相撞。瞬間，材韓的文件掉了一地，他彎腰去撿文件，沒有看到海英的臉，海英就消失不見了。正在撿文件的材韓看到海英掉在地上的便條。（意見箱前的便條紙摺起來的狀態）材韓想，這是什麼？看了看便條，又看往海英跑走的方向。

| 刑警1 | 李材韓，快點！要開始了！ |

材韓下意識的把便條紙塞進口袋，捧著文件走進會議室。畫面出現字幕。

　＊字幕 ─ 2000年8月3日，金允貞誘拐案事發5天5小時後

S／8　　　　N，過去，振陽警局會議室

材韓走進掛有2000年8月3日日曆的會議室。為了簡報，材韓走向投射出允貞照片的投影機前。在會議室裡等待開會的刑警們看到材韓登場，每個人走到自己的位子坐下來。
門又打開，身穿夾克、看起來油頭滑腦的刑事科長范洙（當時40代初段，男）走進來。范洙一進門，所有人同時起立。范洙伸手示意都坐下，自己走到上席入座。

| 范洙 | （看著材韓）開始吧。 |
| 材韓 | 金允貞誘拐案中間簡報現在開始。案發日期2000年7月29日，案發時間推測在放學時間13時。接到報案是在同天18時44分。案發53個小時後，受害者家屬收到要求5千萬贖金的勒索信。 |

- 大學街咖啡廳。「碰」一聲，門開了，材韓、治秀還有其他刑警。
- 正在盤問咖啡廳老闆和客人的治秀、材韓。鑑識組人員正在店內採集門把、餐桌等地方的指紋……在這些人影中，有一位客人的手一晃而過，是指甲剪得很短、手腕戴著很多手環的女人手。

材韓(聲音)　已經出動警力到勒索信中提到的花銀洞佛羅倫斯咖啡廳，但現場沒有抓到嫌犯。

- 鑑識組正在採集勒索信上的指紋。

材韓(聲音)　桌面及勒索信上採到的指紋屬於同一人，確認了嫌犯的身分。

S／10　　　　N，過去，振陽警局會議室

材韓站在顯示出戴著眼鏡的徐亨俊身分證照片的大銀幕前，繼續簡報。

材韓　　　嫌犯姓名徐亨俊，年齡21歲，是就讀商進大學的醫科生。租屋處、學校和鄉下老家都派出警力搜查，但嫌犯已經潛逃，目前無法掌握行蹤。

范洙　　　手機定位呢？

材韓　　　已經2個月沒交電話費了，手機處於停話狀態。

范洙　　　……確認信用卡明細了嗎？

材韓　　　徐亨俊的信用卡欠了5千萬，是信用不良者。現在信用卡被停用，也無法追蹤。

范洙　　　（看著前方）世上到處都是壞人啊……

刑警們看著范洙，材韓的表情像是可以預測接下來的反

應一樣。

范洙　　　為了5千萬誘拐兒童的傢伙是壞人……在這巴掌大的大韓民國抓不到人的你們更是壞人……（冷眼掃視四周）你們這群不長腦子的，不知道這是什麼案子嗎？這可是全國都在關注的案子，嫌犯特徵都掌握了，怎麼還抓不到人？

材韓　　　倒是發現一條線索。從徐亨俊的信用卡明細裡發現，他經常會買女性用品和女性使用的品牌。

范洙　　　徐亨俊有女朋友？找到人了嗎？

材韓　　　幾個月前，他對好友提過受不了交往的女朋友，但姓名和其他事情都沒有講，正在向身邊的人打探，目前還沒有掌握到。

這時「碰」一聲，門開了，眼神銳利的治秀（當時40代初段，男）走進來。

治秀　　　允貞家又收到了勒索信！

所有人同時站起來。

治秀　　　要求晚上10點帶著5千萬到西營公園。

范洙　　　在幹嘛？還不快去！

刑警蜂擁而出。這時，材韓擋住正要走出去的范洙。

材韓　　　雖然勒索信和嫌犯出現的咖啡廳有發現徐亨俊的指紋，但都只有右手拇指而已。

范洙　　　（瞪眼）

材韓　　　摸桌子或寫信一定會留下其他手指的指紋，卻只發現了拇指，這很奇怪，感覺是有人故意留下的。

范洙　　　所以呢？

材韓　　　徐亨俊隱藏的女友……需要進一步調查。

范洙	你自己去查吧，你不是喜歡單獨行動嗎？
材韓	（直視）
范洙	最好小心背後啊。

范洙冷冷看了看材韓後走出去，僅留下望著離開背影的治秀和材韓兩人。

治秀	你夠了沒啊，徐亨俊身邊的女人不是都調查過了。
材韓	前輩你也到此為止吧，別一直跟在金范洙科長後面拍馬屁了。

材韓走出門外，治秀眼神冰冷的盯著材韓背影。

S／11　　　N，過去，振陽警局重案組辦公室

材韓走進辦公室，拿起桌上的徐亨俊信用卡明細，收好後，看到桌子一角貼著的紙條「8月3日，善日精神醫院」，把紙條放進口袋剛一轉身，撞見了穿著警服、剛剛進門的秀賢（當時20代中段）。秀賢很不自然的看著材韓、點了點頭，剛轉過身。

材韓	吃飯了嗎？
秀賢	（轉身，猶豫）吃了……
材韓	真是會挑日子，偏偏今天調過來……
秀賢	（看著）那個，前輩……那天我說的話……
材韓	這個週末應該能解決。
秀賢	（看著）嗯？
材韓	等都結束以後，到時候再說。

材韓把自己要說的話講完，就逕自大步走了出去。秀賢嘴角露出淡淡的微笑。

「啪」一聲，蝙蝠俠相框倒了。重新立起相框的手，是現在的秀賢。秀賢旁的偕哲露出假笑。

偕哲　　車刑警，那個……我是真以為那個垃圾堆和縱火案有關，所以才……

秀賢　　（不發一語，整理文件）

偕哲　　（看著）不是，他們說要是被報導出來會出大事，纏著我要我抓人。這樣求我也是人之常情，真的不是什麼委託。

秀賢　　（依舊不講話，看著文件夾）要處理的事怎麼這麼多，真是的。

偕哲　　（馬上拿過文件）不勞妳費心，真是看在人情的份上。（看著文件）明天做完可以吧？

秀賢毫不理睬，又坐回位子，拿起另一個文件開始工作。

S／12-1　　N，過去，振陽警局停車場

通往振陽警局停車場的大門前。幼年海英仍未離去，在門前晃來晃去。紙條去哪了？他翻了翻口袋，以為掉在原地了，結果沒有……這時，後門傳來腳步聲，海英嚇得落荒而逃。

海英不見了，材韓走出來，坐上停在後門停車場自己的車裡，把帶出來的地圖放在副駕駛座上，正要出發，忽然想起口袋裡的紙條，拿出來一看。小孩子的筆跡寫著：「嫌犯不是男人，是女人。」材韓一頭霧水，下車環顧四周，又看了看紙條。再次上車，發動汽車出發……

S／13   N，現在，振陽警局停車場

與上一個畫面重疊，材韓停車的位置停著一輛貼有「報廢處理」紅色標誌的貨車。接著海英從材韓登場的後門走出來，朝自己停車的位置走去。他走了幾步，表情難看。停在後門旁的車子前被大貨車擋住了，貨車後門敞開著，車上載了兩袋貼著「報廢處理」紅色標誌的黃色袋子。海英試著推了推車，但貨車紋風不動。

海英   （心煩至極）搞什麼，今天到底是什麼鬼日子？

S／14   N，過去，Montage

材韓的車停在便利商店前，確認從辦公室拿來的徐亨俊信用卡明細上的便利商店地址，然後打開地圖標記。地圖上已經有好幾處被標記了，看著地圖的材韓停下來，在地圖上畫了個同心圓。同心圓的中央處是一座山，山的位置標示著「善日精神醫院」。材韓從口袋取出字條，上面寫著「8月3日善日精神醫院」。

S／15   N，現在，振陽警局建築外景

海英按下貨車上寫著的電話，與此同時可以看到貨車裡的時鐘，正從11點20分過到21分。

＊字幕 — 2015年7月27日，金允貞誘拐案公訴時效終
止前3天

S／16   N，過去，醫院建築前

醫院似乎停業了，三層樓的小醫院全都關著燈，入口處貼著一張紙，上面寫著「停業通知－本院將於2000年7月29日休業，之後不再收任何患者。2000年7月10

日」。材韓站在門前，打開手電筒朝醫院裡走去。醫院剛關門不久，設備都撤走了，內部顯得安靜陰森。

*字幕 — 2000年8月3日，金允貞誘拐案發生5天8小時後

S／17　　　N，現在，振陽警局建築外景

電話裡傳來：「您撥打的電話無法接聽……」海英大叫：「啊……」海英再次撥打電話。時鐘顯示：11點22分。

S／18　　　N，過去，善日醫院一角

材韓拿著手電筒巡察醫院內部。

S／19　　　N，現在，振陽警局建築外景

一直在打電話的海英。

− Insert
− 振陽警局重案組辦公室。獨自留下的秀賢正在工作，鏡頭裡出現時鐘，時間指向11點23分。
− 昏暗建築內的掛鐘也是11點23分。
− 貨車裡的時鐘顯示11點23分的瞬間。
− 貨車裡一個廢棄物袋子內傳出「吱吱吱」的雜音。正用手機打電話給貨車司機的海英納悶，這是什麼聲音？

S／20　　　N，過去，善日醫院建築外景後方

材韓拿著手電筒，一臉沉重的看著某處。這時，對講機同樣傳出「吱吱吱」的雜音。材韓看著對講機，頻率正在亂跳。

S／21　　　　N，現在，振陽警局建築外景

海英被好奇心驅使，朝貨車後方走去。

S／22　　　　N，過去，善日醫院建築外景後方

材韓按下對講機發送鍵，拿到嘴邊。

材韓　　　……朴海英警衛，我是李材韓刑警。

S／23　　　　N，現在，振陽警局外景

正用手機打電話的海英，聽到有人叫「朴海英警衛」的
聲音。

海英　　　嗯，喂？

還在打電話的海英看看手機：「嗯？怎麼回事……」材
韓的聲音再次從「吱吱吱」的雜音間傳來。

材韓(聲音)　朴海英警衛，你在聽嗎？

海英一頭霧水，環視四周，尋找聲音傳來的地方。聲音
是從貨車的袋子裡傳來的，海英困惑的看著袋子。

S／24　　　　N，過去，善日精神醫院外景後方

材韓用手電筒照向井內。

材韓　　　（對講機靠近嘴邊）這裡是你告訴我的韓正洞善日精神
醫院，醫院後方的井裡有吊死的屍體。

S／25	N，現在，振陽警局建築外景

海英依然摸不著頭緒，但跟隨聲音跳上貨車……對講機的聲音更加清楚了。

材韓(聲音)　是金允貞誘拐案嫌犯徐亨俊的屍體。拇指被截斷了，研判是有人殺死徐亨俊後，再偽裝成自殺。

海英吃驚的愣住。

海英　金允貞……誘拐案……

海英心想「怎麼可能」，立刻著急的翻找袋子。

材韓(聲音)　徐亨俊不是真兇，真兇另有其人。

這時，一個袋子裡閃現對講機黃色亮光。海英快速打開那個袋子翻找，終於在一個物證袋裡發現舊得不能再舊的對講機。對講機和材韓的一樣，黃色的信號燈，頻率亂跳著。海英快速按下傳送鍵說道。

海英　你是誰？你在說什麼？善日精神醫院？那是哪裡？

S／26	N，過去，善日精神醫院建築後方外景

材韓　告訴我這裡的就是警衛你啊。

話音剛落，材韓身後一個黑影閃過……材韓猛的轉過頭，但什麼也沒看見。

材韓　你為什麼不讓我到這裡來？……這裡發生了什麼事嗎？

瞬間，「碰」一聲，材韓的後腦杓被鈍器擊中。

S／27　　　　N，現在，振陽警局建築外景

海英絲毫不明白材韓在說什麼。

海英　　　你這是什麼意思？你認識我嗎？你是誰、是哪個警局的
　　　　　啊？

　　　　　但信號燈已滅，對講機沒有聲響了。海英拍拍對講機，
　　　　　還是毫無動靜，接著他拿著對講機左看右看。那是一支
　　　　　非常老的對講機。海英回頭看了一眼陰森的建築，像見
　　　　　了鬼似的盯著對講機，用手打了自己一巴掌。「啊……」
　　　　　好痛。

S／28　　　　N，振陽警局建築入口

　　　　　海英滿臉疑惑，開車從建築後方來到正門，看到依舊站
　　　　　在警局正門、舉行一人抗議的允貞母親。海英的眼神顫
　　　　　抖著。

　－　Insert
　－　S1，穿堂前，等待母親的允貞看向自己的眼神。
　－　像是見到可怕的東西似的，海英轉頭、快速開出正門。

S／29　　　　N，北大門派出所外景

　　　　　派出所位於非市中心、幽靜的住宅區。

S／30　　　　N，北大門派出所

　　　　　清閒的派出所。身著警服的40代中段的警查，和吃著杯
　　　　　麵、身著便服的海英。警查端詳著海英帶來的對講機。

警查　　　哪找來的古董啊？這可是我剛入行時用的傢伙。

海英	有那麼老啦？
警查	你説這能講話？（細看）可裡面沒有電池啊……
海英	（停止吃麵）沒有電池？
警查	嗯，因為這個跑來的啊？今天也沒當班。

海英難以置信的盯著對講機發愣。

－　過一段時間。

坐在辦公桌前的海英，盯著桌上的對講機。

海英	沒錯，我最近疲勞過度了，這才是強迫呢……

海英把對講機放進抽屜，動作突然停住，耳邊響起材韓的聲音。

材韓(聲音)	是金允貞誘拐案嫌犯徐亨俊的屍體。拇指被截斷了，研判是有人殺死徐亨俊後，再偽裝成自殺。

S／31　　　N，善日醫院外景

鏡頭從海英手中拿著的對講機慢慢移開，海英一臉「凌晨我跑到這裡來幹嘛」的表情看著前方，鏡頭隨著海英的視線轉移到厚厚的鐵門。「（舊）善日精神醫院，禁止外部人員入內。本建築為國家管理設施，擅自出入者將根據刑法319條侵犯住宅罪，判處3年以下徒刑或5百萬以下罰款。」海英把對講機放進包包，為了行動方便，把背包揹在前面。

－　過一段時間。

正在奮力翻牆的海英。

海英	（臉脹得通紅）我這……是為了找出我沒有瘋的證據，證明我絕對正常……

一臉通紅的海英終於成功翻牆，被灰塵嗆得咳嗽了幾

下，等回過神抬頭，海英眼前出現比15年前更陰森可怕的廢棄建築，廢棄的善日精神醫院。

海英　　　　（盯著建築）我真是……瘋了……

海英朝建築走去，穿過停車場，經過從前抽取停車票的機器。

S／32　　　　N，善日醫院建築內部

建築內部比從前更破敗荒廢。海英走進伸手不見五指的建築內，拿出手電筒，藉手電筒的光亮查看四周。一臉緊張的穿過走廊，找到通往建築後方的出口。他暫停了一下，接著慢慢朝那個方向走去。

S／33　　　　N，善日醫院建築後方外景

月光下映照出荒廢醫院的後方。海英環視四周，發現眼前有一個井蓋。

材韓(聲音)　　這裡是你告訴我的韓正洞善日精神醫院，醫院後方的井裡有吊死的屍體。

看到井蓋，海英感到一陣陰冷。他一步步走上前，屁股卻盡可能的向後退，海英用顫抖的雙手打開井蓋，同時不自覺發出「呃」的一聲──井裡什麼也沒有。

海英　　　　（煩躁）啊，我到底在做什麼啊，連電池都沒有的對講機，怎麼可能嘛。

海英正打算就這麼回去了，當他轉身要朝入口走時，又看到遠處還有一個井蓋。海英停下腳步，要不要打開那個井蓋呢……海英想了想，大步走過去，毫不猶豫的打

開井蓋。

瞬間被嚇到的海英倒退幾步，被什麼給絆倒，手電筒掉到地上。畫面一片漆黑。此時響起海英：「啊……啊……呃啊！」喘著氣的尖叫聲。海英盡量讓自己恢復冷靜，再次拾起手電筒，慢慢爬到井邊，顫抖著手照向井裡，鐵欄杆上掛著細繩，猶如絞刑架一般晃來晃去，井底可以看到褪色的牛仔褲，破破爛爛的衣服罩著白骨，隱約可以看到掉在一旁的眼鏡和小藥瓶。海英看向白骨的眼神顫抖，遠處響起警笛聲。

S／34　　　　D，同一場所

＊字幕 ― 金允貞誘拐案公訴時效終止2天前

清早，「喀嚓」亮起的相機閃燈。一早趕到現場的科學鑑識組，包括衣著整潔的鑑識員憲基（30代中段，男）在內的其他鑑識員正在四周拍照，白骨已經移上擔架正被抬走。看起來像是負責指揮現場的秀賢越過隔離現場的封鎖線，朝看向自己的海英走去。

海英	白骨呢？有沒有什麼可疑的地方？
秀賢	可疑的地方？我看你最可疑。這麼注重形象的一個人，不像會跑來兇宅探險。那個屍體……你是怎麼發現的？
海英	（答不出來）
秀賢	還有，你為什麼聯絡我？是想跟我再玩一次偵探遊戲？
海英	……不管怎麼說，還是打過照面的刑警比較好。
秀賢	（在想這句話的意思）
海英	那個……妳肯定會覺得我瘋了才這麼說……
秀賢	（看著）
海英	別問我原因，能不能把那具白骨的DNA和15年前金允貞誘拐案的嫌犯徐亨俊的DNA做一下比對？
秀賢	（聽到意想不到的話顯得震驚，目光凝滯）金允貞……金允貞誘拐案？

S／35　　　　　D，國家科學搜查研究院，特殊驗屍室

冰冷的不鏽鋼驗屍臺上，排放著在善日精神醫院發現的白骨。驗屍臺一側，正在驗屍的法醫允書（30代初段，女）與站在一旁的秀賢形成對比，裙子搭配短衫、外面套著工作服，顯得乾淨俐落。秀賢一臉緊張的盯著白骨。

允書　　　　（一邊查看白骨）性別是……
秀賢　　　　（緊張的眼神）
允書　　　　男性。從大腿骨的長度可推斷出身高在000公分左右。
秀賢　　　　……年齡呢？
允書　　　　（瞥了一眼）不是車刑警一直在找的那個人，年齡就不符合。
秀賢　　　　（雖然表面不動聲色，但稍稍放鬆下來）
允書　　　　從牙齒的狀態來看，死亡時的年齡在20代初、中段。
秀賢　　　　拇指的骨頭呢？
允書　　　　雖然還需要更進一步的檢驗，但人為切斷的可能性很高，可以推測是類似手術刀的鋒利工具。

這時，門開了，鑑定DNA的鑑識員急匆匆的走進來。

秀賢　　　　（猛的上前）DNA鑑定結果出來了嗎？

S／36　　　　　N，振陽警局調查室門外走廊

走廊另一頭，海英正在和派出所的警查通話。

海英　　　　人找到了嗎？
警查(聲音)　　現職的警察中有3個人叫李材韓，我都和他們通過電話了，但他們都對金允貞誘拐案一無所知。
海英　　　　（自己也快瘋了，自言自語）那我是撞見鬼了？
警查(聲音)　　你要找的那個人是誰啊？

海英	（啊……頭疼）知道了，不說了。

海英掛斷電話，找不到任何頭緒。

海英	（哭笑不得的自言自語）啊，真是的……搞什麼……我是不是瘋了？

這時，走廊另一頭的秀賢匆忙的拿著裝有調查資料的信封尋找海英，看到海英，像要吃掉他似的撲上前。海英被這氣勢嚇了一跳，不自覺往後退了一步。秀賢粗魯的抓住海英，把他拉進調查室。

S／37　　　N，調查室

被拉進調查室的海英不知所措的看著秀賢

海英	怎麼了……
秀賢	（心急）你到底是誰？怎麼會知道那具屍體就是徐亨俊？
海英	（不會吧……）真的？那屍體真是徐亨俊？
秀賢	回答我。你怎麼會知道那裡有徐亨俊的屍體？
海英	（不知道該如何解釋，自己也很混亂）啊……真是要瘋掉了。
秀賢	調查金允貞誘拐案時，現場找到的徐亨俊指紋只有拇指，今天發現的屍體卻沒有拇指，是被人切掉的。
海英	（看著）
秀賢	（心急）誘拐金允貞的真兇殺害徐亨俊後，切下他的拇指，故意留下指紋。所以知道徐亨俊屍體在那裡的只有真兇本人，你是怎麼知道的？你和真兇是什麼關係？

這時，後面傳來聲音。

治秀(聲音)	夠了。

秀賢回過頭。走進調查室的治秀雖然已步入中年，但眼神依舊銳利（現在50代中段，男）。像是為治秀引路而來的偕哲也一起走進來。

治秀　　真的找到徐亨俊的屍體了？

秀賢看了一眼站在治秀身後的偕哲，偕哲避開秀賢的視線。

治秀　　回答我。
秀賢　　……是的。
治秀　　（打量著秀賢）很好，有關白骨的資料全部上交。

秀賢早已預料到，非常不情願。海英感到吃驚。

海英　　你是哪位，要調查資料……
秀賢　　（攔住海英）我們要查出是誰、為什麼殺害徐亨俊，鑑識組正在分析從案發現場找到的證物。

　　　－　Insert
　　　－　振陽警局科學鑑識組。憲基正在檢驗現場發現的衣物及井底找到的眼鏡、小藥瓶等證物。他用鑷子從白骨穿著的褲子口袋中找出一張破破爛爛、看不清字樣的紙。
　　　－　場景回到調查室。

秀賢　　只要找到證據……
治秀　　已經是15年前的案子了，不要說很難找到證據，就算找到，也都被汙染了。
秀賢　　（無話可說）
治秀　　沒有證據，證人的記憶也模糊不清……所以懸案的調查才那麼困難。
秀賢　　但是……
治秀　　（打斷秀賢）這不是我的意思。公訴時效只剩下29個小

時，15年都沒破的案子，這麼短的時間能破嗎？別把事情鬧大，順其自然吧。

秀賢看著治秀，無奈的交出調查資料，拿到資料的治秀走出調查室。

海英　　　（看著這一切）現在這是在搞什麼啊？

秀賢沒有回應，一臉怒氣走出調查室。海英問偕哲。

海英　　　那人到底是誰啊？
偕哲　　　你知道了又能怎麼樣？這個案子，警察廳那邊會做出了斷的，別問了，回去吧。

S／38　　　N，警察廳建築外景

警察廳大樓前停下的汽車。治秀拿著裝有調查資料的信封下車。早就聞風趕來的記者，看到治秀便蜂擁而上。「金允貞誘拐案的嫌犯找到了嗎？」問題接連不斷……

S／39　　　N，警察廳走廊

走在走廊上的治秀。前方出現寫著「搜查局長室」的名牌。

S／40　　　N，搜查局長室

鏡頭從寫著「搜查局長　金范洙」的名牌慢慢移動到正在通話中的范洙（現在，50代中段）。與從前的夾克穿著完全相反，一身西裝筆挺。

范洙　　　（鄭重的）相信這也有助於警察廳的宣傳。是的，我明白了。

范洙掛斷電話，伴隨敲門聲，治秀開門走進來。點頭行禮後走上前，把信封放在桌上。

范洙　　（微笑）辛苦了。

治秀　　當時……李材韓刑警的猜測是對的。

范洙　　……什麼意思？

治秀　　徐亨俊的拇指不見了。

范洙　　那可是放了15年的白骨啊，當然會有毀損了。

治秀　　法醫說是被手術刀切掉的。

范洙　　（收起笑容）你小子竟敢跟我頂嘴？這個案子要是把李材韓那個案子也揭發出來，你負責嗎？

治秀　　……（內心動搖）

范洙　　（重新露出微笑）不管怎麼說，還是自殺……最完美吧？

S／41　　　　N，振陽警局，重案組辦公室／走廊

秀賢一邊用手機通話一邊接收傳真。傳真機收到一疊厚厚的資料，秀賢把資料放進包包，走出辦公室，海英正等在門口。

海英　　我們談談。

秀賢　　以後再說。

秀賢繞過海英，推開緊急出口的門走下樓梯。海英還是緊跟著秀賢。

S／42　　　　N，振陽警局，緊急出口樓梯

快速走下樓梯的秀賢。海英朝秀賢的背影。

海英　　真的就這樣放棄了嗎？

秀賢　　（不作聲，繼續往樓下走）

海英見秀賢不回答，快步上前擋在秀賢前面。

海英	剛才妳問我知道真兇是誰嗎？沒錯，我知道，我看到真兇了。
秀賢	（停住，盯著海英）
海英	帶走允貞的人，我看到了。雖然沒有看清臉……但我看到了。
秀賢	（看著）你說的是……真的？
海英	不是徐亨俊……帶走允貞的是個女人。
秀賢	（吃驚的僵住）既然看到了，為什麼現在才講？
海英	妳以為我沒講過嗎？
秀賢	（看著）
海英	我講了，但沒有一個人相信我。
秀賢	（表情沉重的看著）
海英	起初我還是相信的，再怎麼說也是警察啊，說不定過一段時間，就會抓住那個女人了……總有一天會抓住的……但是時間過去了，依舊還是老樣子。

- S 2，最後的 Montage 畫面，望著一人抗議的允貞母親，國小生海英。
- 過一段時間，國中生海英站在那裡。

海英	所以我又去了管轄機關，好幾次去說明真相、也請願過，但結果還是一樣。「回去等著吧，我們自己會看著辦……」還是跟從前一樣，沒有人相信我，你們一直都是這樣。
秀賢	……
海英	後來我才知道為什麼，重新調查金允貞誘拐案，就等於是承認當時警察調查的錯誤，等於是給警察自己打臉……

S／43　　　N，警察廳大樓前

范洙穿過大廳，走出警察廳大門。早在大門前安營扎寨的記者對著范洙按下相機快門，問題如雨點落下：「真的發現金允貞誘拐案嫌犯的屍體嗎？」「DNA鑑定結果出來了嗎？」記者蜂擁而上，圍住范洙的戰警[3]為了能讓范洙前行，圍起人牆。

范洙站在中央，一步步朝正門走去。突然，范洙停下腳步。熙熙攘攘的聲音漸漸消失，記者們安靜了下來。范洙的視線與臉色蒼白的允貞母親視線相對。范洙整理一下衣領，再次邁開步伐走到允貞母親面前。

允貞母親　　（顫抖）兇手……抓住了？

S／44　　　N，振陽警局緊急出口樓梯

海英　　　　妳也要像那些警察一樣，假裝沒聽見嗎？

秀賢看著海英，像要裝作沒聽見似的轉身繼續往樓下走。海英著急的叫：「車刑警！喂！」追了過去，面對這樣的海英……

秀賢　　　　（邊走邊說）知道為什麼懸案最糟糕嗎？那些破獲的案子抓住了嫌犯，了解犯案動機，家屬知道了家人為什麼、因何故被殺……就算痛苦，但隨著時間過去，總還是能放下。但未能破獲的懸案，不知道我的家人、我愛的人為什麼死了，所以才忘不掉，每天都像活在地獄一樣。

海英　　　　（眼神冰冷）所以妳也想這樣安靜的不了了之？

秀賢轉身，看著海英。

---

3 隸屬首爾市、各市政府市長、水警等單位，負責保安的警務人員。

S／45　　　N，警察廳前

范洙鄭重的將手中的信封遞給允貞母親。允貞母親顫抖著手，打開信封，是國科搜在驗屍前拍的照片。喀嚓喀嚓，此時響起相機快門聲。

范洙　　　據推測，嫌犯作案後因無法承受壓力，最後選擇上吊自殺。

允貞母親　（熱淚奪眶而出）

范洙　　　（彎腰鞠躬）太晚了……對不起。

允貞母親痛哭失聲，整個人漸漸癱坐下去，范洙扶住允貞母親，記者們快速拍下兩人的樣子。

S／46　　　N，振陽警局，緊急出口樓梯

秀賢看著海英。

秀賢　　　不。

海英　　　（凝視的眼神）

秀賢　　　我要抓住真兇。所以你不用再說了，回去吧。

秀賢轉身快速走向1樓。海英緊追在秀賢身後。

海英　　　怎麼抓？車刑警！就算警察出動全部警力都來不及了，妳一個人要怎麼抓？

但秀賢連看都不看海英，正要打開緊急出口門時，海英抓住秀賢。

海英　　　一起抓，我也來幫忙。

秀賢　　　我不是說過了嗎？你不適合當警察。別浪費這所剩無幾的時間了，讓開。

秀賢打開緊急出口的門，停住了。

S／47　　　N，振陽警局一樓大廳

聚集在大廳的記者看到緊急出口的門打開，秀賢一登場，所有視線都集中到秀賢身上。

記者1　　（麥克風伸向秀賢）您是負責金允貞案件的刑警？請問是如何發現徐亨俊屍體的？

記者1一發問，所有麥克風都伸向秀賢。問題接二連三：「發現地點在哪裡？」「發現當時屍體狀態如何？」「沒有發現遺書嗎？」秀賢想要避開記者走出去，但記者人數實在太多了。

記者1　　（再次追問）確定徐亨俊是自殺嗎？為什麼這樣判斷？

瞬間，秀賢身後傳來聲音。

海英(聲音)　不，徐亨俊不是自殺。

秀賢大吃一驚，眼神凝重的看向海英。現場擠滿記者、刑警，穿梭在大廳的人們，偕哲也在人群中。

海英　　徐亨俊是他殺，是被誘拐允貞的真兇所殺。

記者們一陣吃驚，秀賢等人不知所措。記者立刻把麥克風轉向海英開始發問：「你是誰？」「請問姓名和警級？」「你說的是事實？」秀賢想攔下蜂擁而上的記者：「請回去吧，不要再拍了。」但絲毫沒有用。

海英　　我是發現徐亨俊的最初目擊者。徐亨俊是在善日精神醫院被發現的，發現當時拇指被切掉了，他不是自殺。

秀賢	（怎麼可以講這些）住口！（呼喊大廳的其他刑警）在幹什麼！快攔下記者！

包括偕哲在內、驚慌看著海英和記者的刑警們這才跑上前攔住記者，但聽到海英爆料的記者已經很難被拉開了。

海英	殺害允貞和徐亨俊的真兇是15年前在善日精神醫院工作的護士。年齡30代中後段，身高165左右，是能夠熟練使用手術刀、並且有手術室經驗的護士。
秀賢	拉走他！快！
海英	（看著鏡頭）這15年來妳過得沒有任何罪惡感，但現在妳完蛋了！因為我們找到確切的證據了！

講完這句話的海英被強行拉回緊急出口，秀賢「碰」一聲關上門。

S／48　　N，振陽警局，緊急出口樓梯

秀賢粗魯的推了海英一把。

秀賢	你瘋了嗎？！
海英	是妳說要抓住真兇的！除此以外沒有其他方法了。
秀賢	……
海英	（沉著的眼神）沒有時間了，現在只剩下27小時，這是最後的機會了……

S／49　　N，警察廳，搜查局長室

范洙回到局長室，坐在沙發上，治秀隨後跟了進來。

范洙	（一臉滿意）看看新聞吧。

治秀拿起遙控器打開電視，出現的新聞畫面下方跑著字幕：「警察廳公布的調查結果引發爭議」，接著完整播放了海英在振陽警局大廳受訪的影片。「徐亨俊是他殺，是被誘拐允貞的真兇所殺。」

受到驚嚇的范洙表情僵住，他「碰」的猛踢了桌子一腳。治秀站起身，眼神沉重的盯著新聞畫面。

S／50　　　N，英仁醫院一角

大型的英仁醫院，走在病房外走廊的一雙腳。鏡頭Tilt Up穿著護士服的背影，經過敞開著的病房門，傳來新聞裡海英的聲音。

海英(聲音)　殺害允貞和徐亨俊的真兇是15年前在善日精神醫院工作的護士。年齡30代中後段，身高165左右！

腳步忽然停住，又慢慢走回門開著的病房，6人室病房裡的患者與家屬正在看電視。畫面中，受訪的海英彷彿在對真兇講話，直視鏡頭。

海英　　　這15年來妳過得沒有任何罪惡感，但現在妳完蛋了！因為我們找到確切的證據了！

身著護士服的人站在走廊，安靜的看著電視畫面。亂成一團的採訪結束後，記者1以振陽警局為背景繼續播報。

記者1　　　在警察廳公布徐亨俊的死因為自殺後，最初目擊到屍體的朴某警衛提出他殺的可能，負責該案件的車某警衛也承認了此一事實，將進一步擴大爭議。目前金允貞誘拐殺人案的公訴時效只剩下26小時，警方是否能逮捕真兇，令人矚目。

看著畫面的護士向後倒退了幾步，接著轉身朝護士站走去，護士們正竊竊私語。

護士1　　　善日精神醫院？有沒有在那裡做過的人啊？

腳步停下來，望著竊竊私語的護士們，這時有人走過來用手肘碰了她一下。是頭髮梳得很端莊、看起來很老實的護士2。

護士2　　　看到新聞了嗎？提到善日精神醫院了呢！

看著護士2的一張臉約30代中段，護士服上掛著「江世映」的名牌。

S／51　　　N，振陽警局重案組辦公室

重案組辦公室裡一片寂靜。秀賢和海英坐在辦公桌前盯著電話，包括偕哲在內的3、4名刑警不自在的坐在各自的位子上。「噹」一聲，門開了，治秀走進來。偕哲倏地站起身。

偕哲　　　　那個……我已經盡力攔住他了……

治秀以可怕的眼神盯著海英，朝他走去。秀賢有所察覺，起身擋在海英面前，但治秀已經拿起電話機朝海英扔了過去，電話「哐噹」摔得粉碎……

治秀　　　　（殺氣騰騰）喂，兔崽子！你算什麼東西？

偕哲和其他刑警像是很了解治秀的脾氣，紛紛上前勸阻：「股長，冷靜點。」海英被治秀出乎意料的氣勢嚇得不自覺倒退了一步。秀賢擋在海英前面。

秀賢	是我讓他這麼做的。
治秀	（看著秀賢）說不是自殺……連負責刑警也相信這小子毫無根據的主張了？妳瘋了嗎？我說什麼了，當我的話是耳邊風啊？！
秀賢	我是按照您的吩咐做的，您不是要順其自然嗎？
治秀	什麼？
偕哲	（膽戰心驚）車刑警……少說兩句……
秀賢	已經發現了屍體，也有證據可以證明是他殺，也有15年前警察置之不理的目擊者證詞……我認為徹底調查才是理所當然的。
治秀	（眼神動搖）目擊者？
海英	我看到了，嫌犯是女人。

治秀這才看向海英。

- Insert
- S1，攀爬架前站著的女人。

海英(聲音)	當時，三層的攀爬架高度只到她的肩膀。以此為基準，可以知道身高在165左右。

- 舉著雨傘的女人的樣子。
- 領著允貞離開的女人背影。

海英(聲音)	項鍊、手環，有著華麗裝飾的亮色鞋子，為達到自己目的不惜綁架、殺害孩子，從這些都可以看出，嫌犯極有可能是一個無感型自戀人格障礙者，這種性格的人目中無人，不相信任何人。徐亨俊不可能是共犯，肯定是首次單獨作案。

- 重案組辦公室。
  海英清了清喉嚨，繼續向治秀說明。

| 海英 | 但徐亨俊發現了她的罪行。嫌犯起初並沒有打算利用徐亨俊,因為風險太大了……徐亨俊勸她去自首,或是說自己要去報警,於是她也殺了徐亨俊…… |

- Insert
- 女人的住處。平凡的屋裡躺著昏迷的允貞和抱著包包的亨俊。女人顫抖的握緊拳頭,看著亨俊。

| 海英(聲音) | 殺了他,再把所有的罪都推給他。 |

- 場景回到重案組辦公室。

| 海英 | 要怎麼做才能殺死一個力氣比自己大的男人呢?只有在自己知道的地方、熟悉的場所,加上那裡有可以輕易置人於死的藥物,所以嫌犯把他引誘到善日醫院。 |

- Insert
- 善日精神醫院後方有井的地方。粗暴的場面,女人從口袋裡取出針筒,猛然刺進亨俊的背。受到驚嚇的亨俊,生氣的衝上前抓住女人向後推,女人反抗,兩人之間發生肢體衝突。過程中,亨俊的眼鏡被打掉。一瞬間,藥效發作,亨俊膝蓋發軟,漸漸倒下……
- 看著倒在地上的亨俊的女人背影。

| 海英(聲音) | 接著,她切下徐亨俊的大拇指,也殺害了允貞。 |

- 場景再次回到重案組辦公室。

| 海英 | 只有善日醫院的相關人員知道、能自由出入的大樓後方。與紅色口紅、高跟鞋不搭配的短指甲——不能塗指甲油或留長指甲的特殊職業,她應該是可以熟練使用手術刀的手術室護士。 |

治秀看了看海英，不可置信的望向秀賢。

治秀	妳……該不會是信了這個菜鳥沒憑沒據的一派胡言吧？
秀賢	十分具有說服力。
治秀	什麼？
海英	（秀賢相信了自己，以意外的眼神看著秀賢）
秀賢	發現屍體的地方是禁止外部人員出入的區域，如果不是醫院相關人員，是不可能知道的。從拇指被切斷的模樣和使用的藥物來看，她的確是能熟練使用針筒和手術刀的醫療人員，但不是醫生。

秀賢把剛從傳真收到的資料遞給治秀。

秀賢	這是停業前5年期間，善日醫院員工的薪水明細。

治秀一張一張翻看。明細上沒有照片，只有姓名、身分證號碼及職銜。

秀賢	當時的女醫生只有兩名，其中一位40代，另一名因為懷孕正在休產假。而從徐亨俊的信用卡明細可以看出，幾乎都是20代初段的女性使用的品牌。已經過了15年，現在應該是30代中後段了。所以說，嫌犯是15年前在善日精神醫院工作過、現年約30代中後段的護士。

S／52　　　　N，英仁醫院一角

正在更衣室整理行李的世映。

S／53　　　　N，英仁醫院大廳

提著行李的世映穿過大廳、走出正門，消失在黑暗中。

S／54　　　N，英仁醫院一角

護士2走向護士站，對著櫃檯的護士。

護士2　　沒看見江護士嗎？剛才就沒見到她人了。
護士1　　我剛才也在找她，怎麼不見人影呢？對了……江護士是
　　　　　不是在善日醫院待過啊？剛才看新聞總覺得不對勁……
護士2　　（打斷）1131號患者的生命徵象確認了嗎？

護士1被護士2一說，馬上拿起病歷走開了……但護士
2似乎也因為那則新聞覺得有些在意，盯著電話看了半
天。

S／55　　　N，振陽警局重案組辦公室

治秀　　　單憑那點訊息，你覺得就能抓到嫌犯嗎？光是這裡記載
　　　　　的護士人數就有上萬，再怎麼篩選都會超過100人。你
　　　　　是想把這些人都找出來嗎？
海英　　　不用每個人都找。
偕哲　　　真是的，你這小子能不能閉上嘴啊……

治秀擺手制止偕哲，眼神示意海英繼續說。

海英　　　如今搞得滿城風雨，在善日醫院工作過的100多名護士
　　　　　想必也都看到新聞了，她們當中……一定有人認識嫌
　　　　　犯。
治秀　　　你想利用舉報電話啊？然後呢……有人打來了嗎？
海英　　　還沒有……1個小時後才會打來。
治秀　　　（看著）
海英　　　這可是懷疑一起共事的同事，剛開始肯定會說服自己，
　　　　　同事不是那種人，但如果那個人做出讓對方起疑的行
　　　　　動，就會立刻報警的。
治秀　　　起疑的行動？

海英　　　　我説已經找到了確切的證據……是故意騙人的。嫌犯以為自己 15 年來隱藏得很好，如果她開始擔心自己可能會被捕，那會作何反應呢？一定會做出平時沒有的行動，突然消失，或是整頓周邊關係……

突然，電話響起，所有人的視線都集中到電話上，偏偏是偕哲那臺電話。偕哲心想：這該怎麼辦？怎麼偏偏是我的電話……他一邊察言觀色，一邊遠離電話……

治秀　　　　在幹嘛？快接啊！
偕哲　　　　（敏捷的接起）振陽警局重案一組……金允貞誘拐案？

這時，其他電話也紛紛響起。刑警 1 看了看眼色，馬上跑去接電話。秀賢和海英一臉緊張的看著通話中的偕哲和其他刑警。

偕哲　　　　（掛斷電話跑過來）說是江陵京安醫院的護士，衣著相貌基本相似。姓名孫多妍，年齡 36 歲，她拜託舉報人不要透露自己曾經在善日醫院工作過，説要回老家看母親後就離開了。
刑警 1　　　（摀住聽筒）這邊是忠州，情況相似。

秀賢看著治秀。

秀賢　　　　現在……請允許我們正式展開調查吧！
治秀　　　　……
秀賢　　　　在徐亨俊案發現場收集到的衣服、眼鏡、藥瓶都在檢驗中，只要找到蛛絲馬跡，就可以和我們鎖定的嫌犯 DNA 進行比對，將其逮捕歸案。
治秀　　　　……
秀賢　　　　如果出什麼差錯，我願意承擔全部責任。
治秀　　　　妳負責？……妳以為妳是誰，還敢負責。
秀賢　　　　（看著）

治秀	抓到嫌犯後，讓她招供也好，找到證據證明她是真兇也好，要在24小時以內辦到才能起訴，有信心嗎？
秀賢	（看了看）有。

治秀看著秀賢。

治秀	要是抓不到嫌犯，我要妳對今天闖下的禍加倍奉還。（看向其他刑警）車秀賢負責現場指揮，重案一組支援。

S／56　　　N，Montage

- 夜裡，亮起警燈飛馳的車內，秀賢開車，海英坐在副駕駛座上，翻閱過去調查資料中徐亨俊的信用卡明細。

海英	徐亨俊信用卡的實際使用者是那個女人沒錯。她是非常自戀的購物狂，經常去限量銷售的精品店購物。

- 跑進江陵京安醫院大廳的秀賢與海英。秀賢大步走在前面，海英環視四周緊跟其後。大廳掛著的時鐘顯示已經凌晨4點多了。

海英(聲音)	這種人喜歡鮮豔的顏色、特別的設計，而且對流行非常敏感，隨身攜帶鏡子的可能性極大。

- 海英和秀賢與舉報者一起走進護士更衣室。

舉報者	那個就是她的櫃子。
秀賢	（邊走邊問舉報者）妳提到的那位同事平時為人如何？開銷很大嗎？
舉報者	不會，她為了付母親的住院費，連信用卡都不用……

秀賢和海英本能的感覺不是這人。快速打開櫃子一看……啊……垂下了頭。普通的衣物、環保袋、一般的鞋

子，櫃子一角貼著普通的寵物狗照片。

海英　　　　不是這個人。嫌犯在人際關係裡屬於榨取型的人，這種
　　　　　　人是不會養寵物的。

－　早上，站在忠州醫院門口通話中的刑警1。

刑警1　　　我在忠州，不是善日精神醫院工作過的護士，只是在鄉
　　　　　　下的善日內科待過。舉報者和那個護士好像關係不太
　　　　　　好，看來是懷恨在心、想報復人家。

－　白天，奔馳的車內。行李放在前面，世映正駕車開往某
　　處，面無表情的看向窗外。
－　白天，S 54，英仁醫院護士站，護士2似乎在那裡坐了
　　一整夜，愣愣盯著電話。
－　白天，又驅車開往某處的秀賢和海英。

海英　　　　從犯案過程可以看出，嫌犯膽大、腦筋又轉得很快，是
　　　　　　一個為了保全自己不惜做出任何事的人。一定要抓住
　　　　　　她！

　　　　　　秀賢看了眼車裡的時鐘，已經下午3點多了，她顯得十
　　　　　　分焦急。

S／57　　　D，振陽警局，重案組辦公室

　　　　　　貼在白板的地圖上，江陵、忠州、堤川、春川全都畫了
　　　　　　叉，時間不知不覺已經快要下午3點。疲累的偕哲和刑
　　　　　　警們趴在桌上睡著了。這時電話響起，偕哲半夢半醒的
　　　　　　接起電話。

偕哲　　　　振陽警局重案組。
（聲音）　　我是為了金允貞誘拐案打電話來的。

| 偕哲 | （打了個哈欠）喔喔，首爾……英仁醫院嗎？ |

S／58　　　N，英仁醫院大廳

與刑警一起走進大廳的護士2。

刑警1	妳説她在善日精神醫院工作前，在外科工作過？
護士2	是的。
刑警2	她現在人在哪裡？
護士2	（感到良心過意不去，略微猶豫）昨天看了新聞後，一句話都沒説，突然就不見人影了，手機也關機……老實説，對同事起疑心總覺得過意不去，所以才猶豫了……但我查看了她的櫃子，連行李都消失不見了。

刑警1和刑警2互看一眼，直覺應該就是這個人了。

S／59　　　N，英仁醫院，護士更衣室

刑警走進更衣室。護士2走到貼有「江世映」名牌的櫃子前。

| 護士2 | 剛才也告訴你們了，行李幾乎都帶走了。 |

護士2打開櫃門，刑警們看向櫃子的眼神變得十分不同。

S／60　　　N，道路一角

秀賢將車停在路邊，與刑警1通話。

| 秀賢 | 首爾英仁醫院？ |
| 刑警1 (聲音) | 嗯，我傳了張照片過去，妳看看。 |

秀賢馬上掛斷電話，海英一臉焦急的看著秀賢。

海英	説了什麼？

秀賢沒回答，確認簡訊收到的照片。秀賢點開照片，板著臉把照片拿給海英看。海英看了照片後也神色沉重……拍攝的照片裡出現豔麗的名牌高跟鞋，一邊放著的杯子裡插著一把剪刀。櫃子深處有幾本與公訴時效有關的書。櫃門上掛著一面鏡子，鏡子下面貼著花紋圖案的日曆，正是 S 2 裡出現的日曆。

海英用顫抖的手放大照片，7月29日下面寫著「The end」。

海英盯著照片，畫面裡一響起警笛聲。

S ／ 61　　　　N，Montage

以下畫面快速穿插而過。

− 列隊奔跑的警察。

− 通往首爾的道路，車堵得寸步難行。「嗚咿−嗚咿−」的鳴笛聲。秀賢一臉鬱悶的打著電話。

秀賢	進展如何？抓到了嗎？

− 重案組辦公室。

正在和秀賢通話的偕哲。鄰座的刑警們正在打電話請求地方支援。

偕哲	家裡沒人，可能會去的地方也都找過了，不見人影。
秀賢（聲音）	手機呢？
偕哲	還是關機狀態。

這時，刑警3從傳真機裡取出傳真，交給偕哲。

刑警3	這是江世映最近的信用卡明細，她最近有預約飯店。
偕哲	（話筒用肩膀夾住，翻看信用卡明細）哪裡的飯店？
刑警3	（臉色難看）釜山。

–　車內，秀賢顯得更加鬱悶。

秀賢　　　　在釜山？……沒有時間了，現在已經9點半了！

　　　　　　坐在副駕駛座的海英聽到，鬱悶的抱住頭。

–　重案組辦公室。
　　治秀推門走了進來。

治秀　　　　聯繫釜山警局，調直升機也行，能用的辦法全都用上！

–　道路某處。
　　焦急鬱悶的秀賢狠狠按著喇叭。海英也焦急的看著正前
　　方……

S／62　　　　N，振陽警局建築外景

　　　　　　秀賢把車子隨便一停，和海英一起下車、快步跑進建築
　　　　　　內。

S／63　　　　N，振陽警局走廊

　　　　　　秀賢和海英氣喘吁吁的跑進來，轉過彎，與走廊上面帶
　　　　　　焦慮、混亂不安的允貞母親視線相對。允貞母親看到海
　　　　　　英和秀賢，撲了上來。

允貞母親　　這是怎麼回事？真兇另有其人？那、那個嫌犯抓住了
　　　　　　嗎？

　　　　　　秀賢、海英不知道該如何回答，表情沉重的看著允貞母
　　　　　　親。偕哲出現在允貞母親身後，板著臉看著海英和秀
　　　　　　賢。秀賢和海英焦急的望向偕哲。

S／64　　　　N，振陽警局，調查室外走廊

治秀和刑警站在調查室門前，偕哲和秀賢走過來，後面跟著海英。秀賢眼中充滿期盼。

秀賢　　　怎麼樣了？

治秀和刑警一個接一個讓開路，透過調查室的玻璃……世映面無表情的坐在調查室裡。秀賢顫抖的眼神盯著沒有任何表情的世映。站在秀賢身後的海英這才安心的鬆一口氣。

治秀　　　物證檢驗還沒結束。
秀賢　　　（看著）
治秀　　　現在只剩下1個半小時了，我先到法院找檢察官待命，妳想辦法拿到供詞，想要起訴，眼下沒有其他辦法了。

秀賢了解的點點頭，視線轉向世映。

S／65　　　　N，調查室

天花板強烈的白炙燈光下，世映和秀賢隔桌相對而坐。

秀賢　　　妳是江世映本人，沒錯吧？
世映　　　（不作聲，對望）
秀賢　　　妳於2000年7月29日，在振陽國小前綁架了金允貞後勒索其家人，拿到5千萬贖金後殘忍的勒死了金允貞，妳承認嗎？
世映　　　……我沒做過那種事，你們為什麼要抓我？
秀賢　　　2000年妳在善日精神醫院工作，沒錯吧？
世映　　　……沒錯。
秀賢　　　妳是在哪裡、如何認識徐亨俊的？
世映　　　我不認識那個人。

秀賢	不認識金允貞，也不認識徐亨俊。那妳昨天看完新聞後為什麼要潛逃呢？
世映	潛逃？我哪有潛逃。

S／66　　　N，調查室外走廊

坐在椅子上的海英陷入沉思。這時，偕哲拿著咖啡走過來，看見海英。

偕哲	行了，回去吧，你也盡力了。
海英	鞋……她穿的是什麼鞋？
偕哲	什麼？
海英	這就怪了。為什麼收拾了行李，卻把新的名牌高跟鞋留下呢？你看到她穿的是什麼鞋了嗎？
偕哲	嗯……好像是褐色的……

海英臉色大變，鏡頭切換到海英印象裡看到的櫃子照片。

- Insert
- 櫃子裡，名牌高跟鞋旁的杯子和剪刀。

S／67　　　N，調查室

秀賢	為什麼關掉手機？
世映	手機掉了。

S／68　　　N，車內

某人看了看世映關著的手機，然後丟出窗外……

S／69 　　　 N，調查室

世映　　　我只是請了特休而已，你們去問問尹護士就知道。
秀賢　　　（停住）尹護士？
世映　　　尹護士說會幫我請假的。

　　　　　秀賢感到一陣不安，眼神開始顫抖。這時，海英突然推
　　　　　開調查室的門闖進來，偕哲想攔住海英，也跟著跑進
　　　　　來，秀賢吃驚的看著。
　　　　　海英馬上確認桌下世映穿的鞋子——普通的褐色皮鞋。
　　　　　海英再次起身確認世映的手，右手有長期持筆而留下的
　　　　　硬繭。

海英　　　不是這個女人……杯子放置的把手方向朝左，剪刀也是
　　　　　左撇子專用的。櫃子的主人……真兇是個左撇子。
秀賢　　　怎麼可能……舉報者分明……（突然停住）妳說的尹護
　　　　　士，她是誰？是什麼樣的人？

S／70 　　　 N，車內

　　　　　某人把綁著的頭髮放了下來，一頭長髮，塗著紅色口紅
　　　　　的嘴唇，畫面漸漸移動，是護士2，尹秀雅。

S／71 　　　 N，過去，英仁醫院走廊

　　　　　S 50，秀雅走在走廊上，走廊另一頭是站在病房門口看
　　　　　新聞的世映背影。秀雅站在世映後面聽到新聞報導，臉
　　　　　色變得冰冷。另一邊，護士站的護士對話也傳來……
　　　　　「善日醫院？有沒有在那裡工作過的人啊？」秀雅聽到
　　　　　那些對話，顯得焦慮不安，在原地看著世映的背影陷入
　　　　　沉思，接著走向世映，用手肘碰了她一下。

秀雅　　　看新聞了嗎？提到善日醫院了呢！

世映看著秀雅。

世映　　　尹護士不也在善日醫院工作過嗎？

S／72　　　N，現在，調查室

海英一臉悵然若失。

海英　　　膽子大……腦筋轉得快……為了保全自己不惜犧牲任何
　　　　　人……是我錯了，我理所當然的認為她會潛逃……

S／73　　　Montage

　　　－　S 56，Montage 畫面中的秀雅。盯著桌上的電話，看起
　　　　　來猶豫不決，視線看向時鐘。

海英(聲音)　她是計算好剩餘的公訴時效才打電話來的，好讓我們把
　　　　　時間浪費在江世映身上……

　　　－　護士更衣室。秀雅把自己櫃子的名牌與江世映的名牌對
　　　　　調。
　　　－　S 59，把自己的櫃子說成是世映的櫃子指給刑警看，然
　　　　　後站在刑警身後觀察。

海英(聲音)　她知道警察會因為公訴時效著急，所以才誘導我們出
　　　　　錯。

S／74　　　N，現在，調查室／走廊

茫然若失、渾身顫抖的海英。

海英　　　（有些失魂落魄）不能……不能就這麼結束……15年前

誘拐案發生時也是……現在也是，那個女人在炫耀自己的作案計畫。她覺得自己比別人優秀，能操控警察，覺得我們抓不到她。她一定就在附近，在看著我們。

海英衝出調查室，秀賢看著海英，下定決心似的也跟著衝出去。走廊上，正朝調查室走來的偕哲和刑警1見狀吃驚，但也隨後跟上。

S／75　　　N，Montage

－　衝出調查室的海英突然停下腳步，看到坐在走廊長椅上的允貞母親心如刀絞、雙手緊握的模樣。海英被罪惡感籠罩，一定要抓住真兇！海英眼裡充滿焦慮，跑了出去……
－　海英跑到大廳，穿過正在大廳等待新聞的記者衝出去。接著秀賢也跟著跑出來，後面還有迅速追上的偕哲和刑警1。記者們詫異的看著他們。

秀賢　　　　（用手機撥通電話，並問刑警1）你們幾點在醫院見到那個女人的？
刑警1　　　7點30分左右。
秀賢　　　　（這時對方接起電話，著急語氣）請確認一下英仁醫院到振陽警局，7點30分以後的CCTV。車牌20-MA-8178！

－　道路交通指揮中心。
　　職員開始快速搜索CCTV畫面。
－　振陽警局附近。
　　海英跑在下著雨的街道上，尋找嫌犯。
－　街道另一處。
　　也在搜索嫌犯的秀賢、偕哲、刑警1。
－　道路交通指揮中心。
　　職員定格CCTV中的某個畫面。發現停在振陽警局附近路邊的秀雅。職員喊道：「找到了！」

- 街道一角。
  繼續尋找嫌犯的海英突然停住，看向街道對面。

S／76　　　　N，振陽警局附近街道

海英愣愣望著街道對面。對面2樓有間咖啡廳，透過玻璃窗可以將看到整個警局，有人坐在那裡……玻璃上的字剛好擋住了那個人。

畫面與15年前被雨傘遮住的秀雅重疊。海英對那個人起疑，迅速穿過馬路。嗚咿－嗚咿－，響起鳴笛聲。坐在咖啡廳裡的人聽到聲音轉過頭。

海英毫無顧忌的穿越馬路，抬頭看向2樓咖啡廳——剛剛坐在那裡的女人不見了！海英著急的尋找通往咖啡廳的樓梯。海英跑到建築物後方，一陣東張西望，跑向另一個方向後正要上樓的瞬間，另一邊的人潮中，有個女人舉著雨傘看著海英，然後消失不見。

海英　　　！！！

- Insert
- S1，攀爬架前，撐著雨傘的女人。
- 街道一角。
  是那個女人！海英撥開人潮拚命向前，卻彷彿永遠抓不到她，女人的黑傘在人潮裡忽隱忽現。

  抵達岔路口的海英，眼看就要追上，迎面而來的貨車「嗶——」的呼嘯而過。海英著急，又讓她跑了？貨車一閃而過，眼前出現撐著黑色雨傘的女人。在她對面，站著淋著雨的秀賢。

秀賢　　　尹秀雅小姐。

秀雅舉高雨傘。海英這才穿過馬路走向秀雅。秀雅慢慢回頭，舉起雨傘看向海英。秀賢一臉嚴肅的看著秀雅。

海英多年來累積的感情終於爆發，紅著雙眼看著秀雅。

＊字幕 — 金允貞誘拐案公訴時效終止前20分鐘。

第一集　終

第二集

S／1　　　　N，振陽警局，調查室

秀雅坐在強烈光線下，秀雅身後掛的時鐘顯示11點49分。

S／2　　　　N，振陽警局，調查室外走廊

允貞母親表情驚慌的坐著。

S／3　　　　N，振陽警局，調查室隔壁的觀察室

偕哲、海英和刑警們焦慮的注視著調查室。

偕哲　　　（焦慮的看著）要是不行就強行逼供！不然只要死不承認、撐個10分鐘就結束了，難道那女人不知道嗎？
海英　　　你以為現在是80年代啊？逼什麼供。
偕哲　　　你這臭小子……把這兒當什麼地方了。
海英　　　（打斷）只要有3到5分鐘就可以了。拿出確切的證據，嫌犯動搖的時間一般在3到5分鐘之間，只要在這段時間內讓尹秀雅動搖，就有希望。

這時，秀賢打開觀察室的門走進來，迅速摘下刑警2戴著的眼鏡。

秀賢　　　借來用用。

S／4　　　　N，振陽警局，調查室

調查室的時鐘秒針轉到11點50分時，畫面下方開始10：00：00的倒數計時。秀賢走進調查室，「啪」一聲把資料丟在桌上，眼鏡放在一旁，在秀雅對面坐下。秀雅打量著秀賢。秀賢拿起其中一份資料翻看。

秀賢	尹秀雅，目前就職英仁醫院，月收入350萬，住在江南高級公寓。交了月租、管理費，再加上吃飯和交通費，應該也剩不了多少了。
秀雅	（直直盯著）……
秀賢	可妳櫃子裡的昂貴名牌還真不少……這次交的男朋友也不錯吧？跟15年前的徐亨俊一樣……
秀雅	……不知道妳在講什麼。
秀賢	不是妳親自帶我們看的櫃子嗎？雖然謊稱那是江世映的……
秀雅	……
秀賢	為什麼要說謊？
秀雅	……我想知道警察會不會辦案。就是因為你們這種連說謊都看不穿的警察，才會抓不到嫌犯……這次也抓不到的話，那死去的孩子就太可憐了。
秀賢	……（看著）所以那個櫃子，是妳尹秀雅本人的囉？
秀雅	是。
秀賢	那裡面的東西也都是妳本人的？
秀雅	……沒錯。
秀賢	很好，謝謝。托妳的福，我們可爭取到了時間呢。
秀雅	（突然愣住，看著）
秀賢	謝謝妳主動向我們提供了本人的DNA。

秀雅的眼神微微僵住，慢慢改變坐姿，雙手抱胸。

S／5　　N，振陽警局，調查室隔壁的觀察室

海英朝玻璃窗邁前一步。

海英	她採取防禦姿勢了，是怕自己遺漏了什麼而感到不安。接下來的3到5分鐘之內，必須讓她認罪才行。

秀雅身後轉動的秒針。

秀賢	怎麼？妳是好奇自己的DNA要用在哪裡嗎？
秀雅	（默不作聲、直視）
秀賢	15年前的那口井……還記得吧？

秀雅的眼神微微晃動。

秀賢	日常生活使用的物品裡，知道什麼東西會留下那個人最多的DNA嗎？成為那個人的眼睛、整天接觸時間最長的東西，就是眼鏡。
秀雅	（一動不動的看著）
秀賢	（取出物證照片裡的一張，推給秀雅）還認得嗎？
秀雅	（像是鬆了口氣似的露出淡淡微笑）你們搞錯了吧？這不是我的眼鏡，我的視力還不錯呢。
秀賢	我知道，眼鏡不是妳的，這是徐亨俊死亡當時佩戴的眼鏡。

- Insert
- 第1集，S 33，井底，白骨旁掉落的眼鏡。
- 場景回到調查室，秀雅的眼神微微晃動。秀賢拿起刑警2的眼鏡給她看。

秀賢	知道眼鏡的哪個部位最容易找到證據嗎？就是會留下最多DNA的鼻梁部位，和不管碰上什麼物質都能好好留存下來的（折起鏡架，展示鉸鏈部位）鉸鏈部位。

- Insert
- 現在，國科搜DNA分析室的鑑識員，正在採集從櫃子裡帶回來、尹秀雅牙刷上的DNA。旁邊放著的比對樣品，是從井底找到的眼鏡鉸鏈部位採集到的。

－　畫面再次回到調查室，秀雅表情僵住。

秀賢　　　　妳覺得在徐亨俊的眼鏡上能發現什麼？
秀雅　　　　（露出不安神色）我怎麼可能知道。
秀賢　　　　妳當然不知道了。知道的話，就不會把眼鏡丟到井裡了。
　　　　　　眼鏡上發現了殺死徐亨俊的真兇——也就是妳的血跡。
秀雅　　　　（急切的）妳說謊……都已經 15 年了，不可能在丟掉的
　　　　　　眼鏡上發現。
秀賢　　　　我一開始也以為是謊言。可是就算再少量的血液，只要
　　　　　　沾上了，別說 10 年、20 年，哪怕過了 100 年，也還是
　　　　　　可以驗出 DNA。這就是現代科學送給被害人的禮物。
秀雅　　　　（盡量保持鎮定，緊握拳頭，隱約在顫抖）

S／7　　　　N，振陽警局，調查室隔壁的觀察室

　　　　　　偕哲和刑警們看到秀雅的反應，開始興奮……

偕哲　　　　上鉤了……
海英　　　　現在開始非常關鍵。

S／8　　　　N，振陽警局，調查室

　　　　　　秀賢更強勢的壓迫秀雅。

秀賢　　　　妳覺得自己是這世上最聰明的人，連警察都不放在眼
　　　　　　裡，但這次妳錯了。
秀雅　　　　（顫抖的眼神看著）
秀賢　　　　15 年前，妳在善日精神醫院殺害了徐亨俊。

　　　　　　秀雅扭曲顫抖的面孔。

－　Insert
－　第一集，S 51，海英的推理畫面。善日醫院後面有枯井

的地方，秀雅與亨俊正發生肢體衝突，秀雅打了亨俊的臉，眼鏡被打掉，掉落的眼鏡腿折了一下。（特寫眼鏡）接著亨俊倒地。

－　秀雅拖著亨俊的屍體朝枯井的方向走，接著把掉在地上的眼鏡和屍體一起投進井裡。

－　場景回到振陽警局的調查室，秀賢對秀雅的強勢壓迫毫不放鬆。

秀賢　　　為什麼？因為妳要隱瞞綁架、殺害允貞的犯罪事實，因為妳需要那5千萬……妳就是金允貞誘拐案的真兇，也是殺害徐亨俊的真兇，現在妳完蛋了。

秀雅以顫抖的眼神看了看秀賢，然後垂下頭。

S／9　　　N，振陽警局，調查室隔壁的觀察室

終於要承認了，大家以更加緊張的目光注視著玻璃窗。現在公訴時效只剩下不到5分鐘。

海英　　　說……快說人是妳殺的……

S／10　　　N，振陽警局，調查室

秀賢也緊張的注視低頭的秀雅。秀雅緩緩抬起頭，嘴角漸漸露出微笑。

秀雅　　　原來……還沒找到啊……

秀賢沉下臉。觀察室裡的人也很失落。

秀雅　　　你們要是有了確切的證據，還有必要這樣嗎？時間已經所剩無幾了，直接起訴不就行了……（微笑）……對吧？你們以為這樣，我就會認罪了？

秀賢看著秀雅。

啊……偕哲和刑警們抓狂的直扶後頸。海英心急的看一眼時間，已經過了55分，海英確認時間後，衝出觀察室。

偕哲　　　不到5分鐘了！早就說要逼供的啊！
刑警1　　（著急）DNA鑑定結果還沒出來嗎？

S／12　　　N，振陽警局，科學鑑識組

咥！推門闖入的海英與站在傳真機旁焦急等待的鑑識員互看一眼。

S／13　　　N，振陽警局，調查室

秀雅眼神微微顫抖，盯著秀賢，情況與剛才呈現逆轉態勢。

秀雅　　　（顯得從容）不是我……我是在善日精神醫院工作過，但我沒殺人。

秀賢默不作聲。時間只剩下不到2分鐘。這時，海英猛的推開調查室的門，一手拿著報告結果闖進來。秀賢和秀雅同時看向海英。

海英　　　（像是跑來的，調整呼吸）結果出來了。

秀賢起身望向海英。秀雅也緊張的盯著海英……
觀察室裡的偕哲和其他刑警也詫異的盯著海英。

海英	結果顯示徐亨俊眼鏡上沾有的血跡DNA與尹秀雅的DNA──一致。
秀賢	（看著）
秀雅	（眼神顫抖）
海英	是妳殺了他們，妳殺了徐亨俊，也殺了允貞，還不到12歲的孩子……只為了5千萬！

S／14　　N，振陽警局，調查室隔壁的觀察室

怎麼回事？偕哲和刑警們一頭霧水。
刑警1剛與科學鑑識組通過電話，轉過頭。

| 刑警1 | 鑑定結果還沒出來，得把那小子拉出來。 |
| 偕哲 | （看著調查室）不，只剩不到1分鐘了，只要讓她承認就行。 |

S／15　　N，振陽警局調查室

| 海英 | 為什麼這麼做？沒有必要殺人啊？錢也到手了，到底是為什麼？ |
| 秀雅 | （像是幾乎快要承認似的看著海英） |

盯著秀雅的秀賢看了一眼時間，只剩不到40秒。

S／16　　N，振陽警局，調查室隔壁的觀察室

偕哲與刑警們也都充滿期待的看著，秒針慢慢轉動。

S／17　　N，振陽警局，調查室

秀雅慢慢張開嘴巴。

| 秀雅 | 人……不是我殺的。 |

秀賢灰心的閉上眼睛。時鐘的秒針快速轉動，滴答滴答……12點過了。秒針根本不懂此時的時間所具有的意義，繼續滴答滴答的轉動。調查室被寂靜籠罩。S4開始的倒數計時字幕變成「00：00：00」。

＊字幕 ─ 2015年7月30日00：00，金允貞誘拐案公訴時效終止。

功敗垂成，海英顫抖著，茫然若失的站在原地。秀雅看著那樣的海英。露出淡淡的笑。

秀雅　　　我現在可以走了吧？

海英和秀賢束手無策，只能看著秀雅離開。

S／18　　　N，振陽警局觀察室

觀察室裡的偕哲和刑警們也垂頭喪氣的看著裡面，這時電話響了。

偕哲　　　（接起電話）

鑑識人員(聲音)　檢驗結果出來了，DNA 99.98% 一致 ── 那個女人就是真兇。

偕哲　　　唉！媽的！怎麼現在才出來！

S／19　　　N，振陽警局，調查室外走廊

秀雅面帶笑容，像在嘲笑所有人般緩慢走出調查室。板著臉的偕哲和刑警們從觀察室走出來，秀賢和海英跟在秀雅身後。沒有人可以阻止秀雅。走廊盡頭的允貞母親毫無頭緒的看著大家。秀雅慢慢沿著走廊遠去。這時，憲基從走廊另一頭走來，走到秀賢面前。

| 憲基 | 前輩，這是從白骨穿著的衣服裡找到並復原的，不知道能不能派上用場。 |

秀賢接過憲基遞過來的照片一看，眼神漸漸凝結。秀賢快步追上走遠的秀雅，攔住她，取出手銬「喀嚓」扣在秀雅的手腕上。秀雅驚慌失措，從調查室走出來的海英也緊張的看著。

秀賢	現在以15年前殺害徐亨俊的罪名逮捕妳，妳有權保持緘默，並可以聘請辯護律師。
秀雅	妳這是在做什麼？
秀賢	剛剛檢驗出了徐亨俊的死亡推測時間。

- Insert
- 接S6，憲基正在復原證物，成功復原了從徐亨俊褲子口袋取出的紙條字跡。從復原的紙條可以看出那是停車證。
- 第一集，海英經過抽取停車證的機器，徐亨俊坐在駕駛座抽取了停車證。特寫停車證，上面寫著「2000.7.31 00：00」。
- 場景回到調查室外的走廊。

秀賢	允貞的公訴時效雖然過了，但徐亨俊的公訴時效還剩1天。
秀雅	不會的……這不可能……
秀賢	（朝後面站著的刑警）帶走。

刑警上前抓住秀雅的兩隻手臂押走。

| 允貞母親 | 那允貞呢？ |

所有人看向允貞的母親。

允貞母親	為什麼……為什麼我們家允貞不行？
秀賢	（遺憾語氣）對不起。如果不能確定被害人的死亡時間，會根據推測的死亡時間來決定公訴時效，也就是說，允貞可能在徐亨俊之前或之後遇害，但法律對嫌犯更有利……
允貞母親	為什麼？
秀賢	……對不起。
允貞母親	我等了15年！究竟是為什麼！

允貞母親癱坐在地，秀賢只能無能為力的看著。站在調查室門口的海英也束手無策。秀雅被刑警押走，留下的海英、秀賢和刑警們面對一直反覆問：「為什麼，究竟是為什麼？」的允貞母親，沒有一個人能回答。秀賢和海英啞口無言，望著允貞母親。

S／20　　D，振陽國小

伴隨著孩子們的歡聲笑語，畫面漸漸轉亮。溫暖的陽光，海英手拿白菊花走進振陽國小的校園。抵達學校穿堂的海英，默默站在那裡注視著沒有人出入的穿堂……但海英耳邊響起了當年下雨的聲音。

- Insert
- 允貞站在穿堂等待母親的樣子。
- 回到現在，海英將菊花放在當年允貞站的地方，短暫的行禮默哀後，慢慢轉身朝校門走去時，突然轉過頭來，像是出現幻影一般，年幼的允貞站在那裡望向海英。海英佇足片刻，再次朝校門走去。

S／21　　D，公路某處，車內

海英正在開車，奔馳的車內，廣播傳來時事節目嘉賓的聲音。

嘉賓1 **(聲音)**　　公訴時效是為了誰而存在的呢？雖然徐亨俊殺人案已經解決，但被同一嫌犯殺害的金允貞誘拐案永遠成為懸案。

S／22　　　D，電視臺攝影棚

嘉賓面對面而坐，爭論不休。

嘉賓1　　　　根據今年7月31日修訂的公訴時效法，2000年8月1日以後發生的案件，公訴失效全部被廢止了。但更早以前發生的案件呢？2000年8月1日以前殺人的嫌犯就無罪了嗎？為了之前犧牲的被害人所受的痛苦，過去發生的一切重案，都有溯及既往的必要。

S／23　　　D，樹木園

－　海英開車來到已有秋色、被森林環繞的樹木園停車場。
－　海英走在樹林間。

S／24　　　D，電視臺攝影棚

嘉賓2　　　　溯及既往是相當敏感的問題，總不能跑去跟法律上已經宣判無罪的人說：現在法律改了，你又是嫌犯了喔。

嘉賓1　　　　只重視嫌犯的人權，被害人和被害人家屬的人權就不重要嗎？

嘉賓2　　　　即便實行溯及既往，也會造成問題。2000年以前發生的長期懸案，已經沒有證據或證人，破獲的可能性微乎其微。糾結在那些懸案上，卻耽誤了眼下發生的重案，只會增加新的懸案啊。

嘉賓1　　　　所以說，警察廳有必要設立長期懸案專案組。

S／25　　　D，樹木園一角

遠處可以看到紅松。應該是舉行樹葬的地方。海英望著寫有「朴善宇1983年～2000年」牌位的紅松。

- Insert
- 惠勝的家人抓著海英的母親哭喊著。
- 身穿囚衣、被綁繩捆綁的高中男學生們低頭走路，他們的手、腳和眼神。
- 幼年海英表情惶恐，呼喊：「不是哥哥……不是我哥哥！」
- 場景回到樹木園，海英撫摸著紅松。

嘉賓1 (聲音)　就像京畿南部連續殺人案，這類具代表性的重案至今都是未結懸案，給我們的社會留下傷痛，必須要有人站出來。

S／26　　　D，Montage

- 范洙的車漸漸逼近警察廳大樓。舉著「仁州女高中生事件真相」「重新調查京畿南部連續殺人案」「小學生恐怖案件」等，舉著一人抗議標語的示威者和記者亂成一團。坐在車裡的范洙冷眼注視。
- 記者把麥克風伸向在警察廳大樓前下車的范洙。

記者1　　　輿論現在希望警察廳要設立長期懸案專案組，對此您有什麼看法？

- 載著國會議員的高級轎車從國會大樓前舉行一人抗議、憔悴的被害人家屬旁經過。畫面響起記者1播報的聲音。

記者1 (聲音)　現在國民提出了問題，殺人犯的罪行能夠因人類制定的

時效而消失嗎？是時候要有人來回答這個問題了。

- 秀賢和偕哲在地鐵樓梯上奔跑，追捕逃跑的嫌犯。
  偕哲體力不足，樓梯跑到一半就放棄了。秀賢跑出地鐵出入口，撲向嫌犯、將其推倒在地，扣上手銬。秀賢看到遠處電子螢幕出現「即時新聞，國會通過刑事訴訟法修訂案」。
- 火車站候車室觀看電視新聞的人們。
- 街上用手機收看新聞的人們。
- 老舊住家的電視正在播放新聞，在不同地方收看新聞的人們，新聞裡出現的主播。

主播　　　今日上午，國會通過有關公訴時效刑事訴訟法的第二次修正案，這意味著在大韓民國發生的殺人、放火、誘拐等罪行重大的重案，都將撤銷公訴時效。也為 2000 年遭到誘拐並被殘忍殺害的金允貞誘拐案帶來解決的希望。

- 火車站候車室人潮中，戴著黑色帽子的天久背影，在觀看新聞的他，手開始顫抖。
- 老舊住家的電視旁，正在收看新聞的京順背影。

S ／ 27　　　D，警察廳，搜查局長室

范洙靜靜看著電視，畫面響起主播的聲音。

主播　　　2000 年以前發生的重案公訴時效被廢除後，與之相應的長期懸案調查工作，也將迅速展開。

范洙拿起遙控器、關掉電視。

范洙　　　想得簡單……沒了公訴時效，那些至今都沒抓到的嫌犯就會自己送上門來嗎？（看向某人）你說呢？

循著范洙的視線，看到坐在對面的治秀。

范洙　　　　首爾地方廳將正式成立長期懸案專案組，由你負責，闖
　　　　　　過一次禍，總得負點責任吧。

S／28　　　D，振陽警局重案組辦公室

如往常一樣繁忙的秀賢，有人在一旁朗讀公文。

偕哲(聲音)　振陽警局重案一組，警衛車秀賢。

鏡頭移動，偕哲正在朗讀下達給秀賢的公文，其他刑警
也都聚在秀賢旁邊。

偕哲　　　　該員為破獲2000年8月31日發生的徐亨俊殺人案作出
　　　　　　重大貢獻，為認可該警員的破案能力，任命調配至新設
　　　　　　立的首爾地方警察廳長期懸案專案組……什麼啊，這麼
　　　　　　長，總而言之，派去那邊工作了。

看到公文的刑警都向秀賢投來同情的眼光。秀賢沒理會
他們，繼續埋頭工作。

偕哲　　　　我就說妳得改改自己那暴脾氣……不要亂碰上面和高壓
　　　　　　線才是上策。
刑警1　　　就當是去休息吧。長期懸案……還搞什麼專案組……

這時，刑警2開門進來，手上拿著人事調令文件。

刑警2　　　金刑警也有人事調令呢，調到了長期懸案專案組……
偕哲　　　　（怒火沖天）王八……

S／29	D，振陽警局科學鑑識組

憲基正在做檢驗。某個人把下達給憲基的人事調令公文放下便離開了。確認公文後，憲基感到難以置信。

S／30	D，警察廳，搜查局長室

范洙看著治秀，眼神冷漠。

范洙　　　　長期懸案可是警察的恥辱，重新調查等於是碰觸那些恥辱，等到公訴時效風頭過了，那個部門自然就會解散……所以說，別鬧事，識相點配合好就行了……

治秀　　　　……

范洙　　　　就像15年前……李材韓那時候一樣……

聽到材韓的名字，治秀的眼神垂了下去。

S／31	D，監獄外景

S／32	D，監獄會面室

會面室裡，秀賢和穿著囚衣的秀雅面對面而坐。

秀雅　　　　我們之間……好像無話可說了吧？

秀賢從筆記本裡拿出材韓的照片（2000年前後，當警察時的證件照）給秀雅看。

秀賢　　　　這個人有沒有去找過妳？身高185公分左右，穿著黑色大衣。

秀雅　　　　……刑警？

秀賢　　　　也可能沒說自己是刑警。那天他確實說過要去找妳。

秀雅　　　　妳瘋了吧？

秀賢	（看著）
秀雅	那天警察要是找到我，當時不就抓到我了。（把照片還給秀賢）我無話可說，妳請回吧。

秀賢不肯放棄，還想再問些什麼，但秀雅已經轉身離開。

S／33　　　N，振陽警局，重案組辦公室

深夜，沒有人的辦公室。秀賢沮喪的收拾行李，正要把桌上的蝙蝠俠相框放進箱子時，停住了。她打開相框後固定的卡樺，取出藏在裡面的照片。照片裡，車門敞開的機動車副駕駛座上，1995年的菜鳥警員秀賢穿著平時的衣服，一隻腳抬起，一隻手拿著對講機望向某處；1995年的材韓坐在駕駛座上，伸手指著秀賢望去的方向。秀賢凝望那張照片。

S／33-1　　　D，過去，1995年，刑警機動隊辦公室外景停車場

警察雜誌的工作人員正在停著的機動車旁準備拍攝工作，沒穿警服的秀賢尷尬的站在人群中。四周聚集來看熱鬧的刑機隊長、正濟及其他警員。這時，材韓的車開進後面停車場，他停好車，走到隊長和正濟身後探頭探腦，好奇大家在看什麼。

材韓	在幹嘛啊？

隊長和正濟看到材韓，立刻把他推到前面。

隊長	（向警察雜誌的工作人員說）在這，來了來了。這傢伙當司機最適合。
材韓	（沒搞清楚狀況就被推出來）什麼最適合啊？
工作人員	是這位嗎？那好，請快上車吧，我們要開始拍了。

材韓	（一直被推著）拍什麼啊……（左顧右盼時與秀賢視線相對）妳又是怎麼回事？為什麼不穿工作服，玩警察遊戲啊？
秀賢	（露出難為情的笑）不是……那個……

秀賢和一頭霧水的材韓。

– 過一段時間，盡量忍著脾氣的材韓坐在駕駛座上，毫無誠意的伸手指著某處；坐在旁邊的秀賢拿著對講機望向某處。兩個人的演技糟透了！工作人員不停拍著照片，後方圍觀的隊長、正濟和刑警一直偷笑、竊竊私語。

工作人員	男警員，眼神請再帶點緊張感。車秀賢警查的眼神再有力一些，妳可是刑機隊首位女警查啊，要有自信，對講機也請再用力握緊一點。

材韓的怒火正在一點一點燃燒，他小聲嘀咕。

材韓	還刑機隊首位女警查呢，連機動車都不會開，還當什麼警查。

秀賢聽到材韓這麼一說，感到氣餒，眼神不知所措。

秀賢	對不起……連累了前輩……

工作人員看到秀賢的樣子，放下相機。

工作人員	不是這樣，我是叫你們眼神要有神、有力！這是要放在警察雜誌上的照片，這樣可不行啊！

材韓一臉著急的看秀賢。

材韓	既然都已經這樣了，就快點拍完。像要把眼球瞪出來一

樣用力！能活吞一頭黃牛那樣！連麥克・泰森也能一拳擊倒的氣勢！

秀賢　　　（瞪大眼睛）這樣嗎？

「很好，就是那樣。」工作人員連續按下快門，拍下瞪大雙眼、鬥志高昂的兩人。

S／33-2　　N，現在，振陽警局重案組辦公室

秀賢看著兩人的照片，眼中充滿思念。鏡頭移動到秀賢一旁的時鐘，時間朝11點23分轉動。

S／34　　　N，海英的屋塔房[④]

一面牆上貼著池晟、李寶英、林時完、姜索拉、宋仲基、劉亞仁等藝人的照片，以及他們之間的關係圖。海英一邊和記者通話，一邊摘下牆上的照片。最後一張姜索拉的照片摘下來，又被海英貼了回去。

記者(聲音)　真是太厲害了。在你說的那個時間，池晟和李寶英果真出現了。接下來還有什麼？

海英　　　（面向牆站在那）再也沒有了。

記者(聲音)　什麼意思？為什麼？

海英　　　（轉身）覺得沒意思了。

海英掛斷電話。對著姜索拉的照片眨了眨眼。這時，時間到了11點23分，突然從某個地方傳來「吱吱吱」的對講機雜音。海英回過神來，快速跑去從包包翻出對講機。指針果然在擺動。

海英　　　（手握對講機）李材韓刑警？刑警，是我，朴海英！多虧您，我們才解決了金允貞誘拐案。您看到新聞了吧？

---

4 指位於房屋頂樓天臺的房子。

S／35　　　　N，過去，荒山某處

靠在樹下、喘著氣的材韓聽到海英的聲音。（第一集去善日精神醫院時同樣的衣服）

＊字幕 — 2000年8月3日

海英(聲音)　　可是，您是怎麼知道徐亨俊的屍體在善日醫院的？

S／36　　　　N，現在，海英家

海英充滿好奇，連珠炮的提出疑問。

海英　　　　您究竟在哪個警局啊？不管我怎麼找都找不到……還有，您是怎麼知道我的呢？

S／37　　　　N，過去，荒山某處

材韓看著對講機的眼神漸漸黯淡下來。

材韓　　　　朴海英警衛……這可能是我最後一次用對講機了。

S／38　　　　N，現在，海英家

海英　　　　您這是……什麼……

S／39　　　　N，過去，荒山某處

鏡頭從材韓的臉慢慢向下移，胸口和腹部在流血。

材韓　　　　但這並不是結束……對講機會重新啟動的。到那個時候，警衛你一定要說服我，說服1989年的我……

S／40　　　　N，海英家

一臉詫異的海英聽著從對講機另一頭傳來的材韓聲音。

材韓（聲音）　　請絕對不要放棄，過去是可以改變的。
海英　　　　您在說什麼啊？究竟是什麼意思……

突然，對講機那一頭傳來「砰！」一聲槍響，震動耳膜。海英嚇一跳，看了看對講機。

海英　　　　刑警……刑警？還在嗎？您沒事吧？

正說著，信號就斷了。海英一邊拍打對講機、喊著：「刑警！刑警！」但對講機毫無反應。海英受到驚嚇，眼神混亂的盯著對講機。

S／41　　　　D，廣域搜查隊建築外景

S／42　　　　D，廣域搜查隊辦公室

寬敞的辦公室裡，一條狹窄的通路將重案一組和重案二組分隔開來。每組大概有5、6名刑警，大家各自在用電腦、打電話或處理文件。其中，臉帶稚氣的義警黃義景（20代初段，男），捧著文件負責跑腿。偕哲和憲基抬著箱子、走進廣域搜查隊辦公室的瞬間，原本走來走去的肌肉壯男刑警都不約而同朝他們望去。

偕哲　　　　看什麼看，第一次見到刑警啊？

雖然聽到偕哲這麼講，但刑警們仍不為所動的看著他們。偕哲發現了義景。

偕哲	你，過來一下。
義景	我嗎？

黃義景正要過去，卻被看起來個性衝動的刑警一組姜刑警（30代初段，男）叫住。

姜刑警	你去哪兒？
義景	（為難的眼神）
偕哲	（衝著義景）我叫你過來。
姜刑警	我叫你不要過去。

義景左右為難的看著二人。看起來比較穩重的文刑警（30代中段，男）從姜刑警身邊走過。

文刑警	（對姜刑警說）算啦。（對義景說）愣著幹嘛，還不過去帶路。

義景這才朝偕哲和憲基走去，接過箱子。偕哲剛要走，文刑警像是故意講給所有人聽似的。

文刑警	只在這兒待幾個月的人，大家就關照一下吧。

偕哲正想發脾氣。

憲基	忍忍吧，人家也沒說錯。

刑警們散場，回到各自的位子，偕哲和憲基跟著義景走。

憲基	（看著義景）最近廣域搜查隊這邊人員的氣質不錯嘛。（看著偕哲，指了指義景）是不是和我挺像的？
義景	（一臉莫名其妙）
偕哲	（對著義景）你就忍忍吧，活久了，什麼事都能遇上。

	你叫什麼啊？
義景	黃義景。
偕哲	我知道，我是問你叫啥？
義景	我叫義景，黃義景。
偕哲	……不是巡警，也不是海警……居然有這麼襯托命運的名字啊。

邊說走到辦公室盡頭，義景轉過身。

義景　　　就是這裡。

偕哲和憲基看過去，一起露出啞口無言的表情。在廣域搜查隊辦公室最角落、被當成倉庫的空間，4張簡陋得不像樣子的舊型辦公桌放在那，連個屏風都沒有。還沒來得及清走的箱子、廢棄的辦公設備都還在原處。桌子上方掛著「長期懸案專案組」的牌子。

S ╱ 43　　　D，廣域搜查隊辦公室內，長期懸案專案組

偕哲把行李放在桌上，哭笑不得的環視四周。憲基拿出空氣清新劑到處噴，開始整理行李。

偕哲　　　這跟租人家的雅房有什麼差。
憲基　　　哎，有股味道，廣域搜查隊的人都不打掃啊……

這時，秀賢抱著行李走進辦公室。

偕哲　　　我說車秀賢警衛，這哪是辦公室啊，也太不像話了！妳去跟上面反映一下吧。

秀賢跟以往一樣，沒有理睬偕哲的埋怨，只淡淡瞥了一眼，就直接走向自己的位置，看到還有一張空桌。

秀賢	這是誰的位子？
偕哲	說是配給我們一個罪犯側寫師……哪會有正經人來這裡？（說著）難道……是那個自稱是什麼罪犯側寫師的臭小子？（用手摀住嘴巴）不會的……禍從口出，哎呀，不會的，不可能。

這時，治秀從門口進來。看到治秀，偕哲、憲基和秀賢都起身。治秀不滿的掃視每一個人，然後把資料往桌上一丟，上面寫著「京畿南部連續殺人案概要」，所有人的視線都跟過去。

秀賢	……這是什麼？
治秀	你們也端了這麼多年的警察飯碗，想必沒有人不知道這件案子。京畿南部連續殺人案，大韓民國最具代表性的未結懸案。

S／44　　過去，Montage

－ 夜晚，一輛公車行駛在幽暗的鄉間公路上。

－ 公車內貼著可以看出是1987年時期的廣告。深夜，車上沒有幾名乘客。除了開車的司機，後門處坐著十分疲憊的售票員。戴著耳機聽音樂的女大學生正準備下車，朝後門走去。

－ 公路，停在車站的公車開走後，只剩下女大學生一人，車站處的光亮愈來愈暗，女大學生沿著田埂小路往家裡走。女大學生聽的隨身聽裡隱約傳出當時的流行歌曲。突然，一個黑影像野獸般從田裡衝出來，粗暴的將女大學生拽進田裡，消失在田埂上……掉在田埂上的卡帶隨身聽還在播放當時的流行歌曲。

－ 搭配音樂節奏，畫面快速閃過。圍住田埂小路的封鎖線，警察正在鑑識女大學生的屍體。現場照片可以看出是從各種角度拍攝的特寫。遇害的女大學生雙手雙腳被綁在身後，鏡頭拉近，綁住手腳的繩索打著很特別的

結。

在這些畫面中。

治秀（聲音）　　1987 年 12 月 3 日，在京畿南部五聖山附近的田埂路上，發現第一名被害人。

以下，更快速閃過的照片。之後的被害人全部被人從身後以特殊的方式綁住手腳，打的結也一模一樣。
 – 可以看到遠處公車站的五聖山附近，發現第二名被害人的現場照片。
 – 農田裡發現的第三名被害人。
 – 在田裡堆積的稻草堆旁，發現第四名被害人。
 – 山中某處，被警察發現的第五名被害人。
 – 蘆草地裡發現季淑的屍體。
 在這些照片畫面中。

治秀（聲音）　　三年間，遇害人數多達 10 名。從背後綁住手腳再將其勒死的作案手法，以及獨特的打結方式。嚴重到在社會上流傳起下雨天會死、穿紅色衣服會死這種謠言，是當時最有名的案子。

S／45　　　D，長期懸案專案組

治秀看著專案組員。

治秀　　　調動 1 千多名警力，雖說當時是科學搜查不發達的年代，但連個兇手的人影都沒找到，可說是最恥辱的案件。長期懸案專案組……這就是你們的第一個案子。

秀賢感到一陣憤怒，偕哲和憲基也滿臉不情願。

S／46　　　D，廣域搜查隊室內走廊

有人正朝長期懸案專案組走來。

S／47　　　D，長期懸案專案組

秀賢看著治秀。

秀賢　　京畿南部連續殺人案？您這是叫我們到一邊玩去吧。
偕哲　　喂喂，車刑警！怎麼能對股長……
秀賢　　26年前的案子，調查資料、現場照片，連個像樣的東西都沒留下，要我們怎麼調查？再說，只有這些人力是不可能的。

門口處傳來一個聲音。

海英(聲音)　值得一試啊！

所有人一起看過去，海英西裝筆挺，抱著箱子走進來。秀賢心想，搞什麼？怎麼是這傢伙……偕哲看到海英也嚇一跳；憲基不認識海英；看治秀平靜的樣子，事先早就知道了。

偕哲　　（小聲嘟囔）我這該死的第六感就沒不準過……
海英　　（走進來把箱子放在自己桌上）這可是長期懸案專案組歷史上的第一個案子，怎麼也該要京畿南部連續殺人案這種級別才行啊，不是嗎？

秀賢無言的看著海英。

治秀　　大家都不是初次見面了，今後專案組的兇手行動分析和掌握犯罪類型，以及套口供的工作，都由朴海英警衛負責。

海英說：「好久不見……」向秀賢伸出手，秀賢裝作沒看見，朝治秀。

秀賢	您這是讓庸醫給人看病啊。
海英	（一愣）庸醫……
秀賢	（毫不理睬海英，繼續對治秀）沒有相關學位、沒有經驗，也不是從搜查研究院出來的傢伙，能當罪犯側寫師？
海英	（越聽越氣）
秀賢	對證據不足的長期懸案來說，罪犯側寫師的角色非常重要，不要隨便就派個人過來，給我們派一個夠格的吧！
海英	什麼？隨便？！

憲基搞不清楚這是什麼狀況，只好在一旁觀察。

治秀	車秀賢，支援到此為止，不願意就別接收。（轉過視線看向大家）這件案子不僅關乎我們警察的名譽，也是全國上下關注的案子，不想幹的，現在就交出證件走人！

治秀臭著臉走了。

海英	（對秀賢）妳說誰隨便？
秀賢	（心情很差，回到自己位子坐下）
海英	（環視四周）我說，氣氛怎麼搞成這樣？
偕哲	不會吧，身為罪犯側寫師連腦子都不用啊？沒腦子嗎？
海英	你說我？

偕哲這才看到海英胸前掛著的證件寫著「警衛朴海英」，啊……真是要瘋了。

偕哲	（唉……警衛成了絆腳石）我的意思是……在網路上輸入「京畿南部連續殺人案」，隨便就能找到一堆，您以為這樣就能輕易抓到兇手了嗎？（故意在尊稱上加重語

氣）朴海英警衛，請掏乾淨耳屎仔細聽清楚。當時在現場發現的頭髮、血跡證據都不見了，即便抓到兇手，也沒有可以進行比對的 DNA 了。

海英　頭髮、血跡都沒留下，所以才說這是問題啊，連個證物都保管不好。何只如此啊，大韓民國有誰不知道京畿南部連續殺人案調查得一塌糊塗啊？

秀賢　（眼神瞬間變得冰冷）

海英　不只那起案子，其他懸案也一樣。每個人都說忙、沒時間，做事馬馬虎虎……

秀賢　（冷漠）你以為現在玩家家酒啊……

海英　（看著）

秀賢　有人為了調查那起案件，連命都搭進去了，不知道就別亂說話。

海英靜靜看著秀賢，寂靜在兩人之間流淌。秀賢也盯著海英。

海英　（故意）妳是在幫警察講話啊？

偕哲　喂，你這臭小子真是狗嘴裡吐不出象牙啊！你不也是警察嗎？

海英　可不是每個警察都一樣，我是新的警察，你是老的警察。

偕哲　（忍無可忍）喂，你這滑頭的小雜種！給我過來，拋開位階來打一架吧。

偕哲衝過去想抓海英，看到這架勢，海英一邊往後退，逃到桌子另一頭，一邊說：「喔唷，還真想打一架是吧？」海英和偕哲跑來跑去，憲基想阻止偕哲，秀賢無奈的看著亂成一團的場面。偕哲真的朝海英揮舞了下拳頭，最後變成了狗咬狗……

秀賢　（嘆了口氣）唉……真是丟臉丟到家了！

所有人都下班了，專案組空無一人。

海英鼻孔裡插著衛生紙，是剛剛大打出手的證明。他坐在位置上，獨自翻閱治秀丟下的「京畿南部連續殺人案」資料。海英感到一陣頭痛，拿起資料狠狠丟在桌上。

海英　　　看吧，馬馬虎虎……完全沒有科學、沒有邏輯！這樣查怎麼可能抓得到人。

　　　　　啊……頭疼。扭轉一下脖子，海英突然想起什麼似的看向背包，從那裡面取出幾張資料，全是寫著「李材韓」姓名的履歷表。海英呆呆看著李材韓的名字。

－　Insert
　　第二集，S 40。對講機傳出「砰！」一聲槍響。海英受到驚嚇。
－　現在，回到懸案專案組，海英一張張翻看履歷表。

海英(聲音)　大韓民國警察廳保管的李材韓履歷表共有 15 張。根據聲音推測，除去 50 代以上的還剩 9 張，除去 3 名現任警察，還剩 6 張。

－　Insert
－　保全公司裡寫著「代理　李材韓」的名牌，但那人看上去感覺一點也不像材韓。「金允貞誘拐案？我不知道那案子……」
－　桌上放著寫有「私人偵探所長　李材韓」的名牌，坐在那裡的另一個李材韓也搖了搖頭。海英一臉沮喪。

海英(聲音)　離職的人中，與金允貞誘拐案無關的人有 3 名。

– 回到現在，桌上剩下3張履歷表。第一張的李材韓40歲，2015年「因公殉職」；第二張的李材韓36歲，2013年「退職」；最後一張履歷表貼著過去李材韓的證件照，履歷也寫在下面。

1989年，88奧運會柔道國家代表常備軍。
1989年～1991年，京畿南部永山警局。職務：巡警。
1991年～1994年，首爾南部警局。職務：警長。
1994年～1999年，刑警機動隊。職務：警查。
2000年，振陽警局。職務：警查。
2001年，免職。

海英　　　就是這三名中的一個……

S／49　　　N，街道某處

夜晚，秀賢獨自一人慢慢走向被溫暖月光籠罩的修錶店。秀賢走到門口，透過窗子與裡面正在修理手錶的材韓父親（60代後段，男）視線相對。秀賢露出微笑、點頭行禮。材韓的父親感覺與她認識已久，也對秀賢露出微笑。

S／50　　　N，材韓父親的修錶店

材韓父親一隻眼睛上戴著老花眼鏡，正在修錶。秀賢坐在身邊喝著即溶咖啡，眼神看向某處，露出笑容。跟隨秀賢的視線，看到修錶店的門上方貼著符咒。

秀賢　　　　您又去寺廟了？
材韓父親　　什麼寺廟啊，現在不去了，寫了符咒也不靈……
秀賢　　　　（看著材韓父親）
材韓父親　　（依舊在修理手錶）最近沒去相親呀？
秀賢　　　　怎麼？您希望我去相親啊？

材韓父親	哎喲……都説女人心是蘆葦……以前喜歡我兒子，死心塌地的跟著……

說著，把手錶遞給秀賢。

秀賢	好了嗎？（戴上手錶）
材韓父親	扔掉吧，別再為難我這眼睛不好的老頭子了。
秀賢	（露出笑容）
材韓父親	都15年了……以後別來了……

秀賢笑著，沒有回答。她慢慢移動視線，看向店裡一角放著的照片，整齊擺著材韓和父親一起、和材韓自己的照片。秀賢看到最後一張照片，是材韓剛當上巡警時的1989年，那時的材韓容貌青澀。

秀賢	前輩接的第一個案子……您說是那起案件吧？京畿南部連續殺人案……
材韓父親	（又繼續修錶）是啊，當時他剛當上警察，說是非抓到兇手不可，沒少折騰呢……
秀賢	（看著照片）
材韓父親	（隱約想起當年）可是，後來他又說什麼……雖然沒能親手抓住，但有人會抓住的……說有人會替自己抓住兇手……

秀賢看著材韓父親，視線回到1989年材韓的照片上。

S／51　　　N，過去，京畿南部，荒山某處

漆黑的山上，警犬汪汪叫著。大批警力手持手電筒在山上搜索，其中一名警察壓低帽子，正在搜查。

海英盯著履歷表。時針指向11點23分，對講機再次發出「吱吱吱」的雜音。海英抬起頭，這聲音是……？快速打開抽屜尋找對講機，終於在最下面的抽屜發現對講機。

海英　　　（語氣著急）刑警！李材韓刑警？

一名警察手持大型手電筒，滿身塵土在山上進行搜查，他聽到腰間的對講機傳出聲響，正想接起對講機，結果手電筒掉到地上、腳一滑。「呃啊啊啊——」他摔倒在地，好不容易才回過神，握住對講機。

材韓　　　巡22，京畿永山警局巡警李材韓。您是哪位？

海英　　　（覺得材韓的口氣有點奇怪）李材韓刑警……是你嗎？我是朴海英警衛。這段時間都沒有聯絡，讓人很擔心啊。您沒事吧？

笨手笨腳戴上警帽的警察，正是20代初段、面帶稚氣的李材韓。因為在戴帽子，材韓沒有聽清，只清楚聽到「朴海英警衛」幾個字……

材韓　　　警衛……（煩躁）不是正在找……又要添什麼亂啊？（按著對講機說）巡22，京畿永山警局李材韓。我們是剛到的支援組，您是轄區警局的刑警嗎？現在位置是五

聖山南側，正在搜索失蹤者！

S ／ 56　　　N，現在，長期懸案專案組

海英　　　（詫異）失蹤者？

S ／ 57　　　N，過去，京畿南部，荒山某處

材韓只從對講機的雜音裡聽到「失蹤者……」，只好再次快速的說明搜查過程。

材韓　　　（真是的……一句話都聽不懂……提高嗓門、隱藏不耐煩的情緒）現在正在推測的失蹤場所沿3號公路搜尋失蹤者李季淑。

S ／ 58　　　N，現在，長期懸案專案組

海英一臉詫異。

海英　　　李季淑……五聖山？你是說京畿南部連續殺人案嗎？第七起案子？3號公路……不是在洋槐樹林旁的蘆葦地裡發現屍體的嗎？

S ／ 59　　　N，過去，京畿南部，荒山某處

材韓　　　（他在說什麼？停住）3號公路旁的蘆葦地？

S ／ 60　　　N，現在，長期懸案專案組

海英相當驚訝，翻著放在眼前的京畿南部連續殺人案資料。

海英　　　大韓民國警察裡誰不知道啊？第七起是在3號公路旁的

蘆葦地，第八起是在玄風站的鐵道。

S ／ 61　　　　N，過去，京畿南部，荒山某處

材韓拿著對講機，一副完全不知道對方在講什麼的表情。

海英(聲音)　　第九起……

突然，耳邊響起撕裂耳膜的口哨聲。材韓嚇一跳，匆忙朝那邊跑去。

S ／ 62　　　　N，現在，長期懸案專案組

對講機另一頭傳來口哨聲和「在哪？」「找到了！」等聲響，接著信號就斷了。這什麼情況？陷入混亂的海英看著對講機。

S ／ 63　　　　N，過去，京畿南部，荒山某處／公路邊

黑暗中，幾十個手電筒亂照的光線和腳步聲，材韓和其他巡警朝口哨聲傳來的方向奔跑。沿著奔跑的材韓視線，可以看到聲音傳來的地點。
巡警1開始嘔吐，巡警們也都摀起嘴巴，嚇得眼神發直，用手電筒照向蘆葦地。材韓上氣不接下氣的走到巡警們身邊，看到被手電筒照亮的蘆葦地裡，一雙沾滿泥土的腳。材韓嚇得倒抽一口氣。在交織的手電筒光線下，看到了案發現場。渾身沾滿泥土，用絲襪從身後捆綁住手腳，蓬亂的頭髮間可以看到一雙尚未閉起、卻早已失去生機的雙眼。被害人21歲，是死亡兩週後才被發現的李季淑的屍體。
材韓嚇得倒退兩步。巡警逐漸聚集過來。巡警們急促的用對講機通報，大家左顧右盼，手電筒光線交錯閃動。

退後的材韓看到什麼，再舉起手電筒照過去。蘆葦地另一頭是茂密的洋槐樹林。望向洋槐樹林的材韓不敢相信眼前看到的一切，再看向蘆葦地。接著材韓轉身，望向公路邊。材韓朝被黑暗籠罩的公路走去……深夜，公路上沒有車經過，材韓舉起手電筒照向一起風就發出嘎吱聲響、寫著「永山里3KM」的路標。手電筒光線照在路標上，標記著3號公路的數字③。材韓眼神顫抖，看著路標、洋槐樹林和蘆葦地，徹底陷入混亂。

在材韓的畫面中。

海英 (聲音)　3號公路……不是在洋槐樹林旁的蘆葦地裡發現屍體的嗎？

材韓感到不可思議，重新快速的環視四周。

材韓　　　那個人……究竟是誰……？

鏡頭從陷入混亂的材韓身上移開，看到漆黑的公路旁掛著寫有「文益煥牧師訪北譴責大會　主辦方／大韓自由總聯合；日期／1989年11月25日」的橫幅。

＊字幕 — 1989年11月4日

S／64　　　N，現在，長期懸案專案組

海英怎麼也想不通這究竟怎麼回事，看向時鐘，正從11點23分走向24分。看了看日期：2015年10月20日。

S／65　　　N，現在，廣域搜查隊大樓外景

S／66　　　N，長期懸案專案組

時鐘正走向8點50分，偕哲和憲基走進辦公室。海英在

白板上密密麻麻寫滿京畿南部連續殺人案的概要，從第一起到第十起的被害人姓名、遇害場所等。

憲基　　哇……太厲害了。
偕哲　　功課不好的才會這樣。

這時，秀賢走進來，瞥了一眼。

S／67　　D，同一場所

海英、偕哲、憲基和秀賢坐在各自的位子上。秀賢看著大家。

秀賢　　大家應該清楚，我們到哪都不會受歡迎。重新調查未結懸案就等於是讓當年的警察承認自己的失誤，當時為什麼沒從另一個方向展開調查？為什麼那麼無能？……我們要問的主要是這樣的問題。所以做好心理準備，這輩子要挨的罵，這次統統都能聽到，多挨罵能活得久，所以也別覺得太委屈了。
偕哲　　唉……我這命啊……

秀賢沒理睬偕哲的反應，把厚厚的名單放在桌上。

秀賢　　這是當時負責京畿南部連續殺人案的刑警名單，一個也不能落下，都要去問問看。只有把所有人的記憶、保存的資料拼湊起來，才能找到我們自己的調查方向。

秀賢講完話，看著組員。移到寫在白板上的10名被害人。

秀賢　　我負責去見被害人家屬，金偕哲前輩負責去見當時調查案件的重案組刑警，找到的所有資料交給朴海英，證物由鄭憲基鑑識員負責。以上。

－　過一段時間。

　　　海英在自己的辦公桌上攤開資料。偕哲準備出門，抓起衣服與海英視線相對。

偕哲　　走囉，去見見老刑警們……

　　　秀賢也打算出門，拿起筆記本和衣服，看一眼海英。

海英　　隨便妳怎麼挖苦我，我還是會照自己的方式調查的。

　　　秀賢看了看海英，然後從筆記本裡取出裝在不透明塑膠信封裡、褪色的照片，遞給海英。

秀賢　　吃飯的時候也順便懂點事吧。
海英　　（看著照片）這是什麼？
秀賢　　這叫團隊合作。

　　　海英取出照片，是在玄風站拍下的現場照片。

秀賢　　這是我認識的前輩私人保管的照片，第七起李季淑案件和第八起玄風站案件。我答應會還回去的，搞丟你就死定了。

　　　秀賢走出去。海英看著秀賢離開的背影，露出微笑。視線回到秀賢留下的兩張照片，海英注意到玄風站鐵道的照片。

S／68　　N，過去，玄風站鐵道

　　　與上個畫面中海英看的照片重疊，過去夕陽落下的玄風站鐵道，一個女人穿著當時流行的皮鞋走在鐵軌旁。

有雙男人的運動鞋跟在女人身後。女人停下，男人也跟著停下。女人接著往前走，男人便悄悄尾隨其後。鏡頭拍到女人的臉，是青春漂亮、穿著大方得體的元靜（20代初段，女）。元靜隱約知道後面有人，但還是不動聲色的繼續往前走。

S／69　　　　N，過去，巷子某處

太陽徹底下山了，位於鐵道旁的巷子。當時顯得破舊，但很有人情味的房舍一間挨著一間。元靜轉進巷子，運動鞋緊跟上來。元靜到了自己家門口，翻找包包裡的鑰匙。後面跟上來的腳步越走越快，好像要撲向元靜似的。元靜不小心把鑰匙掉到地上。已經跟上來的運動鞋，元靜看上去十分危險。瞬間，咯吱一聲，大門開了，兩手提著黑色垃圾袋、看上去40代後段的阿姨與元靜撞見。因為阿姨出現，運動鞋馬上躲到電線桿後⋯⋯

阿姨　　　（把垃圾袋放在大門邊）回來啦？
元靜　　　（善良的笑容）嗯。

元靜和阿姨一起走進家門，大門「碰」一聲關上。電線桿的路燈下，清楚看到躲在後面那個人的腳。

S／70　　　　N，過去，元靜家院子

跟在元靜身後的阿姨，嘴裡發出「嘖嘖」聲。

阿姨　　　今天也是那個傢伙啊？
元靜　　　（沒回答，只是微笑，放下包包，走到院子水龍頭處打開水洗手）

阿姨　　　　　（提起放在廚房前的另一個垃圾袋）堂堂男子漢，喜歡
　　　　　　　就直說嘛！成天像個跟屁蟲似的跟在後面……但不管怎
　　　　　　　麼說還算是個警察，看來是想保護自己喜歡的人啊。

S／71　　　　N，過去，巷子

　　　　　　　安靜的巷子，路燈下眺望元靜家的那張臉，原來是材
　　　　　　　韓。材韓眺望元靜家院子的眼神充滿了心動，材韓想
　　　　　　　著，或許能越過矮牆看到元靜的臉，於是悄悄朝大門走
　　　　　　　去。突然，門咯吱一聲又開了，這次提著垃圾袋的阿姨
　　　　　　　與材韓撞個正著。

材韓　　　　　（誰看了都覺得尷尬的模樣）朋友家……（尷尬的邁開
　　　　　　　步伐）搬走了嗎？

　　　　　　　阿姨一臉荒唐的看著材韓的背影。難為情的材韓加快腳
　　　　　　　步，飛快的跑遠了。

S／72　　　　N，過去，玄風站，鐵道

　　　　　　　材韓快速跑出巷子。回頭望去，確認沒有人跟上來，
　　　　　　　「呼……」平復好情緒繼續向前走，看到前面的玄風
　　　　　　　站。材韓遲疑了一下，在這畫面中。

海英(聲音)　大韓民國警察有誰不知道！第七起在3號公路旁的蘆葦
　　　　　　　地，第八起在玄風站鐵道邊。

　　　　　　　材韓抬起頭看向被黑暗包圍的鐵道，眼裡充滿不安。

材韓　　　　　玄風站……鐵道……

昏暗的日光燈下，刑警的桌上擺著打字機、菸灰缸和吃剩的炸醬麵，下面墊著當時的報紙。辦公室裡疲累不堪的刑警們，有的張著嘴巴打瞌睡，有的趴在桌上。鏡頭全景拍攝的辦公室另一頭，設有小型電視和錄影帶機。電視前坐著一對雙眼充血的老夫妻，緊盯著電視畫面。旁邊看起來十分疲憊的金昌守刑警（當時40代中段），從一堆錄影帶中拿出一卷正要放進播放機。

老婆婆　　（揉眼睛）我已經不知道誰是誰了，都已經3天啦！
昌守　　　您不是說那天看到有人一下子閃過去了嗎？得抓住那個傢伙啊。
老伯伯　　都說了，那時候天很黑。
昌守　　　再看看就能想起來了，老伯您不是說自己年輕時是海軍陸戰隊嗎？

鏡頭拍攝到播放機，畫面上是用錄影機拍下的年輕男人們的身分證照片。一張一張閃過⋯⋯

老婆婆　　（打哈欠）我說，要看到什麼時候啊？
昌守　　　住在這附近的年輕人可不只1、2個啊，現在看了100個了，後面還有300個吧。好啦，打起精神來⋯⋯

這時，隨著響起的敲門聲，材韓走進來。昌守起身走向材韓。

昌守　　　你是哪位，怎麼隨便就進來了？
材韓　　　我是永山警局的巡警李材韓，有點事想找負責這案子的刑警。
昌守　　　（回頭對老夫妻）喂喂，看畫面啊，看哪兒呢？

昌守轉過身靠近材韓，身後那對老夫妻已經快睡著了。

昌守	我就是負責刑警，有什麼事？
材韓	那個……調查組有沒有一個叫朴海英警衛的？
昌守	朴海英？頭一次聽說……找那個人幹嘛？
材韓	那個……我收到了奇怪的對講機訊息……說是第八起案件會發生在玄風站鐵道……
昌守	什麼，你現在是詛咒再死一個是不是？
材韓	不是、不是我說的，是對講機說的……
昌守	出去！沒看見大夥正在忙嗎？連覺都沒得睡，你還跑來添亂、觸霉頭……給我出去！

昌守轉身走回老夫妻身邊。

S／74　　　N，過去，玄風站鐵道

夜裡，過去的玄風站鐵道。昏暗的路燈下，鐵道顯得陰森森的。年輕的主婦美善提著裝有水果的黑色塑膠袋，快步向前走。有人緊跟在美善身後，帽子壓得很低，是個身穿黑色上衣的男人背影。美善走著走著，感覺有些不對勁，回過頭看，男人立即消失了。美善從載著大型拖車的火車旁經過，一節車廂、一節車廂走過。突然，戴著帽子的男人從火車對面出現。（帽簷壓得很低，看不清臉）這樣的畫面中，出現「啪！」的聲響。

－　鐵道另一邊。
　　材韓拿著手電筒，好像有很多蚊子，材韓一巴掌打在自己臉上。

材韓	（很痛的樣子）啊……該死的蚊子……

材韓邊嘟囔邊走，對自己的行動也感到不可思議。

材韓	是我聽錯了嗎……

材韓打開手電筒繼續向前走，他經過的地點正是剛才美善和帽子男經過的火車。

<u>S／75</u>   **D，現在，長期懸案專案組**

鏡頭從寫著「第八起，地點玄風站鐵道，被害人主婦李美善，年齡……」的白板，轉移到還在確認現場照片的海英。照片拍攝到掉在地上的蘋果，海英盯著照片中、躺在草堆裡的美善屍體。但就在那瞬間，照片像是出現信號障礙似的變得模糊。海英以為有什麼跑進眼睛，奇怪的揉了揉眼睛，再次看向照片……

<u>S／76</u>   **D，過去，玄風站鐵道**

材韓經過火車繼續往前，順著手電筒照射的光線，看到前方有什麼在地上滾動——是蘋果。怎麼回事？再往前照去，月光下看到兩顆蘋果掉在地上，材韓詫異朝蘋果掉落的地方走去。這時，發現了草叢裡裝著蘋果的塑膠袋。材韓驚訝的往草叢裡走去，赫然發現草叢裡有一雙女人的腳！
「啊！」瞬間，材韓十分害怕，拿著手電筒的手開始顫抖。他慢慢走近草叢，用手電筒照向女人，手腳被綁在身後，嘴巴也被堵住。美善緊閉雙眼，好像已經死了。材韓顫抖著，用手電筒照向美善的臉，原本以為已經斷氣的美善突然睜開眼睛。
「啊！」材韓嚇得跌坐在地。

<u>S／77</u>   **D，現在，長期懸案專案組**

一陣風從開著的窗戶吹進來，窗簾被風吹得微微擺動。白板上的手寫字跡慢慢晃動起來，字跡出現新的變化。又有一陣風輕輕吹過以為眼裡進了東西、正揉著眼睛的海英手裡拿的照片……海英再次看向照片，大吃一驚。

玄風站的照片變成五聖遊樂場的照片。

S／78　　　D，現在，街上某處

秀賢邊看著筆記本邊走著，不小心與路人相撞，筆記本
掉到地上……這時，掉在地上的筆記本字跡，從第八起
案件以後出現了變化。

S／79　　　D，現在，長期懸案專案組

海英難以置信的盯著照片。

海英　　　這……究竟是怎麼回事？！

看著照片的海英抬起頭，隨著海英更加驚愕的眼神移到
白板，特寫海英寫下的字跡「玄風站殺人未遂」、「生
還者李美善」。
海英嚇得猛然起身。

S／80　　　D，現在，街上某處

接S 78，撿起筆記本的秀賢的手，筆記本上雖然也變成
「玄風站殺人未遂」、「生還者李美善」，但秀賢若無其
事的看著筆記本。

S／81　　　D，過去，玄風站鐵道

材韓坐在地上，魂不守舍的看著美善。材韓與現在的海
英、秀賢的模樣交錯……

第二集　終

第三集

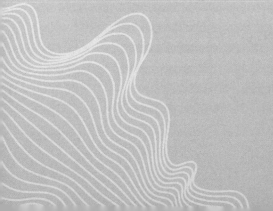

S／1   D，現在，長期懸案專案組

　　海英難以置信的盯著白板上變化後的字。「玄風站殺
　　人未遂案件」、「生還者李美善」……真的是自己瘋了
　　嗎？海英打了自己一巴掌，想清醒一下，但字跡依舊沒
　　有改變。這時，端著咖啡的憲基從後面走來。
　　海英急忙上前抓住憲基。

海英　　　那個……是鄭刑警改的嗎？
憲基　　　你在說什麼？
海英　　　被害人李美善變成生還者了。
憲基　　　（看看白板）沒錯啊，生還者。

　　憲基回到自己座位。海英再次轉頭，緊張的盯著白板上
　　的李美善。

S／2   D，現在，街上某處

　　秀賢看著從地上撿起的筆記本，正盯著「玄風站生還者
　　李美善」字樣時，電話響了，是海英。

秀賢　　　（接起電話）什麼事？
海英(聲音)　李美善，在玄風站遇害的……

　　秀賢確認一下筆記本。

秀賢　　　……說什麼呢？玄風站那起是殺人未遂啊。

S／3   D，現在，另一處街道

　　海英表情慌亂，一邊開車，一邊用藍牙與秀賢通話。

海英　　　（越來越混亂）妳在說什麼啊？怎麼可能是殺人未遂！

李美善明明就死啦⋯⋯

S／4　　　D，街上某處

秀賢　　　朴海英罪犯側寫師，你不識字嗎？李美善當時明明就活下來了。

S／5　　　N，過去，玄風站鐵道

跌坐在地上的材韓打起精神，這時美善也清醒了，害怕的發出「呃呃呃」的叫聲。

材韓　　　（打起精神，走上前）妳還好嗎？

說著，上前幫美善解開綁在手腳上的繩子。美善表情卻更加恐慌，用眼神暗示著什麼。

材韓　　　再忍耐一下，我馬上幫妳解開。

美善突然像瘋了似的發出嘶吼和怪叫，隨著美善的視線看到材韓身後，悄悄冒出一個戴帽子的男人，手拿鋼管正要襲擊材韓的瞬間，材韓察覺，迅速避開。
材韓迎面撲上想再次襲擊自己的男人，一拳擊中戴帽子的男人。材韓和戴帽子的男人翻來覆去、打成一團。接著，戴帽子的男人掙脫材韓，逃跑了。材韓追過去。戴帽子的男人跑進鐵道旁的巷子裡。

S／6　　　N，過去，巷子某處／大道邊

帽子男疾速奔逃。材韓緊追其後。如同迷宮一樣的巷弄內，帽子男的蹤影忽隱忽現，卻總是抓不到。後面的材韓追得上氣不接下氣，再這樣下去就要追丟了⋯⋯
終於來到巷子的盡頭，材韓跑到靜謐小鎮的大道邊時，

一個身穿黑衣的男人一閃而過，材韓立刻撲上去，一拳擊倒男人。捕獲兇手後，材韓大口喘氣，用顫抖的手給他扣上了手銬。材韓身後，隱約看到兩個像光點一般的公車剎車燈。

S／7　　　D，現在，公寓警衛室前

敲打警衛室窗戶的手，鏡頭轉移，是海英。窗戶打開，露出一張臉，是比過去更顯蒼老憔悴的昌守（70代初段）。

昌守　　　有什麼事嗎？
海英　　　（出示警證）首爾地方警察廳，警衛朴海英。您是當年負責京畿南部殺人案的刑警，沒錯吧？
昌守　　　（看到警證後，表情變得異常猙獰）

S／8　　　D，現在，公寓某處

公寓後方，昌守走進無人的可回收垃圾場。海英跟在昌守後面。

海英　　　請等一下，我只要確認一件事就好。
昌守　　　你走吧！我無話可說。
海英　　　玄風站。您確定李美善當時活過來了嗎？當時發生了什麼事嗎？

昌守聽到「玄風站」三個字，忽然停住，轉身，看向海英的眼神更加兇狠。

昌守　　　都怪那……該死的巡警……（咬牙切齒）永山警局的巡警李材韓……
海英　　　（遲疑）李材韓……？
昌守　　　淨說些自己收到奇怪對講機信號的胡說八道……

| 海英 | （不可置信）對講……機？ |
| 昌守 | 是那傢伙把一切都毀了！那該死的傢伙！ |

表情震驚、難以置信的海英看著眼神兇狠的昌守。

S／9　　N，過去，五聖警局大樓前

像是早早便得到消息，包括昌守在內的所有刑警從大樓內蜂擁而出。大家表情都半信半疑，奇妙的興奮和緊張交織在一起。大樓前，材韓從開著警燈的巡警車上下來，臉上青一塊、紫一塊，他打開後門拽出一個人。男人戴著手銬、身穿黑衣，約20代初段的崔英臣被材韓打得臉上帶有瘀青。昌守將英臣接手過來。

| 昌守 | （看著英臣問材韓）就是這傢伙？ |
| 材韓 | 現場逮捕到的，還有差點遇害的證人。 |

昌守看看材韓，再看向英臣。

| 英臣 | 不是我…… |

沒等英臣把話講完，昌守就一巴掌朝英臣打下去，後面的刑警趕忙上前阻止。

| 昌守 | （氣憤難平）把這傢伙押到調查室去。 |

刑警們架起英臣朝大樓裡走去，昌守看著材韓。

| 昌守 | 辛苦了。 |

昌守走進警局後，留下材韓一人。材韓這才放鬆下來，長吁一口氣，露出激動滿足的表情。

空蕩的辦公室，海英打開燈（包括其他組的）走進來，站在白板前。再次確認白板，海英看到在「玄風站未遂案」「生還者李美善」前面寫著「捕獲嫌犯」「姓名崔英臣」。海英呆呆盯著那些字跡。

－　Insert
－　第一集，S 25。在振陽警局大樓前發現對講機的海英。

材韓(聲音)　是金允貞誘拐案嫌犯徐亨俊的屍體。拇指被截斷了，研判是有人殺死徐亨俊後，再偽裝成自殺。

－　快速切換畫面到長期懸案專案組，陷入混亂的海英。

海英(聲音)　徐亨俊是在 2000 年遇害……他講的是「屍體」……不是「白骨」……

－　Insert
－　第二集，S 37、39，講對講機的材韓。

材韓　……這可能是我最後一次用對講機了。但這並不是結束……對講機會重新啟動的。到那個時候，警衛你一定要說服我，說服 1989 年的我……

－　畫面回到長期懸案專案組的海英。

海英　2000 年……最後一次用對講機……1989 年的巡警李材韓……

－　第二集，S 53。拿著對講機，20 代初段的材韓。

材韓　巡 22，京畿永山警局巡警李材韓。您是哪位？

－ 第二集，S 60。用對講機的海英。

海英　　　大韓民國警察裡誰不知道啊？第七起是在3號公路旁的蘆葦地，第八起是在玄風站的鐵道。

－ 第二集，S 77。風吹動窗簾，字跡發生變化的白板。玄風站照片變得模糊不清，最後變成五聖洞遊樂場的照片。
－ 現在，長期懸案專案組，無法相信一切的海英，畫面中響起昌守的聲音。

昌守**(聲音)**　都怪那……該死的巡警……永山警局的巡警李材韓。淨說些自己收到奇怪對講機信號的胡說八道……

海英表情混亂。

海英　　　不可能……這怎麼可能……

海英愣住，某處傳出「吱吱吱－吱吱吱－」的雜音。他顫抖的眼神看向背包——是對講機。海英轉頭看向時鐘，11點23分。對講機雜音持續著，海英像見鬼似的盯著對講機，材韓的聲音傳了出來。

材韓**(聲音)**　巡22，永山警局巡警李材韓！

海英眼神顫抖，靜靜盯著對講機。

S／11　　　N，過去，五聖警局大樓前

依舊留在五聖警局前的材韓，見對講機沒有回應。

材韓　　　巡22，永山警局巡警李材韓。您是哪位？

S／12   N，現在，長期懸案專案組

              海英眼神害怕，取出對講機。

海英   ……你是……誰？

S／13   N，過去，五聖警局大樓前

              材韓聽到海英的聲音，顯得高興又興奮。

材韓   朴海英警衛？是我，李材韓巡警！

S／14   N，現在，長期懸案專案組

海英   ……你到底是誰？！到底想對我做什麼？

S／15   N，過去，五聖警局大樓前

材韓   （莫名其妙）雖然不明白你在講什麼（興奮），不過不
              要緊，我抓到兇手了！就在玄風站鐵道旁。

S／16   N，現在，長期懸案專案組

海英   （愣住）

S／17   N，過去，五聖警局大樓前

材韓   （非常高興）都是多虧警衛你啊……不過，我是好奇才
              這樣問，你是怎麼知道在玄風站鐵道的呢？

S／18   N，現在，長期懸案專案組

海英   （快要抓狂）你現在……是跟我開玩笑吧？你現在人在

哪？我現在就去找你，你在哪裡？！

S／19　　　N，過去，五聖警局大樓前

材韓　　　還能在哪，當然是五聖警局了。剛剛才把崔英臣押送過來。

S／20　　　N，現在，長期懸案專案組

聽到英臣的名字，海英愣住。海英快速查看發生變化的白板。「玄風站鐵道」、「生還者李美善」、「逮捕嫌犯崔英臣」。對講機傳來材韓的聲音。

海英　　　（顫抖）崔英臣……你真的……抓住崔英臣了？
材韓　　　是的，崔英臣，他是個乳臭未乾、遊手好閒的傢伙。

「崔英臣」旁邊寫著「年齡20歲、無業」，海英的視線繼續往下看。

海英　　　（還是覺得難以置信，不可思議的語氣）你那裡……真的是……1989年？

S／21　　　N，過去，五聖警局大樓前

材韓　　　（詫異）你在說什麼啊？朴警衛……你哪裡不舒服嗎？

S／22　　　N，現在，長期懸案專案組

海英依舊陷入混亂中。

海英　　　我不知道你到底要幹什麼……但如果……如果你那裡真的是1989年……崔英臣會死。

S／23　　　N，過去，五聖警局走廊

英臣被刑警架著往調查室走去，可能因為緊張，英臣臉色看起來很糟，步伐也不穩。昌守一巴掌打在英臣的後腦杓上。「還不快走！」

S／24　　　N，過去，五聖警局大樓外

材韓　　　嗯？什麼意思？崔英臣……為什麼會死？

S／25　　　N，現在，長期懸案專案組

白板上的字跡，「逮捕嫌犯崔英臣，患有疾病，調查中癲癇發作死亡」、「第八起，五聖洞遊樂場，被害人黃敏珠，職業公車售票員，11月5日發現」

海英　　　崔英臣不是真兇。在崔英臣死亡的時刻，五聖洞遊樂場的第八名被害人遇害了。如果你真的是1989年的警察，就可以阻止這一切！

S／26　　　N，過去，五聖洞遊樂場前

20代初段的敏珠從汽車公司下班、走路回家。往前走著，看到前方的遊樂場。這時，有個望向敏珠的不祥視線。

S／27　　　N，過去，五聖警局走廊

走廊裡的英臣突然癲癇發作倒地。刑警們驚慌失措。

S／28　　　N，過去，五聖警局大樓外

材韓一臉詫異。

材韓　　　　你到底在説什麼……

正說著，對講機信號斷了。材韓一邊拍打對講機一邊呼喊：「朴海英警衛！警衛！」但都沒有回應。材韓注視著對講機，一種不祥的預感油然而生，材韓朝警局跑去。

S ／ 29　　　N，現在，長期懸案專案組

對講機安靜下來，海英看了看對講機，然後疑惑的望向白板。

S ／ 30　　　N，過去，五聖警局大樓

材韓朝調查室跑去。

S ／ 31　　　N，過去，五聖洞遊樂場

40代中段的天久經過遊樂場，黑暗中，鞦韆擺動著，後面像是有什麼東西倒在地上。天久歪著頭走上前，朝黑暗裡一看……

S ／ 32　　　N，過去，五聖警局走廊

材韓朝調查室跑去，一群刑警表情嚴肅、在前面圍成一圈。

材韓　　　　（快速上前）發生什麼事？怎麼了？

材韓撥開圍觀的刑警，看到英臣躺在地上，表情難以置信。昌守瘋了似的壓英臣的胸口做CPR，但英臣已經斷氣。

S／33　　　　N，過去，五聖洞遊樂場

天久歪著頭、朝鞦韆後方走去──「啊！」天久嚇得發
出慘叫，向後倒退。黑暗中，是手腳被捆綁住的敏珠屍
體。

S／34　　　　N，過去，五聖警局走廊

材韓驚恐的看著死掉的英臣。刑警們表情沉重。昌守仍
持續做著CPR。這時，刑警1從遠處匆忙跑來。

刑警1　　　又發現其他被害人了！
材韓　　　　（愣住、看著）
刑警1　　　在五聖洞遊樂場……第八個……被害人。

昌守聽到報告，感覺一陣無力，搖晃了一下。材韓簡直
無法相信，看著刑警1。

S／35　　　　N，現在，長期懸案專案組

海英緊張的盯著白板。時間滴滴答答的經過，已經過了
12點，但字跡沒有發生任何變化。

S／36　　　　D，現在，圖書館

海英在圖書館的報刊閱覽室裡，一張張翻閱著過去早已
褪色的新聞夾。11月6日，海英停在李美善被救活隔天
的報紙上。海英閱讀報紙的視線顫抖著，「京畿南部出
現第八名被害人」「無能的警察沒有逮捕真兇，反誤抓
無辜市民」「被誣指為嫌犯的青年不幸身亡」……整版
報紙都被這類新聞占滿。

海英(聲音)　（感到混亂）報導也都變了……

以混亂的視線查看新聞的海英，無意間看到報紙下方一個小方格裡的報導。海英整個嚇得呆住。「基層巡警救活主婦」的標題下方，寫著救起李姓主婦的警察不是重案組刑警，而是巡邏的基層巡警的內容。報導旁有一小張圓形的模糊照片，是20代的材韓。照片下寫著「巡警李材韓」。

海英仔細查看照片，急忙打開背包，從裡面取出李材韓刑警們的履歷表。翻看一張、二張後，找到真正的李材韓履歷表，和報紙上的照片比對。履歷表照片上的李材韓雖然有些模糊，但可以確定是一樣的照片。海英吃驚的盯著材韓的履歷表。1989年，88奧運會柔道國家代表常備軍。1989年～ 1991年，京畿南部永山警局。職級巡警。

海英 **(聲音)**　（難以置信卻不得不相信）這究竟是……那個對講機……原來是真的……

表情震驚的海英輪番看向報紙和履歷表，盯著報紙上寫的「奇蹟般死裡逃生的主婦李某」。

S／37　　　　D，巷子某處

首爾某處小店聚集的巷子。海英確認紙上的地址，邊走邊四處張望。這時，看到前面有一家生意冷清的炸雞店。到了嗎？海英慢慢走上前，聽到裡面傳出一個聲音，是秀賢。

秀賢 **(聲音)**　只耽誤您一下。

美善丈夫 **(聲音)**　我說請妳出去，沒聽見嗎？！

海英不知道發生什麼事，探頭望向門開著的炸雞店內。

S／38　　　D，炸雞店內

炸雞店正準備營業。50代初段的美善丈夫只顧在一旁低頭整理廚房，完全不理睬秀賢。秀賢正在說服他。

秀賢　　　我們正在重新調查京畿南部連續殺人案，您的妻子是這起案件唯一的生還者。

美善丈夫　當時已經把知道的都告訴警察了。天色太黑，根本沒看清臉，也什麼都記不得了！

秀賢　　　我知道這很冒昧，能否讓我看一下您妻子的遺物……

秀賢的臉突然被潑了一盆水。秀賢「啊」的叫了一聲，全身都濕透了。站在秀賢對面的美善丈夫端著臉盆，渾身顫抖。

美善丈夫　正如妳所說，我老婆遇到那麼凶險的事都活下來了，但妳知道又是誰殺死我老婆的嗎？就是你們這些警察！發生了什麼、看到了什麼，那些不願記起的事情，被你們沒完沒了的一問再問。就是因為這樣，她才病死的！

秀賢　　　（全身水滴直流，但還是很有禮貌）對不起，我下次再來拜訪。

S／39　　　D，炸雞店外巷子某處

秀賢走出炸雞店，看到門外站著的海英，愣了一下。兩人互相看了看。

秀賢　　　（用手甩了甩身上的水）你怎麼在這裡？

海英　　　（跟上前）每次都是這樣嗎？

秀賢　　　要是每次都是這樣，你就怕啦？我們刑警挨罵不算什麼，那些被害人家屬更不好過。因為是連兇手都抓不到的無能警察……

這時，聽到背後傳來女人的聲音：「請等一下。」海英和秀賢轉過頭，一個看起來20代中段的女生正看著他們。

S／40　　　　D，咖啡廳

秀賢、海英與20代女面對面坐著。

20代女　　爸爸的事情我很抱歉。不只記者，很多人不停找上門……爸爸也很不好受。

秀賢　　　（看著）不好意思，當時妳母親沒有提起任何關於這起案子的事情嗎？

20代女　　她沒有跟我們提過。

秀賢、海英　（默默看著）

20代女　　剛才我在店裡聽到您說……想看看母親的遺物。

女生從小包包裡取出幾件衣服和書。秀賢翻看這些遺物，海英在一旁看著。

20代女　　母親不太出門，總是待在家裡，所以東西很少……

秀賢　　　沒有筆記或日記什麼的嗎？

20代女　　沒有，這些就是全部了。

這時，秀賢發現書裡夾著一張老照片。照片裡的小孩似乎是小時候的20代女，是年輕時的美善和丈夫抱著孩子拍的照片。美善的臉看起來毫無血色，十分憔悴，但溫柔的抱著孩子。

20代女　　就算母親還活著，當時也已經把知道的都告訴警察了。她真的已經很努力配合調查了。

秀賢、海英　（看著）

20代女　　母親說過，能夠有那張照片，多虧了那個人——在玄風站鐵道旁救了母親的巡警。

海英	（愣住，看著）
20代女	當時母親的肚子裡已經懷了我。如果那位巡警再遲一點才趕到……要是沒有在那個時間出現在那裡……我和母親可能就不在這個世界上了……
海英	（看著）
20代女	因為不願意告訴我們是哪位巡警，所以當時也沒能親自致謝。所以母親告訴我，要好好對待其他警察。

海英看著眼前侃侃而談的20代女，她是被自己和材韓救了的人。海英望著她的視線顫抖著。

S／41　　D，街上某處

咖啡廳前，20代女與海英和秀賢道別後，轉身離去。

秀賢	我說，該你負責的資料分析不去做，跑到這來幹嘛？
海英	（無法說明理由，還處於混亂中）那個……
秀賢	回答我，為什麼來找被害人家屬？

秀賢盯著海英。海英看著逼問自己的秀賢。

海英	如果……
秀賢	（看著）
海英	我是說如果……過去的人從對講機傳來訊息……妳覺得是怎麼回事？
秀賢	（緊盯）
海英	雖然聽起來像在胡說八道……
秀賢	你收到了從過去傳來的訊息，所以才來找被害人家屬的，這就是你的解釋？
海英	（看著，啊……無法溝通）真是的……警衛真是個沒辦法溝通啊。算了，我就按照您的吩咐，老實歸隊去。

海英轉身走掉。

秀賢	是想讓你守護他在乎的人吧。
海英	嗯？
秀賢	從過去傳來訊息的話……
海英	（看著）如果因此而讓一切變得更糟糕了呢？
秀賢	與其不嘗試再後悔，就算會變得更糟糕，也還是試一試比較好，不是嗎？

海英看著講出這番話的秀賢。

S／42　　　　N，海英的屋塔房

坐在桌子前陷入深思的海英。在此畫面中。

材韓(聲音)	對講機會重新啟動的。到那個時候，警衛你一定要說服我，說服1989年的我……

海英慢慢從背包裡取出對講機，注視著。

材韓(聲音)	請絕對不要放棄，過去是可以改變的。

海英眼神緊張。

海英(聲音)	為什麼……雖然不知道為什麼會發生這種難以置信的事……但可以救人……用這個對講機……救活那些死去的人……抓住兇手……

- 過一段時間。
- 海英從背包裡拿出資料，一一擺在桌上。
- 書桌旁的小型白板，海英寫下屬於自己的調查紀錄。白板一分為二，一邊寫著「前」，另一邊寫著「後」。海英在兩邊分別寫下過去的和改變後的調查紀錄。在海英抄寫的畫面中。

| 海英^(聲音) | 與李材韓刑警以對講機通話後，救了李美善，雖然減少了一名被害人，但被害人還是不變…… |

- 海英在「前」的部分寫下包含李美善在內、第一起到第十起在用對講機通話前、自己記憶中的犯案記錄。

第八起，李美善，25歲，主婦
發現地點：玄風站鐵道旁，發現時間：11月5日晚間9點。
第九起，黃敏珠，21歲，公車售票員
發現地點：五聖里田埂小路，發現時間：11月25日晚間11點。
第十起，金元靜，22歲，公務員
發現地點：玄風山泉水後山路，發現時間：12月10日凌晨5點。

- 海英再次確認發生變化後的調查紀錄，在「後」的部分與之前的內容並排寫在一排比較。

第八起，黃敏珠，21歲，公車售票員
發現地點：五聖洞遊樂場，發現時間：11月5日晚間11點。
第九起，金元靜，22歲，公務員
發現地點：玄風洞小巷，發現時間：11月7日晚9點半。
（Quick Zoom）發生變化後的調查記錄，犯案時間的畫面。

| 海英^(聲音) | 黃敏珠……金元靜……被害人相同，但犯案時間都提前了，犯案場所也改變了。 |

翻閱調查紀錄的海英。

| 海英 | 因為對講機，玄風站變成殺人未遂案……當時兇手一定 |

發生了什麼事，迫使他必須提早犯案……

   –   海英確認著第一起到第九起的犯案地點。

海英(聲音) 　　犯案的主要場所是草叢、蘆葦地、田埂……是人煙稀少、不易被發現的封閉場所。第八、九起的被害人，原本遇害地點是田埂小路和山泉後山，卻變成遊樂場和巷子……相對來看都是通行量大的開放場所。

　　　　　　海英眼神混亂，看著這些地點。

海英(聲音) 　　兇手的狩獵地點改變了。究竟是……為什麼？

S／43　　　D，長期懸案專案組

　　　　　　清晨，大家圍坐在專案組一角的會議桌前。桌上擺著秀賢和偕哲調查的資料，秀賢把依序整理好的被害人資料目錄分給海英、偕哲和憲基。

秀賢　　　　這是第一起到第九起所有被害人的個人資料。
偕哲　　　　（心不在焉）這案子根本沒法查……
秀賢　　　　（對偕哲）別抱怨了，看看資料吧。

　　　　　　被秀賢這麼一說，偕哲只好假裝看起資料。海英也開始查看這些人的資料……

海英(聲音) 　　知道犯案時間、場所發生變化的人，只有我自己……我必須找出來，找到犯案時間提前的原因……

　　　　　　海英看向白板。

　　　　　　第九起，金元靜，22歲，公務員。
　　　　　　發現地點：玄風洞巷子，發現時間：11月7日晚間9點

半。

海英(聲音)　　　出現下一個被害人前……必須抓住兇手……

S／44　　　　D，過去，五聖警局辦公室

刑警1、2用恨不得殺掉材韓的眼神，瞪著坐在對面的材韓。身後的刑警們也一臉兇狠。

刑警1　　　兇手長什麼樣子？
材韓　　　……他戴著帽子，沒看清臉。
刑警1　　　（不耐煩）在哪裡、怎麼讓他跑掉的？
材韓　　　我一直追到巷子盡頭。明明就……就是那個傢伙……
刑警1　　　問你什麼，答什麼。
材韓　　　……不知道。
刑警1　　　兇手長什麼樣不知道，什麼都不知道。（狠狠拍了一下桌子，忍無可忍，起身揪住材韓的衣領）你這樣還算是警察嗎？你小子是救了市民的巡警，大不了被停職。昌守大哥搞不好可是要去坐牢的！

其他刑警上前攔住刑警1。刑警1實在受不了了，奪門而出，其他刑警也跟出去。材韓向對面起身的刑警2說。

材韓　　　請幫我找一下調查組的朴海英警衛吧，只要找到那個人……
刑警2　　　少廢話，交出證件、對講機。
材韓　　　可是……
刑警2　　　交出來！

材韓無可奈何，只好把證件和對講機交給刑警2。

S／45　　　　D，過去，銀倉警局大廳

鏡頭從「1989年11月6日」的日曆移向旁邊當時流行的防火宣傳海報。材韓身著便服、一臉怒氣的從門口走進來，手中拿著紙條，一邊看一邊大步向前走。紙條上寫著「銀倉警局　刑事科」。

S／46　　　　D，過去，銀倉警局，刑事科辦公室

材韓「哐」一聲推門而入。坐在辦公桌前的警察以為發生了什麼事，抬頭看去。

材韓　　　　朴海英！你給我出來！我知道你在這！（大步的走來走去）朴海英！給我出來！

搞不清楚狀況的警察中，一名年輕人遲疑的站起身。

年輕警察　　您有什麼事……
材韓　　　　是你啊！

還沒等年輕警察回答，材韓抓起他的衣領，立刻來了個過肩摔，接著騎到年輕警察身上，揪住他的衣領。

材韓　　　　都是你！因為你鬧出了人命！怎麼辦？你說該怎麼負責！

周圍的警察這才嚇得從座位上站起，一名女警走到材韓身後。

女警　　　　到底發生了什麼事？
材韓　　　　（看都不看）跟妳沒關係，一邊站著去！
女警　　　　不是來找我的嗎？我是朴海英……

揪著年輕警察衣領的材韓愣了一下，回頭看了看女警，

胸前掛著的警證上寫著「警衛朴海英」。被自己壓在身下的年輕警察外套上掛著「警長李尚百」的警證。材韓畢恭畢敬的幫年輕警察整理好衣服，接著快速起身衝出辦公室。所有人都一頭霧水。

年輕警察　　（那傢伙搞什麼？）喂！

材韓衝出辦公室，加快腳步。

S ／ 47　　　D，過去，洞⑤事務所前街道某處

材韓有氣無力的走在路上，突然抬頭一看，前面正是洞事務所。材韓停下腳步，看著洞事務所。透過窗戶可以看到坐在辦公桌前工作的元靜。材韓痴痴望著元靜。屋內的元靜突然抬頭看向窗外，與材韓的視線相對。材韓嚇了一跳，連忙轉移視線。過一會兒再斜眼瞥向窗戶時，元靜不見了。去哪兒了？材韓墊起腳想找元靜。啊！元靜從正門出來，正朝材韓走來。天啊！材韓轉過身正要逃走……

元靜　　　李巡警。
材韓　　　（靜止狀態）
元靜　　　（走近材韓，看著他）你沒事吧？
材韓　　　（不好意思看元靜）當然……沒事了。怎麼……妳希望……我有事不成啊？（不知道在點頭還是搖頭）再見……

說完，正要走掉。

元靜　　　李巡警。
材韓　　　（轉身）

元靜摸著口袋，好像想拿什麼給材韓。

元靜　　　（微笑）沒事，加油喔。

　　　　　元靜點頭告別，朝洞事務所走去。材韓看著元靜的背影，鼓起勇氣，快步走上前，從口袋裡取出防身電擊器塞進元靜的手裡。

材韓　　　最近實在是……不太安全……

　　　　　材韓含糊的說完，轉身邁著彆扭的步伐走遠，一直到轉過路口才鬆了口氣。材韓探出頭，看到元靜看著電擊器露出微笑，走進洞事務所，自己也像獲得了力量，臉上露出笑容。

材韓　　　我一定要親手抓住兇手，像個男子漢把兇手送進監獄，得到特別晉升，然後堂堂正正的約她！

S／48　　　D，現在，長期懸案專案組

　　　　　依然在看資料的海英、秀賢及其他組員。

秀賢　　　查訪過第一起到第九起被害人家屬後，從蒐集到的資料可以看出，被害人的年齡、職業、居住地點都不同……但有一點是相同的，她們都是在搭公車回家的途中遇害。

偕哲　　　真是了不起的共同點啊。當年又沒有地鐵，不搭公車，難不成用走的啊？

　　　　　秀賢瞄了一眼挖苦自己的偕哲，打開會議桌旁設置的電腦螢幕，敲了幾下鍵盤。螢幕上出現了 GeoPros[6] 畫面。永山市一帶的地圖上有 10 個連接起來的紅點。

─────────────
5 韓國行政區畫分的名稱之一，「洞」類似臺灣的「里」。
6 以區域的人口、地理等資料為基礎的犯罪預測系統。

秀賢　　　　我把第一起到第九起發現被害人的場所輸入GeoPros
　　　　　　系統後，發現與現在運行的一條公車路線一致：1508
　　　　　　路。打電話到客運公司確認，這條路線在26年前也有
　　　　　　運行，之前是95路。所有被害人都是搭乘這輛公車通
　　　　　　勤，而且第八起被害人黃敏珠還是這間公司的公車售票
　　　　　　員。這巧合不覺得太奇怪了嗎？

　　　　　　海英聽到公車，腦海中好像閃過什麼。

海英　　　　（低聲喃喃）公車……

　　　　　　海英開始翻查資料，其他人沒注意到海英，繼續開會。

偕哲　　　　喂，看看這條路線，橫貫整個永山市啊！何止被害人，
　　　　　　永山市市民大概一半以上的人搭過那路公車。這不是什
　　　　　　麼共同點，是迫不得已啊。
憲基　　　　金前輩說得有道理，把這當作找兇手的線索，有點太牽
　　　　　　強了。

　　　　　　這時，翻到資料的海英。

海英　　　　玄風站呢？

　　　　　　所有人向海英投來異樣的眼神。

海英　　　　95路公車也經過玄風站附近嗎？
秀賢　　　　（看看公車路線）沒錯。

　　　　　　海英打開1989年時期的地圖問秀賢

海英　　　　大概在哪個位置？

　　　　　　秀賢指出一處。海英確認公車站位置後，眼中充滿確

信。

海英　　　　車刑警説得沒錯。公車……就是公車。

S／49　　　　D，過去，玄風站鐵道

材韓望著發現李美善的草叢。

　　　－　Insert
　　　－　第三集，S5。兇手攻擊材韓，兩人發生肢體衝突，接
　　　　　著帽子男逃跑。
　　　－　望著草叢的材韓。

材韓(聲音)　　那 天 抓 到 的 明 明 就 是 兇 手……

S／50　　　　D，過去，巷子某處／大道邊

材韓沿著追趕帽子男的巷子一直走到大道邊，一臉不解
的巡視周圍。

材韓(聲音)　　究 竟……在 哪 兒 出 錯 的 呢 ？

這時，95路公車停在前面的公車站，但材韓沒有注意
到。乘客上車後，95路公車準備出發，材韓正四處張
望，公車遇到交通號誌，踩下刹車。聽到刹車聲的材韓
望向公車，看到紅色刹車燈的材韓，眼神發生變化。

材韓　　　　難 道……

S／51　　　　D，現在，長期懸案專案組

海英正在向秀賢及其他組員講解。

海英	兇手在玄風站襲擊李美善失敗後，一個小時後在五聖洞遊樂場殺害了公車售票員黃敏珠。接著兩天後，出現第九名遇害者。通常兇手經歷差點被警察抓到的危機，會潛伏一段時間，因為他們害怕再被抓住，可是這個兇手反而在玄風站之後更加猖狂了。
秀賢	殺人成癮的連續殺人犯，作案模式隨時都可能改變，也可能是因為無法控制自己。
海英	如果他是有非這麼做不可的理由呢？

秀賢詫異的看著海英。海英指著攤在桌上的地圖。

海英	這裡是李美善遇襲的地方，但突然被冒出的巡警撞上，接下來兇手會逃去哪？火車站有站務員，所以不行，鐵道四周沒有可以躲藏的地方。如果是這樣，剩下的（指著地圖巷子的地點）就只有小巷裡了。
秀賢	這條巷子的盡頭……
海英	沒錯，就是95路經過的公車站。

S／52　　N，過去，大道邊（海英的推理）

第三集，S6，之前曾在巷子裡上演帽子男與材韓的追擊戰。前方出現一條大道，鏡頭隨著材韓的視線看向大道。從巷子裡衝出的兇手，看到前方正準備出發的95路公車。兇手快速跳上公車，公車開走。這時，慢了一些、想攔住公車的英臣跑了出來，剛好撞上從巷子衝出來的材韓。

材韓撲倒英臣，二話不說一拳打下去。材韓背後隱約看到公車剎車燈的兩個光點。開走的公車後窗處，隱約可以看到黑色的上衣。

S／53　　N，過去，公車內（海英的推理）

開走的公車上，一個背影正透過公車後窗看著遠處與英

臣發生肢體衝突的材韓。接著，背影慢慢看向車內，公
車售票員黃敏珠也正透過窗戶看向抓住英臣的材韓，喊
著：「哎呀，打架了？」看著敏珠的視線慢慢從敏珠身
上移到車內唯一的乘客，是聽著耳機望著窗外，又看向
敏珠與黑色上衣的元靜。

S／54　　　D，現在，長期懸案專案組

秀賢和其他人一起看著海英。

海英　　　跟丟兇手的理由，兇手突然加快犯案的理由，都是因為
　　　　　那輛公車。第八、九起不是隨機選擇作案對象，而是要
　　　　　把在車上看到自己的人滅口，所以兇手才會在展開調查
　　　　　前就急著下手。
偕哲　　　（不可思議的看著海英）什麼啊，你比我還先見到當時
　　　　　負責的刑警了？
海英　　　（看著）……？
偕哲　　　有個荒唐的傢伙和你講得一字不差……
海英　　　嗯？
偕哲　　　救了李美善的那個巡警。他也說兇手上了公車，所以黃
　　　　　敏珠才遇害的，簡直是胡說八道嘛。

是材韓，海英猶豫了一下……

S／55　　　N，過去，五聖警局走廊

材韓站在刑警2面前，激烈辯論著。

材韓　　　是公車！
刑警2　　（半信半疑的表情，不爽的看著）
材韓　　　（著急）是95路公車！向搭乘那輛公車的人確認一下，
　　　　　就可以知道兇手長什麼樣了！就能抓住兇手了！

刑警2依舊以不爽的眼神看著材韓，在一旁聽著的刑警3走過來。

刑警3　　　正好，跟第八起被害人黃敏珠有關的人都在接受調查，去問問看吧。

S／56　　　　N，過去，五聖警局辦公室

材韓和刑警2走進辦公室。分別坐在不同辦公桌前接受問話的是40代、看起來很純樸的公車司機天久，和20代初段、敏珠的同事京順。

天久　　　（表情害怕）下班後經過遊樂場，感覺有點不對勁……怎能想到那是黃敏珠啊。

鏡頭移到京順那邊的辦公桌。

京順　　　（也很害怕）沒錯，是我最後見到敏珠的，可我什麼都不知道啊。末班車回來後太累了，我就直接下班了。

刑警2和材韓經過被問話的京順，走向接受調查的天久。刑警2用眼神示意一下正在問話的刑警，然後看向天久。

刑警2　　　李天久？
天久　　　（回頭）是。
刑警2　　　你就是那天黃敏珠搭乘的末班車司機吧？
天久　　　（眨了眨眼）是，是我。
刑警2　　　當時，有沒有人在玄風站上車？
材韓　　　穿著黑衣服，20代初中段。還記得嗎？

京順瞄了一眼講話的材韓。

天久	（回想了一下）玄風站的話……因為是最後一站，幾乎是沒有人的。
材韓	（露出喜色）是吧？記得吧？

- Insert
  天久駕駛著95路公車，視線看到玄風公車站。緩緩停靠公車站。
- 場景回到五聖警局辦公室。

材韓	當時有人突然跳上車了，對吧？
天久	昨天的事，我記得很清楚……

- Insert
  公車內，天久視線看到的畫面。公車的前門開著，沒有人上車。天久關上車門後出發。
- 場景回到五聖警局辦公室。

材韓	（訝異）沒有人上車？你肯定？
天久	嗯，昨天夜裡，那一站沒有人上車。
材韓	（不相信）絕對不可能！我追著那傢伙一直到巷口，明明是在公車站跟丟的！（看著天久）大叔，你沒說謊吧？

材韓窮追不捨，天久嚇得直搖頭。刑警們眼神冰冷的盯著材韓。

刑警2	你說的要是真的，這位司機早就死了，不是嗎？他可是第一個看到兇手長相的……

材韓用混亂的眼神看著刑警。

　　　　　　　我的推理怎麼可能出錯……海英看著偕哲。

海英　　　你説的……是真的？
偕哲　　　當時的公車司機親口説的，那一站沒有人上車……

　　　　　　　海英一臉疑惑，陷入沉思。

秀賢　　　還活著嗎？
偕哲　　　什麼？
秀賢　　　那個公車司機。
偕哲　　　怎麼？怕兇手把那個司機也殺了？我昨天見過他了，雖
　　　　　　然身體不好住進了療養院，但安然無恙，還活著呢。

　　　－　Insert
　　　　　咖啡廳，偕哲對面坐著快要70歲的天久。兩人正在談
　　　　　話。
　　　－　場景回到會議室。

偕哲　　　雖然是很久以前的事了，但他還記得很清楚，説那一站
　　　　　　沒人上車。
秀賢　　　最後見到黃敏珠的那個女同事呢？
偕哲　　　見完李天久後就馬上過去了，但不知道跑去哪兒了，沒
　　　　　　見到。
秀賢　　　（看著）地址給我，我去見她。
偕哲　　　車刑警，妳要幹什麼？
秀賢　　　還有其他線索呢？
偕哲　　　（啞口無言）
秀賢　　　未結懸案是要找到過去刑警們疏漏的部分。（看向海
　　　　　　英）去確認一下當事人講的是否屬實，還是在亂寫小
　　　　　　説。

S ╱ 58　　　D，廣域搜查隊大樓走廊

　　　　　　一起走出去的秀賢和海英。

海英　　　　現在有點相信我了吧？我跟聰明人之間才比較能溝通。
秀賢　　　　（瞥了一眼）自作多情，快點跟上。

　　　　　　秀賢沒理會海英，快步走出去。海英無奈的跟在後面。

海英　　　　哇……真是讓人不服氣啊。

S ╱ 59　　　D，巷子某處

　　　　　　秀賢把車子開進聚集著許多住宅的擁擠巷弄，坐在副駕
　　　　　　駛座的海英望著窗外，陷入沉思。

秀賢　　　　應該就是這附近了……路怎麼這麼複雜。（看路，問海
　　　　　　英）剛才是不是經過這了？
海英　　　　（依舊看著窗外，思考著）
秀賢　　　　生氣了？
海英　　　　誰生氣了？
秀賢　　　　那為什麼不回答？
海英　　　　兇手……現在正在做什麼呢？
秀賢　　　　（瞥了一眼）
海英　　　　兇手對殺人已經完全不能自拔，絕對無法忍受不去殺
　　　　　　人。那傢伙把警察耍得團團轉，從未成為調查對象。可
　　　　　　是為什麼收手了呢……？
秀賢　　　　……
海英　　　　說不定他死了，或因為其他罪行被逮捕了，再不然就是
　　　　　　移民了。眾說紛紜，但……如果兇手還在我們周圍呢。

S／60　　　D，另一處巷子裡／車內

一個背影走在人來人往的小巷裡，慢慢行走的一雙腳。那個背影的視線可以看到經過的女人們。鏡頭慢慢Tilt Up，那個背影穿著黑色上衣、戴著棒球帽，與材韓在巷子裡追捕的兇手十分相似。

海英(聲音)　　一般人一定什麼都不知道吧，不知道他就是泯滅人性的殺人魔……

戴帽子的男人從巷子裡轉過彎走來，正好經過前面秀賢的車，轉過街角越走越遠。
鏡頭回到秀賢和海英的車內。秀賢踩下剎車，確認好導航後，與海英下車再一起確認地址。兩人巡視眼前的住宅區。

S／61　　　D，京順家門外

秀賢和海英從設在建築外的樓梯走到京順家門口，從窗戶可以看到屋裡亮著的燈，聽到電視聲。秀賢按下門鈴，沒有人回應。海英站在一旁，開始敲門。

海英　　　　有人在家嗎？我們是警察。

但沒有人回應。秀賢從窗戶確認裡面時突然停止動作。從窗戶隱約看到屋內有一雙女人的腳。秀賢感到不對勁，急忙推開海英，握住門把，門沒鎖。秀賢打開門走進去。

海英　　　　這是私闖民宅啊……真是的，不管了！

海英也連忙跟進去。

S／62　　　N，京順家

寂靜、狹小又寒酸的京順家。秀賢走進屋內巡視，接著打開剛才從窗外看到的臥室房門，瞬間僵住。後面跟上來的海英撞到秀賢。

海英　　　怎麼了……

邊說，海英隨著秀賢的視線看去，也瞬間定住，受到驚嚇的海英倒退幾步。隨著二人的視線，看到從背後捆住的手腳、失去生機的眼神。京順就像過去京畿南部連續殺人案的被害人，以同樣的姿勢冰冷的倒在地上。

海英　　　（衝擊）那……那個結……跟從前的……一模一樣……

鏡頭拍攝綁住京順手腳的繩結。

海英　　　……那個傢伙，是那個傢伙！
秀賢也緊張的看向京順。兩人定格的畫面中響起警笛聲。

S／63　　　N，京順家外巷子

外面停了多輛警車。住在附近來看熱鬧的居民和聞風而至的記者，把巷子堵得水洩不通。偕哲和憲基從開進巷子的廂型車下來。憲基手提鑑識組的工件包、身著工作服。記者圍住兩人，旁邊的巡警想幫忙阻攔記者，但明顯人手不夠。

記者1　　是殺人案嗎？
記者2　　請回答一下，兇手的作案手法跟京畿南部連續殺人案一樣嗎？
記者3　　26年後，兇手再次犯案了嗎？

記者1	兇手再度現身嗎？偵查進展如何？

穿過記者重重包圍，偕哲和憲基走進建築內。

S／64　　　N，廣域搜查隊大樓大廳

在走廊上疾走的治秀，正與范洙通電話。

范洙(聲音)	什麼情況？
治秀	目前還無法確認。

治秀說著，突然停下腳步，眼神沉下來。

治秀	……明白了。

S／65　　　N，廣域搜查隊，廣域1股長室

治秀經過屏風，走進廣域1股長室，秀賢正在等著。治秀一進來，秀賢馬上起身。治秀走到放有「廣域1股長安治秀」名牌的位置坐下。

治秀	是真的？
秀賢	作案手法雖然相似，但還不能肯定。專案組正在現場鑑識，待鑑識結果出來後，就會有大致的輪廓。
治秀	還不能確定……與京畿南部連續殺人案屬同一個兇手所為？
秀賢	是的。
治秀	……把現場的專案組叫回來。
秀賢	（看著）
治秀	那案子的管轄歸京畿廳，京畿廳重案組會負責。
秀賢	（眼神漸漸陰沉）調查京畿南部的是我們專案組，我們已經掌握很多有關這案子的情報。協助調查都嫌不夠，居然要把我們從這案子剔除？我覺得這不合理。

治秀　　　那就不要協助。

秀賢看著蠻不講理的治秀。

S ／ 66　　　N，Montage，京順家

臥室，憲基穿著工作服，正在拍攝京順的屍體；玄關，戴著手套的海英在確認門鎖；偕哲站在1樓向屋主打探：「有沒有什麼人去過2樓？」這時，機動車「吱」的一聲停下來，偕哲聽到聲音，望過去。

S ／ 67　　　N，京順家外

海英正在確認門鎖，樓下傳來偕哲明朗的語調：「真是好久不見了啊！」朴刑警和偕哲正沿著樓梯走上來。後面跟著十分健壯的京畿廳刑警們。偕哲與海英視線相對。

偕哲　　　這是京畿廳的朴刑警，都是我的後輩，對這案子好奇才來看看。也是，哪有警察不關心這案子的。哎，我也嚇了一跳。誰能想到兇手時隔26年又出來犯案啊。應該是那傢伙見我們展開調查，怕了。

朴刑警聽到偕哲的話，表情輕蔑的一笑，走上來瞥了海英一眼，站在玄關看一眼案發現場。

朴刑警　　沒有轄區警局的允許，誰讓你們亂闖現場的！

憲基驚訝的回過頭，海英板起臉，偕哲一陣慌張。

偕哲　　　喂，朴刑警，說什麼呢……
朴刑警　　這案子由京畿廳負責，都出去。
海英　　　（眼神更加冰冷）

偕哲	（因為海英在場，笑得更誇張了）這傢伙真是的，幹什麼嘛，喂，需要情報，我私下給你就是了。
朴刑警	以為我跟前輩你一樣嗎？我可不會私下收錢和情報，要是像某人那樣被降級處分，多丟人啊。
偕哲	（臉色大變）喂，你這小子……
朴刑警	上廁所都得排隊呢，警銜低的人講話那麼沒禮貌怎麼行啊。

偕哲既憤怒又覺得丟臉，一張臉憋得通紅。海英走上前。

海英	那警銜一樣，沒禮貌也無所謂囉？

朴刑警和其他警員盯著海英，心想這傢伙是誰啊？海英連眼睛都沒眨。

海英	這案子是我們的，滾開。
朴刑警	什麼？
海英	在警界混，連點職業道德都沒有啊？好意思搶別人碗裡的飯？
朴刑警	（氣絕的樣子）你……誰啊？
海英	長期懸案專案組罪犯側寫師，朴海英警銜。
朴刑警	（輕蔑的看著）嚴格說來，京畿南部那案子也算是我們管轄的。
海英	所以說我們才會在這活受罪啊，就是因為你們沒抓到兇手。

朴刑警和其他刑警再也忍無可忍，一名長相兇狠的刑警正想上前，被朴刑警攔下。

朴刑警	那傢伙消聲匿跡26年，都是你們非要查什麼未結懸案才刺激到他。那裡頭的被害人之所以被殺……都是被你們害的！

海英聽到這句話，眼神動搖了一下。

海英　　　　竟然還在強詞奪理！

朴刑警和海英彷彿快要大打出手，偕哲攔在兩人之間，
不知如何是好。憲基快速回到屋內繼續拍攝⋯⋯

秀賢(聲音)　你們這是幹嘛？！

回頭，秀賢板著臉站在那，瞪著大家。

秀賢　　　　沒看到這裡是案發現場嗎？想打群架嗎？要破壞現場
　　　　　　啊？
朴刑警　　　喂，車秀賢，妳以為我們願意接手啊？上面下令，我們
　　　　　　就得服從。
秀賢　　　　什麼上面，不就是想解決熱門案件，好晉級嗎？
朴刑警　　　這麼久不見，講話可是越來越好聽了啊。
秀賢　　　　好啊，既然想獨吞，那這案子給你們了，但小心別噎著
　　　　　　了。
偕哲　　　　車刑警，為什麼⋯⋯
秀賢　　　　（看了看）收隊。
海英　　　　（吃驚）不行。
秀賢　　　　（看著海英大聲說）收隊。

秀賢走下樓梯。看著秀賢的海英憤怒大罵：「啊！媽
的！」

S／68　　　N，京順家建築外景

憲基和偕哲正在把行李放上廂型車。

秀賢　　　　我去一下國科搜，把東西放回專案組，你們就下班吧。

秀賢正要轉身離開，海英擋住去路。

海英　　　就這樣不管了？
秀賢　　　你也幫忙前輩們提提行李。

秀賢想避開海英走掉，但海英又攔住她。

海英　　　（充滿內疚）剛才那刑警……說得沒錯。被害人是因為
　　　　　我們才遇害的，所以我們更必須查下去啊！
秀賢　　　（看著）什麼意思？
海英　　　……他說得沒錯。因為我們展開調查，那個人才會被
　　　　　殺。
秀賢　　　所以？不去查？不去抓人，待在這裡嗎？殺死那個人的
　　　　　是兇手，我們是要抓住兇手的人。
海英　　　現在不是要放手不管了嗎？
秀賢　　　（看著）朴海英，你在這組裡是幹嘛的？只會說自己是
　　　　　罪犯側寫師。我在外面與證據、證人較量的時候，你必
　　　　　須像阿波羅11號的阿姆斯壯那樣在月球上俯瞰我，證
　　　　　據、證人和案件都要看成一個點，絕對不能參雜自己的
　　　　　感情。你不能這麼意氣用事。
海英　　　（秀賢的話一句也沒聽進去）因為我們……不……因為
　　　　　我，她才死的。要不是那個對講機……
秀賢　　　什麼？
海英　　　要扭轉回去！要是……還有機會的話……

海英轉身一步步走遠。

秀賢　　　喂！

海英的背影漸漸走遠。

S／69　　　N，車內

深夜，街道某處，經過的車輛發出噪音。海英把車停在路邊，坐在駕駛座上，查看著京畿南部案的資料，並記錄著什麼。

第九起，金元靜，22歲，公務員。
發現場所：玄風洞巷子，發現時間：11月7日晚上9點半。
金元靜，加班到8點左右，離開洞事務所。

做筆記的海英猛然抬起頭，遠處大樓上的螢幕正在播放新聞。京順的屍體被白布罩著從案發現場移送到救護車的畫面出現在螢幕上，字幕寫著「再次上演26年前的噩夢」「京畿南部連續殺人魔再度現身」。海英看著螢幕，又看向放在副駕駛座上的對講機。在海英的畫面中。

- Insert（畫面快速交錯）
- 京順屍體的樣子。
- 車內，海英的眼神在顫動，視線來回在時鐘和對講機之間。

海英 (聲音)　　對講機響起的時間總是在11點23分。

時間已經過了11點20分。

海英　　　　拜託……可以救活的……拜託。

S／70　　　N，過去，五聖警局辦公室

材韓疲累的呆坐在椅子上，對面坐著刑警2和刑警3。

刑警3	（與材韓一起看向畫著圓圈的地圖）你確定是在這條巷子裡追趕兇手？
材韓	是的，真的是公車站！
刑警2	（看著）不過，你那天為什麼去玄風站？
材韓	（答不上來）那是因為……那個……為了巡邏……
刑警2	但我們確認過，你那天休假啊。
材韓	那個……
刑警2	你不會是和兇手串通好的吧？
材韓	（不可置信）什麼？我怎麼可能？
刑警2	（看向刑警3）去確認一下這幾起案子的案發時間，他有沒有不在場證明。
材韓	（委屈）你們到底怎麼回事？我為什麼要這麼做呢？

S／71　　N，過去，五聖警局辦公室，拘留室

刑警把材韓關進五聖警局辦公室一角的拘留室。材韓站穩身子，從鐵窗間看到正在鎖門的刑警2。

材韓	不是我！我為什麼要這麼做呢？
刑警2	有沒有關係，由我們判斷。

刑警2走遠了。材韓覺得委屈又憤怒，但最終還是放棄了，一屁股坐在地上。

－　過一段時間。

刑警2、3像是下班了，不見人影。辦公室裡只有一名巡警坐在那裡打著瞌睡。材韓也抱著膝蓋睡著了。突然，某處傳來「吱吱吱」的對講機雜音。材韓半夢半醒間抬起頭，透過鐵窗，看到刑警2桌上放著材韓的證件及對講機。

海英(聲音)	李材韓刑警？是我！朴海英！

材韓還沒有徹底清醒，搖了搖頭，再次看向對講機。

S／72　　　　N，現在，街道旁，車內

海英手握對講機，見另一頭沒人回應，開始焦躁不安。
時間11點23分。

海英　　　　你在聽嗎？李材韓刑警！

S／73　　　　N，過去，五聖警局辦公室，拘留室

被關在拘留室裡的材韓聽到對講機的聲音，終於清醒過
來。他抓住鐵窗，朝外面一臉無辜的喊。

材韓　　　　那……那個對講機，喂，有沒有人！就是那個對講機，
　　　　　　是它說玄風站有人遇害的！

但是辦公室裡除了昏睡的巡警，沒有其他人。

海英(聲音)　又有人遇害了。
材韓　　　　你看，那傢伙又開始了。

S／74　　　　N，現在，街道旁，車內

海英因為京順的死而難過，聲音顫抖。

海英　　　　因為我……不，是因為我們才死的。如果你那裡真的是
　　　　　　1989年，請快去阻止。

S／75　　　　N，過去，五聖警局辦公室，拘留室

關在拘留室裡的材韓聽著對講機傳來的聲音。

材韓　　　　喂！有沒有人在啊？
海英(聲音)　你可能無法相信，這裡是2015年。

材韓	2015……那傢伙瘋了吧。
海英 (聲音)	至今都沒有抓到兇手。

S／76　　　N，現在，街道旁，車內

海英	只剩下最後一次機會了。京畿南部連續殺人案還剩下最後一名被害人。只有在那時抓住兇手，才能改變現在。第九起被害人金元靜，是洞事務所的職員！1989年11月7日晚上9點半，玄風洞巷子裡！

S／77　　　N，過去，五聖警局辦公室，拘留室

材韓聽到遠處海英所講的話，嚇得愣住了。

海英 (聲音)	不知道你是不是在聽，但拜託你，請一定要抓住兇手。

受到衝擊的材韓，眼神顫抖。

材韓	金元靜……洞事務所職員？

S／78　　　N，過去，元靜家門前的巷子某處

下班後正往家裡走的元靜。有人在看著元靜，彷彿馬上就要撲向她，前面傳來阿姨的聲音，阿姨走出巷口。

阿姨	回來了？

元靜笑著打招呼，走進家門。那個黑影躲在之前材韓站的路燈下，正張望著元靜家。

S／79　　　N，過去，五聖警局辦公室，拘留室

材韓內心受到巨大衝擊，眼神顫抖。

材韓	你……這個瘋子！元靜怎麼會死？！

S／80   N，現在，街道旁，車內

海英	我也不清楚為什麼這個對講機會開始，也不知道這對講機會把事情變得多糟糕……但可以改變的，抓住兇手……救活這些人。

S／81   N，過去，五聖警局辦公室，拘留室

受到衝擊的材韓，用顫抖的眼神盯著對講機。

海英(聲音)	11月7日，晚上在玄風洞！

材韓	（受到衝擊後發了一陣呆，突然情緒激動）臭小子，你人在哪裡？說，你在哪？！

對講機信號斷了。

材韓	喂！喂！回答我！

但對講機安靜得沒有一點回音，材韓眼中充滿不安。透過材韓的視線，可以看到日期是11月6日，時間已經過了深夜12點。

材韓	（抓住鐵窗搖晃著）有人嗎……有人嗎！有沒有人啊？喂！

畫面裡搖晃鐵窗的材韓，與坐在車裡看著對講機的海英畫面交錯。

第三集　終

第四集

早上，刑警2走進只有巡警在的辦公室，拘留室那邊不斷傳出「噹噹」搖晃鐵窗的聲音。見刑警2走進來，巡警面帶疲倦的走上前。

刑警2　　什麼事，一大早就把我叫來？
巡警　　　從剛才就一直那樣。

刑警2看向拘留室，只見材韓一臉焦急，正抓著鐵窗喊叫。

材韓　　　拜託，求求你，讓我打一通電話吧！

刑警2一臉怒容，走向拘留室站在材韓面前。

刑警2　　打給誰啊？
材韓　　　今天還會有其他人遇害的，金元靜，洞事務所的職員。
刑警2　　瘋了吧你？在這耍什麼花招。
材韓　　　沒錯，我真的要瘋了。就讓我打一通電話吧，行嗎？
刑警2　　給我閉嘴，老實待著。

刑警2走遠，同時朝巡警。

刑警2　　給我看好了。

材韓一臉焦急的看向時鐘。11月7日早上8點。

S／2　　　D，現在，長期懸案專案組

第九起，金元靜，22歲，公務員。
玄風洞巷子，發現時間11月7日晚上9點半。
鏡頭從寫著以上內容的白板移向整夜盯著白板、現在趴

在桌上睡著的海英。這時，窗戶吹來一陣風，海英被吹醒了。醒過來的海英猛然起身看向白板，但過去沒有發生改變。

海英　　　（焦慮）為什麼……

這時，秀賢走進專案組，莫名其妙的看著站在白板前的海英。

秀賢　　　不是說要扭轉過來嗎？在這裡熬夜了？扭轉什麼了？扭轉白板啦？
海英　　　不能就這麼結束……
秀賢　　　（看著）誰說結束了？
海英　　　（看著）

這時，偕哲和憲基走進來。兩人一臉不知什麼狀況的表情，走到辦公桌前。

秀賢　　　京畿廳那邊可是卯足了勁，支援火力不是鬧著玩的……

偕哲、憲基、海英一臉不知道在講什麼的表情看著秀賢。

秀賢　　　可是證人不足，周圍幾乎沒有CCTV，看來他們初次跑現場，也沒少吃苦頭。
全體　　　（她到底想講什麼呢？）
秀賢　　　當然了，過一段時間就能找到線索。畢竟和26年前不一樣了，調查方法也進步了……但是……在此之前對我們有利。

全體遲疑的看著。

秀賢　　　不讓我們協助調查，可是他們的損失，我們掌握的情報

可比他們多。

海英　……妳是什麼意思？不是妳叫我們撤的嗎？

秀賢　我是說撤離現場，可沒說要中斷調查京畿南部這案子。

海英和大家一起看著秀賢。

秀賢　京畿廳拿走的是鄭京順的案子，我們的案子是京畿南部殺人案。我們必須先抓到兇手。

偕哲　可是線索太少了。

秀賢　重案組辦案，一半靠的是人脈。

偕哲　因為這個妳才跑去國科搜？

秀賢　吳允書法醫說，這次的被害人和過去不同。26年前的被害人都是先捆綁後再殺害，這次是先殺害後才綁起來的。

全體瞬間眼睛一亮。

海英　不是同一個兇手所為嗎？

秀賢　是不是同一個兇手所為還要進一步確認，但可以肯定的是，這次的兇手與京畿南部殺人案有關……

海英　因為打的結？京畿南部被害人都被特殊的繩結捆綁，這點並沒有對外公開過，也沒有把打結的照片公開出去。但是，這次作案的兇手卻和26年前的兇手打下的結相同。

秀賢　抓住這起案子的兇手，就能抓到京畿南部的兇手了。

憲基　我就知道，前輩不可能那麼輕易讓步，所以我留了一手……

全體看過去，憲基從包裡取出裝有玻璃杯碎片的證物袋，露出笑容。

憲基　在被害人屍體下面發現的，現在就送去分析。

憲基走出專案組。

偕哲　　　附近沒有CCTV，所以吃了不少苦頭？

秀賢和海英看向偕哲。

偕哲　　　但有別的，收到報案出發時，我看到了移動CCTV。

- Insert
- 偕哲開著廂型車趕往京順家的路上，看到京順家附近的便利商店門口，停著送貨的貨車。
- 回到辦公室。

偕哲　　　那附近相同的便利商店就有三家，貨物會在相同的時間運送，運送車絕對有行車記錄器。我會不擇手段，搶在京畿廳那群傢伙前先找到，朴刑警，那兔崽子死定了！

偕哲抓起上衣跑出辦公室，專案組只剩下秀賢和海英。

秀賢　　　我們來真正的扭轉局面吧。

S／3　　　D，同一場所

鄭京順家的平面圖攤在桌上，秀賢和海英正在討論。

秀賢　　　從最初抵達時開始著手。
海英　　　抵達現場時，窗戶從裡面鎖住，玄關的門鎖也沒有任何被破壞的痕跡。
秀賢　　　也沒有強行闖入的痕跡，室內沒有打鬥過的跡象。應該是鄭京順認識的人，很有可能是熟人犯案。
海英　　　兇手像死老鼠一樣消聲匿跡躲了26年，剛重新展開調查就出來犯案，犯案動機極可能是想銷毀證據。
秀賢　　　熟人犯案加上銷毀證據……怎麼看都覺得95路公車的

司機最可疑，那公車司機與鄭京順、黃敏珠都認識，他也和那起案子有關聯。

海英　　（搖搖頭）關於京畿南部連續殺人案的兇手，很多專家都做過罪犯側寫，我也一樣。雖然意見有分歧，但都得出有關年齡的共同點：從未有過與異性交往經驗，年紀在20代初段，最多23歲。再說，抓到崔英臣時，那個司機正在開車，把他鎖定成兇手有點太牽強了。

這時，秀賢的手機響了，是偕哲。

秀賢　　怎麼樣了？

S／4　　　D，街道某處

偕哲一邊通話、一邊把拿到的行車記錄器記憶卡裝進證物袋裡。

偕哲　　差點失手。

偕哲看著京畿廳的刑警們正走進便利商店，嘆了口氣。

偕哲　　差點就被京畿廳那群傢伙搶先一步，他們的調查速度真不是開玩笑的啊。

S／5　　　D，長期懸案專案組

秀賢掛斷電話，看著海英。

秀賢　　沒時間了，你去客運公司再問問看，我到療養院去見見那個司機。有什麼消息馬上聯絡。

秀賢起身走出專案組。海英出門前再次確認了白板上的字。

第九起，金元靜22歲，公務員

玄風路巷子，發現時間11月7日晚上9點半。

海英焦慮的看著這些字。

S／6　　　　N，過去，洞事務所

鏡頭從1989年11月7日的日曆和指向晚上7點半的時鐘，轉向加班的元靜和女職員。女職員準備下班。

女職員　　妳還不走啊？已經7點半了。
元靜　　　我想把手上的做完，妳先回去吧。

女職員和元靜道別後，走出大樓。洞事務所只剩下元靜一人，透過窗戶可以看到漆黑的夜路。一個戴帽子的黑影站在馬路對面，注視著元靜。

S／7　　　　N，過去，五聖警局辦公室

和早上不同巡警的巡警2交班後，走進辦公室，聽到某處傳來呻吟聲。巡警2納悶的四處張望，看到拘留室裡，材韓抱著肚子很難受的模樣。

巡警2　　喂！你怎麼了？
材韓　　　肚子……肚子好痛……（更加痛苦的呻吟聲）

巡警2嚇得打開門走進去，正要扶起材韓，材韓突然抓住巡警2的衣領，利用柔道技巧把他摔倒在地、勒住他。

材韓　　　（邊勒緊邊說）對不起，沒時間解釋了。

材韓確認巡警2昏過去後，立刻跑出拘留室。看了看

錶，已經8點了。他急忙拿起桌上的對講機和手槍，衝出辦公室。

S／8　　　　N，過去，玄風洞，元靜家

阿姨被急促的敲門聲嚇得跑出來開門，一開門看到滿頭大汗的材韓。他著急的問被自己嚇到的阿姨。

材韓　　　　元靜她人呢？回來了嗎？
阿姨　　　　沒有啊，剛才說要加班……

材韓眼神顫抖，馬上朝巷子跑去。

S／9　　　　N，過去，玄風洞巷子某處

材韓焦急不安的巡視周圍，一邊連續呼喊著「元靜」，在每一條黑暗的巷子裡奔跑。看了看手腕上的錶，晚上8點40分了。

海英(聲音)　第九起被害人金元靜，洞事務所的職員！1989年11月7日晚上9點半，玄風洞巷子！

跟隨材韓顫抖的視線，看到充滿不祥氣息的巷子。

材韓　　　　拜託……拜託……

材韓喃喃自語，轉過巷口，迎面撞上某人，他回過神一看，是天久。天久認出材韓，遲疑了一下，但材韓精神恍惚，差點就錯過了。

材韓　　　　您看到一個年輕女生了嗎？長得很白，頭髮到這……
天久　　　　（看著他想了想，伸手指向右邊）
材韓　　　　（身體已經朝天久指的方向快跑出去）謝謝。

天久眼見跑向右邊暗巷裡的材韓消失不見，這才慢慢的把視線轉向相反方向的巷子。

S／10　　　　N，現在，長期懸案專案組

偕哲把取到的行車記錄器連上筆電，快轉畫面。憲基手拿著資料走進來。

偕哲　　　找到什麼了？
憲基　　　我是什麼人物啊，找到一個線索了。
偕哲　　　誰啊？

說著，偕哲驚訝的站起身，遲疑了一下，再次確認畫面。一個很眼熟的人從畫面一閃而過。偕哲快速按下暫停，接著又往後倒退幾秒。好像發現了什麼，表情驚訝──畫面中出現的人正是天久。

偕哲　　　（確認行車記錄器的時間後）這是我與李天久見面的那天啊……看來他是知道我要去找鄭京順，才搶先動手的。
憲基　　　李天久？指紋的主人也是李天久。
偕哲　　　（聽憲基這麼一說，再次看向記錄器畫面）兇手……是公車司機李天久……

S／11　　　　N，世訓療養院大樓外景

秀賢把車停在位於郊外的小型世訓療養院大樓前。年邁的天久透過大樓窗戶注視著秀賢。

S／12　　　　N，客運公司辦公室

海英和職員面對面坐著，正在講話。

職員2	鄭京順除了1990年退休，就沒有其他紀錄了。剛才警察來時，都已經告訴他們了……
海英	（遲疑）警察？京畿廳過來的嗎？
職員2	是的。
海英	（表情鬱悶，接著問）他們也問了有關95路公車的事嗎？
職員2	嗯？95路？沒有問過……
海英	就是26年前運行的公車。有沒有什麼人知道關於那輛公車的事呢？

S／13　　N，客運公司車庫

公車打著前車燈開進車庫，60代的金司機從停好的公車上走下來。海英像是等了很久，朝金司機走去。

－　過一段時間。

在車庫聊天的海英與金司機。

金司機	記得。當時死了一名售票員，公司的氣氛別說有多糟糕了。
海英	當時，關於那件事您還聽說了什麼嗎？
金司機	我是不清楚啊，那天我沒班。天久應該很清楚，警察還把他叫去問話了呢。
海英	您跟李天久很熟嗎？
金司機	當然了，我們都是開車的司機……可是發生那件事後沒多久，天久就不做了。家裡頭出事了。

S／14　　N，世訓療養院櫃檯

秀賢正與櫃檯的護士講話。

護士	您要找的人，姓名是？
秀賢	李天久。
護士	（聽到李天久的名字抬起頭）李天久？李天久……不是

患者……

秀賢　　　（詫異的看著）

護士　　　李天久不是患者，是家屬。

秀賢　　　家屬？

這時，秀賢的手機響了，是偕哲。

秀賢　　　怎麼了？

S／15　　　N，廣域搜查隊大樓停車場

偕哲快速跳上車，一邊出發一邊說。

偕哲　　　見到李天久了嗎？

秀賢(聲音)　還沒……

偕哲　　　兇手是李天久，指紋和CCTV全部一致。

S／16　　　N，世訓療養院櫃檯

秀賢表情嚴肅的掛斷電話。

秀賢　　　（著急）他在幾號病房？

S／17　　　N，客運公司車庫

金司機和海英仍在聊天。

海英　　　出事了？

金司機　　兒子出事了。為了救兒子，提早領了退休金不做了，之
　　　　　後就再沒見過他……

這時，海英的手機響起，海英用眼神示意金司機，走到
一旁接起電話。

海英	我是朴海英。
偕哲(聲音)	世訓療養院，快點過去。
海英	怎麼回事？
偕哲(聲音)	兇手就是李天久。
海英	……怎麼可能？李天久不符合京畿南部兇手的罪犯側寫啊！
偕哲(聲音)	還管它什麼罪犯側寫不側寫的，趕快過去吧！

海英眼神混亂，看向掛斷的手機。

海英	這不可能……抓住崔英臣時，李天久正在開車……怎麼可能是兇手……年齡也不……

說著，遲疑了一下……海英一臉懷疑，轉身朝金司機走去。

海英	他幾歲？
金司機	嗯？
海英	當時，出事的時候，李天久的兒子幾歲？
金司機	……高中剛畢業，應該有20了……

海英露出懷疑的表情，心想——難道是他？

S／18　　　N，世訓療養院走廊

6樓的電梯門打開，秀賢走出來。光線昏暗的走廊裡空無一人，秀賢從胸口取出手槍，警戒四周，走向609號病房。

S／19　　　N，客運公司車庫

海英正聽金司機說著。

金司機	老婆年輕時就死了，由他一個人拉拔孩子長大。天久不放心讓兒子一個人在家，每天開車都帶著他，真是百般疼愛啊！那小孩記性好，長大了也成天坐在車裡一直跟到終點站，我還載過他幾次呢。但那孩子身體不好，找不到工作，待在家裡也沒事做……
海英	（眼神沉了下來）95 路公車……一直都有搭。

- Insert
- 第三集，S 48，在 GeoPros 畫面前講話的秀賢。

秀賢	被害人的年齡、職業、居住地點都不同……但有一點是相同的，她們都是在搭公車回家的途中遇害。

- 過去，海英的推理。
- 95 路公車內，坐在最後面的那個人一直盯著上下車的人，留心觀察著第一起被害的女大學生。
- 第二起、第三起照片裡的被害人，有人正盯著這些坐在公車裡的被害人，畫面上響起秀賢的聲音。

秀賢 (聲音)	我把第一起到第九起發現被害人的場所輸入 GeoPros 系統後，發現與現在運營的一條公車路線一致。95 路公車。所有被害人都坐過那輛公車。

- 現在，聽著金司機講話的海英。

海英 (聲音)	如果兇手……不是李天久……

S／20　　N，世訓療養院病房

秀賢推開 609 號房門走進去。病房裡，檯燈燈光下可以看到一名熟睡的患者。秀賢慢慢靠近病床，已經中年、蒼白的振亨躺在那裡，病床下方的牌子寫著「患者：李振亨，家屬：李天久」。

S／21　　　　N，道路某處，車內

海英開著車，表情嚴肅。

海英 **(聲音)**　　如果他說謊⋯⋯如果他不得不說謊⋯⋯

S／22　　　　過去，Montage

- 夜晚，天久開著95路公車抵達公車站，停車，打開車門，沒有人上車。天久正要按下關車門的按鈕⋯⋯
- 夜晚，從巷子裡跑出來的兇手，看到正要開走的公車，像彈簧一樣跳上車。
- 夜晚，公車內，嚇了一跳的天久望向兇手。

天久　　　　你⋯⋯

　　　　這時才看清兇手的臉，是臉色蒼白、神經兮兮、20代的振亨。

振亨　　　　（慌張）快開車、快啊。

　　　　天久覺得振亨看起來很反常，但還是發動了車子。透過窗戶隱約看到材韓撲倒了正在追趕公車的英臣。公車售票員敏珠從窗戶看到外面正發生肢體衝突的材韓和英臣，驚呼：「怎麼了？打架了啊？」振亨看著驚呼的敏珠。視線轉移，看向車內唯一的乘客，戴著耳機、望著窗外、又瞥了一眼振亨的元靜。這時，敏珠才抬頭看向振亨。

敏珠　　　　振亨啊，外面發生什麼事了嗎？
振亨　　　　（看了看敏珠）沒事，什麼事也沒有。

	– 過去，公車停進終點站車庫。天久和下車的元靜打了聲招呼。
天久	慢走啊，公務員小姐。
元靜	（微笑著走遠）

振亨隨後面無表情的走下車，敏珠也跟著下來。

敏珠	唉，好累啊，今天得早點回家了。

敏珠為了換衣服，走進辦公室。

天久	你等等，一起回家。
振亨	我先回去了，家裡見。

– 第三集，S 31。下班回家的天久。

天久覺得有點奇怪，於是朝遊樂場的鞦韆走去。天久嚇得發出慘叫，身體跟著往後退。黑暗中，天久看到手腳被綁在身後、已經死掉的敏珠，越過屍體，那個在黑暗裡跑掉的黑影，正是自己的兒子振亨的背影。天久難以置信的望著逃走的振亨。

– Insert
在車庫與海英講話的金司機。

金司機	天久就像念口頭禪似的，說什麼為了兒子，什麼都肯做。

– 第三集，S 56，正向刑警2提供證詞的天久。

天久	昨天夜裡，那個公車站沒有人上車。

如此回答的天久被材韓追問著，鏡頭Tilt Down，拍到桌子下天久顫抖的雙手。

S／23　　　**N，過去，玄風洞巷子**

接第四集，S9。看著材韓消失的巷子，又看向反方向巷子的天久，眼中充滿罪惡感。像是感到心疼似的抓緊胸口。

S／24　　　**N，過去，玄風洞另一處巷子**

材韓沿著天久指出的方向跑進巷子，焦急的尋找元靜。這時，聽見遠處傳來女人「啊！」的一聲慘叫。材韓驚嚇的望過去。

材韓　　　不可以……

S／25　　　**N，現在，世訓療養院病房**

秀賢俯視振亨。這時手機響了，是海英。

S／26　　　**N，街道某處，車內**

加速行駛的海英。

海英　　　兇手不是李天久。為了銷毀證據，殺死鄭京順的是李天久，但京畿南部連續殺人案真正的兇手另有其人。

S／27　　　**N，現在，世訓療養院病房**

正在和海英通話的秀賢。

秀賢　　　什麼……意思……

接起電話的秀賢轉身背對熟睡的振亨，振亨不知何時睜大了雙眼，面無表情的盯著秀賢。振亨跳起來，毫不遲疑的抓起秀賢的脖子，用力勒緊。秀賢被猛力一拉，手機和手槍都掉到地上。手機裡傳來海英的聲音。

S／28　　N，現在，街道某處，車內

海英聽到手機傳來「哐噹」聲響，愣了一下。

海英　　車秀賢刑警？

對方沒有回音，海英感到很不安。

海英　　車刑警！聽見我說話嗎？車刑警！

但是，電話另一頭的秀賢默不作聲。

S／29　　N，世訓療養院病房

振亨用力勒住秀賢的脖子，秀賢無法呼吸，想要拽開振亨的雙手，但振亨的力氣太大了。瞬間，秀賢一隻手打在振亨臉上，但振亨沒有鬆手。秀賢更難呼吸了，這時，檯燈進入了秀賢的視線。

S／30　　N，世訓療養院大樓外

海英緊急剎車，快速從車上下來。另一輛車迎面開過來，快速剎車，偕哲也趕到了。

海英　　（看到同組人，一臉著急）聯絡不上車秀賢刑警！

海英和偕哲跑在6樓的走廊裡尋找609號病房，只聽前面的病房傳來「哐噹」聲響，海英和偕哲急忙朝那邊跑去。

S／32　　　　N，世訓療養院病房

「碰」一聲，門開了，海英和偕哲舉著槍走進病房。只見秀賢氣喘吁吁，地面上滿是打碎的檯燈碎片。床上的振亨抱著頭，血流如注，疼痛不已。

海英	（問秀賢）沒事吧？
偕哲	怎麼回事？李天久呢？這傢伙是誰？
海英	就是他。京畿南部連續殺人案的真兇不是李天久，是這個傢伙！
振亨	我沒想殺人！一睜開眼睛就看到她舉起槍對著我，我受到驚嚇才這麼做的。
秀賢	（吃力的喘氣）沒錯，朴海英說得沒錯。他就是兇手。
振亨	（拚命搖頭）不是我！

這時，偕哲的手機響了，是憲基。

S／33　　　　N，長期懸案專案組

憲基吃驚的邊看電視、邊講電話。

憲基	在看電視嗎？

跟隨憲基的視線看到字幕「緊急快報，京畿南部連續殺人犯終於落網」。畫面裡，京畿廳門前擠滿記者，畫面中出現記者的聲音。

記者(聲音)　讓全體國民陷入恐慌的京畿南部連續殺人犯，26年後終於被警察逮捕歸案。

S／34　　N，京畿廳大樓前

記者與聞風趕來的被害人家屬把京畿廳門前堵得水洩不通。警車穿過人群在大樓前停下來。閃光燈「啪啪啪」亮起，家屬們湧上前，警察圍起保護網。車門開了，扣著手銬的嫌犯走下來，正是天久。有人向天久丟雞蛋。「瘋子」「把孩子還給我！」等謾罵聲與記者的發問接踵而來，天久默默低頭被帶進大樓裡。
在此畫面上。

記者(聲音)　26年後，抵擋不住警察重新展開調查的壓力，嫌犯選擇自首，在剛剛被押送到此，目前正在京畿廳接受調查。

S／35　　N，京畿廳調查室

強烈的光線下，天久面無表情的坐著，對著面前的調查官。

天久　　是我做的。鄭京順是我殺的……26年前那些人，也都是我殺的。

在天久的表情畫面上。

秀賢(聲音)　兇手不是李天久。

S／36　　N，廣域搜查隊，廣域1股長室

秀賢和治秀面對面坐著。

秀賢	鄭京順是李天久殺的沒錯,他也知道自己會被逮捕,他是為了替自己的兒子頂罪。
治秀	……那他兒子呢?承認是自己殺的了嗎?
秀賢	……沒有。
治秀	其他證據呢?
秀賢	……沒有確切的證據。
治秀	妳應該也很清楚警察組織,像這種受媒體關注的案子,警察是不會輕易承認抓錯人的。因為這樣一來就等於是承認整個警察組織都被嫌犯戲弄了……
秀賢	……
治秀	如果拿不出可以推翻李天久供詞的證據,沒有人會相信專案組的主張的。

S／37　　　　N,長期懸案專案組

偕哲、憲基和坐在桌前的海英。

偕哲	好久沒這麼拚命了,結果白忙一場。這案子算是化為烏有了。
憲基	(煩悶的嘆口氣,往臉上噴保濕噴霧)
偕哲	(哭笑不得)你在幹嘛啊?
憲基	心悶啊。(再一次憤怒的噴保濕噴霧)

海英一臉心煩的表情,坐在那看著時間。已經過了11點。

S／38　　　　N,廣域搜查隊停車場

停車場的車內,海英坐在駕駛座上板著臉。一手握著對講機,眼睛注視著時間,時間快速轉動,過了11點23分……海英等待的「吱吱吱」對講機雜音出現了。

| 海英 | (急忙朝對講機)刑警!李材韓刑警,在聽嗎?是我, |

朴海英。

S／39　　　　N，過去，材韓的房間

簡樸、乾淨的材韓房間。矮桌上放著的對講機指針在晃
動著，裡面傳來海英的聲音：「刑警，你在聽嗎？」鏡
頭移向面無表情、看著對講機的材韓。材韓慢慢拿起對
講機，按下傳送鍵。

材韓　　　　是的，我在聽。

S／40　　　　N，現在，車內

海英　　　　最後一位被害人呢？怎麼樣了？
材韓(聲音)　……
海英　　　　金元靜，洞事務所職員。還活著吧？

S／41　　　　N，過去，材韓的房間

聽到元靜的名字，材韓的眼神開始顫抖。

材韓　　　　……兇手呢？

S／42　　　　N，現在，車內

聽到材韓壓低聲音，海英有種不祥的預感。

S／43　　　　N，過去，材韓的房間

材韓　　　　不是說那裡是2015年嗎？抓到兇手了嗎？

S／44　　　　N，現在，車內

海英　　　　刑警……出什麼事了？發生了……什麼事吧？

S／45　　　　D，過去，材韓的房間

材韓　　　　我問你抓到兇手了嗎？抓到人了嗎？！
海英(聲音)　那……
材韓　　　　（看著沒有回應的對講機）……公車司機，李天久……
　　　　　　是他吧？

S／46　　　　N，現在，車內

海英　　　　（愣住）……

S／47　　　　D，過去，材韓的房間

材韓　　　　（眼角漸漸流露殺氣）是他吧？是那個人……對吧？

S／48　　　　N，現在，車內

海英　　　　不是……那個人……

S／49　　　　D，過去，材韓的房間

材韓　　　　（打斷海英的話，快速的）不是他，那是誰？（忍耐的憤
　　　　　　怒爆發，失去理性）告訴我是誰，我現在就去殺了他！

S／50　　　　N，現在，車內

海英　　　　（被材韓的反應嚇到）刑警……你怎麼……

材韓　　　（顫抖）你們只看到照片……就那幾張照片……和被害
　　　　　人的名字……職業、發現地點、時間……這些是你們知
　　　　　道的全部……但我不是……

材韓傷心欲絕。

－　Insert
－　第四集，S 9，材韓在巷子裡徘徊、尋找元靜，結果撞上
　　天久。

材韓　　　您看到一個年輕女人了嗎？長得很白，頭髮到這……
千久　　　（遲疑一下，指了指右邊）

－　第四集，S 9。沿著天久指出的方向尋找元靜，聽到遠
　　處傳來女人的慘叫，材韓驚嚇的看過去。
－　表情更加著急的材韓開始在巷子裡奔跑，轉過巷子，發
　　現了什麼，瞬間全身無力，崩潰。沿著材韓的視線，看
　　到元靜的包包掉在地上。
－　回到材韓的房間，講著對講機的材韓。

材韓　　　幾天前……她還是個活生生的人，安慰我，對我笑……
　　　　　是個善良又熱愛生活的人。

－　玄風洞巷子，材韓失魂落魄的望著元靜的包包，慢慢看
　　到旁邊被捆綁的元靜的手腳，元靜已經變成冰冷屍體。
　　材韓無法相信眼前的場面，全身顫抖，一動不動的僵
　　住，然後大叫：「不……不……不要！」
－　畫面與露出燦爛微笑的元靜遺照重疊，是元靜的葬禮。
　　獨自守著靈堂的阿姨，材韓充血紅腫的眼睛望著阿姨，
　　面對遺照痛哭的樣子。
－　材韓的房間，講著講著勾起了難過的記憶，眼睛紅了，

接著轉變成對兇手的憤怒。

材韓　　　那個瘋子⋯⋯我要用一樣的方法殺死他。我要親手⋯⋯
　　　　　殺了他。

S／52　　　N，現在，車內

海英竭盡全力想安撫材韓。

海英　　　（急忙）不可以那麼做！要是那麼做，你也會成為殺人
　　　　　犯的！刑警，你在聽嗎？我們還有機會！

S／53　　　D，過去，材韓的房間

倒在桌上的對講機裡傳出海英的聲音。

海英(聲音)　售票員鄭京順知道誰是兇手，必須調查那個女人。刑
　　　　　警！李材韓刑警！

鏡頭移開，材韓已經不知去向。

S／54　　　N，現在，車內

海英連聲喊著「刑警、刑警」，看向對講機，對講機已
經斷了信號。表情焦急的海英一拳砸在方向盤上，腦中
突然浮現某種想法，眼神定住。

海英　　　鄭京順⋯⋯

S／55　　　N，現在，長期懸案專案組

聚集在專案組的秀賢、海英、偕哲和憲基正在討論。

秀賢	鄭京順？
海英	沒錯，鄭京順一直在威脅李天久。雖然不知道威脅他什麼，但一定是能夠證明李振亨就是真兇的證物，只要找到那個證物就可以抓到真兇了。
偕哲	要是有那東西，早就被京畿廳的人找到了。他們都把現場和李天久的東西翻遍了……
海英	沒錯，李天久殺害鄭京順後也找遍了，但沒有找到，所以那個東西根本就沒放在家裡，而是保管在其他地方。
偕哲	什麼地方？
海英	現在開始要去查。
偕哲	哈……真是敗給你了。你怎麼查？
海英	京畿南部殺人案的公訴時效到 2004 年截止。在截止那天之前，那東西可是能威脅李天久的搖錢樹，自然會小心的藏起來，之後才有可能隨便亂丟。但是……公訴時效被撤銷了。

- Insert
- 第二集，S 26，Montage 中，正在收看電視新聞的京順背影。鏡頭慢慢移動，看到京順。
- 回到專案組。

海英	看到公訴時效被撤銷的新聞後，想到那東西又能成為搖錢樹時……鄭京順首先會做什麼？
秀賢	確認那東西還在不在。
偕哲	妳該不會……相信這小子說的吧？
秀賢	京畿南部案的公訴時效被撤銷是 10 月 1 日，確認一下那天鄭京順的行蹤……就可以找到證明李振亨是真兇的證據了。
偕哲	這次調查結果可是要由搜查局長親自公布，何苦非要添亂呢！股長不是也反對嗎？非這麼做不可嗎？我們還是別惹事生非了。
秀賢	我和朴海英再去鄭京順家裡搜查一下，前輩和鄭憲基去查查鄭京順的信用卡明細和手機通話紀錄，還有個人資

料。

偕哲　　　　不要吧！

S／56　　　　N，街道某處

開往京順家的海英車內。

海英　　　　（瞄一眼秀賢）沒事吧？

秀賢　　　　（看過去）

海英　　　　妳的……脖子。

秀賢　　　　被兇手襲擊都快丟臉死了，你說能沒事嗎？

海英　　　　只有男人在的地方，幹嘛自己進去。

秀賢　　　　（忽然眼神沉下來）要分男女的話，早就辭職不做了。

海英　　　　（又瞄一眼）

秀賢的手機響了，是偕哲。

秀賢　　　　（接起電話）打聽到了嗎？

偕哲(聲音)　10月1日鄭京順的手機和信用卡都查過了，找不到任何
　　　　　　線索。

秀賢　　　　該不會查得很隨便吧？

偕哲(聲音)　（超委屈）信用卡額度刷爆，也沒和別人通過電話！不
　　　　　　信我，就別叫我去查！

秀賢覺得很苦惱。

S／57　　　　N，京順家

秀賢和海英闖入結束現場搜查後的京順家。

海英　　　　（巡視四周）不愛整理，性格懶惰，應該不會藏得很隱
　　　　　　密……

秀賢　　　　吵死了。

海英	（看著）
秀賢	直接翻。

- 過一段時間。
- 海英細細翻查每一個抽屜，只聽見一旁傳來「嘩啦啦」聲響，秀賢直接抽出抽屜扣到地上，快速掃視地上的物品。海英看了秀賢的舉動，覺得很荒謬。

海英	每次都這樣嗎？
秀賢	（繼續翻）嗯，沒時間的時候都這樣。

- 秀賢把書架上的書都推到地上。
- 屋裡亂成一團，秀賢打開衣櫃，把衣櫃裡的衣服也都拽出來翻查，海英一一翻查掛在衣櫃裡的衣服口袋。

海英	（一邊翻）10月1日天氣很冷，找厚衣服會快一些。
秀賢	（繼續翻）
海英	女人就算有再多的衣服，經常會穿的也只有那幾件，找袖子破舊或噴了香水的衣服……（突然停住）

秀賢意識到海英為什麼停住。海英在大衣口袋裡找到一張縐巴巴摺起來的紙，高速巴士車票，目的地是瀋養市，日期寫著10月1日。

海英	（炫耀似的）我不是說，她是個不愛整理、性格懶惰的人嘛！

兩人視線相對。

S／58　　　D，公路某處

海英的車行駛在清晨的公路上，腳踩油門、加速行駛的海英。坐在副駕駛座上的秀賢，畫面上響起偕哲的聲

音。

偕哲(聲音)　　　鄭京順的表姐住在瀋陽市近郊，確認了遷居紀錄，鄭京順從 2002 年到 2004 年都住在那裡。

S／59　　　D，農家某處

海英在農家後院幽暗的倉庫裡查找，看起來與京順年紀相仿的表姐正和秀賢站在倉庫門口談話。

表姐　　　前不久她沒打招呼，突然跑來過一次。
秀賢　　　來找什麼東西嗎？
表姐　　　不知道。什麼也沒說就直接去倉庫了，我還以為她是來拿放在這裡的行李呢。

這時，在倉庫翻找東西的海英，在亂七八糟堆放著的農具間發現一個大行李包。

海英　　　（提起行李包）是這個嗎？
表姐　　　是的。

海英打開行李包確認裡面的東西，秀賢靠近。

秀賢　　　（查看裡面的物品，問表姐）您動過這行李嗎？
表姐　　　沒有，我動它做什麼……

海英翻看行李的，眼神忽然定住。包裡一角塞著一個黑色塑膠袋。海英慢慢打開塑膠袋，秀賢在一旁看著。海英和秀賢確認塑膠袋裡的東西後，眼神震顫了一下。

S／60　　　D，Montage

－　站在京畿廳大樓前播報的記者 1。

記者1	在26年漫長的時間中，被面紗遮住的京畿南部連續殺人案，能在今天揭開事實的真面目嗎？

－ 京畿廳記者會場。
到處是忙著裝設攝影機的攝影師，記者們坐在擺著筆電的桌前準備。在此畫面中。

記者1 (聲音)	京畿廳稍後將在這裡，公布京畿南部連續殺人案的調查報告，全體國民都非常關注這起事件。

S／61　　D，世訓療養院病房

兩名巡警守在振亨的病房門前，海英推門而入。振亨抬頭正想確認有什麼事，海英不由分說，一把拽開振亨的上衣。

振亨	（反抗）你要幹嘛？

瞬間，海英發現了振亨肩膀上的燒傷疤痕。

S／62　　D，京畿廳走廊

范洙和助理走向記者會場，朴刑警和其他京畿廳刑警早已在門前待命，朴刑警鄭重的將報告整理成文件夾，遞給范洙。

范洙	調查結果確認無誤？
朴刑警	犯案地點、犯案手法都與李天久的供詞一致。李天久就是這起案件的兇手，不會錯。
范洙	（滿意微笑）辛苦了。

范洙走進記者會場。鏡頭對準走上臺的范洙亮起閃光燈。記者看著表情緊張的范洙。范洙站到臺上，掃視一遍在座的人。

范洙　　　　現在開始公布京畿南部連續殺人案的調查報告結果。

閃光燈更快速的亮起。

范洙　　　　10月22日發生在京畿地區，鄭某被殺一案，作案手法與26年前京畿南部連續殺人案的作案手法相似，因此調查小組確認了周圍的CCTV影像、指紋和血液等證據，發現了最可疑的嫌犯。

這時，秀賢打開前門走進來，像是匆忙趕來、上氣不接下氣。范洙與記者的視線都集中到秀賢身上，范洙瞟了秀賢一眼，不以為意的打算繼續讀下去。秀賢從容不迫的走向范洙，上臺放下證物（防身電擊器）和DNA鑑定結果報告。
范洙以「搞什麼？」的視線看著報告結果，表情立刻僵住。記者看到范洙的反應，開始竊竊私語。范洙靜靜看著文件夾裡的報告。記者舉起手問：「請問是什麼內容？」「請繼續公布調查結果」……這時范洙才慢慢抬起頭，看了一眼秀賢，再次向記者緩緩開口。

范洙　　　　在展開鄭某被殺一案的調查途中，警方成功逮捕到26年前京畿南部連續殺人案的真兇。

記者的手快速的敲打鍵盤，問題如雪片飛來：「自首的李天久是真兇嗎？」「找到證據了嗎？」……

范洙　　　　（看著記者）此次案件的調查結果……由負責調查的首

爾地方廳長期懸案專案組、車秀賢警衛公布。

范洙慢慢轉身，看向秀賢。

范洙　　　（壓低聲音）做好心理準備了吧？

秀賢點點頭，走上臺。

秀賢　　　專案組在調查10月22日發生的鄭某被殺一案時，發現可以證明過去京畿南部連續殺人案真兇的關鍵證據。

S／64　　　D，京畿廳調查室

天久深深低著頭坐在調查室裡。海英走進調查室，在天久對面坐下。天久抬頭看向海英。

海英　　　（看著）在警局接受審訊的時候……是從那時候開始的，對吧？

天久吃驚的看著海英。

S／65　　　D，過去，五聖警局辦公室

第三集，S 56。辦公室裡，材韓和刑警2向天久發問。

刑警2　　　你就是那天黃敏珠搭乘的末班車司機吧？
天久　　　（眨了眨眼）是，是我。
刑警2　　　當時，有沒有人在玄風站上車？
材韓　　　穿著黑衣服，20代初中段，還記得嗎？

京順瞄了一眼講話的材韓。

S／66   N，過去，五聖警局走廊

　　　　　　刑警送走接受審訊的天久和京順。

刑警　　　　謝謝你們協助調查。

　　　　　　刑警說完，走進辦公室。天久走在前面，京順跟在後
　　　　　　面，忽然……

京順　　　　不過，穿著黑色上衣、20代初中段的話……衣著相貌
　　　　　　和振亨倒是很像啊。剛才振亨不是也在車上嗎？
天久　　　　說……說什麼呢……
京順　　　　振亨是在哪一站上車的啊？
天久　　　　是……是一開始就在車上的。

　　　　　　京順一臉狐疑的看著吞吞吐吐的天久。天久先行走掉
　　　　　　了。

S／67   N，過去，玄風洞巷子某處

　　　　　　第四集，S9。有人躲在巷子裡注視著向天久詢問：「看
　　　　　　到一個年輕女人了嗎？長得很白，頭髮到這……」的材
　　　　　　韓。天久指向右邊，材韓便朝那方向跑去。但天久卻看
　　　　　　向相反方向。天久走遠後，躲在巷子裡的京順走出來，
　　　　　　朝天久最後望去的方向走去。

S／68   N，過去，玄風洞另一處巷子某處

　　　　　　京順沿著巷子走去。這時，前方傳出女人「啊！」的尖
　　　　　　叫聲。京順嚇得探頭看過去，只見在黑暗裡，振亨正動
　　　　　　手制伏反抗的元靜。突然，元靜從包包裡取出防身電擊
　　　　　　器電了一下振亨。振亨的肩膀被電擊器電到，瞬間放開
　　　　　　元靜，倒在地上。元靜乘機搖晃著想逃走，但電擊器效

力不大，振亨馬上又起身追上元靜，消失在黑暗裡。
京順看著眼前發生的一切，慢慢走向現場，撿起掉在地
上的電擊器。

S／69　　　　N，現在，記者會場

秀賢向記者展示裝在證物袋中的電擊器。閃光燈亮起。

秀賢　　　　從鄭某保管的證物裡採到京畿南部連續殺人案最後一位
　　　　　　被害人金某的指紋、血液以及兇手的DNA。利用該證
　　　　　　據逮捕到的兇手，正是26年前因脊椎損傷導致下半身
　　　　　　癱瘓、住進療養院的李天久的兒子——李振亨。

S／70　　　　D，現在，京畿廳調查室

調查室裡，海英和天久面對面坐著。聽到兒子被捕的消
息，天久受到刺激、激烈的發抖。

天久　　　　不是……我兒子。我家的孩子不會做那種事，我那可憐
　　　　　　的兒子……從小沒了媽，很可憐的長大……
海英　　　　（看著辯解的天久）真是……令人髮指。

海英一臉怒火，從背包裡取出被害人的照片，一張一張
攤在桌上。

海英　　　　第一起被害人，大學生崔恩映。第二起，兩個孩子的母
　　　　　　親朴順熙。第三起，正準備結婚的公司職員金潤洙。第
　　　　　　四起，隔天就是生日的金沬順。

天久不敢直視那些照片，轉過頭去。海英抓住天久的肩
膀，把照片推到他面前。

海英　　　　好好看看！不是只有你才有珍貴的家人，這些人也都有

	珍貴的家人！你對這些人難道就一點感覺都沒有嗎？不是應該感到內疚才對嗎？！
天久	（猛然起身，把照片胡亂丟到地上）你什麼都不知道……什麼都不知道就不要亂講！
海英	（看著）
天久	我那……可憐的兒子早就得到報應了。當時……就已經受到懲罰了！

回想起往事，天久眼眶通紅，看著海英。

S／71　　　N，過去，天久家

天久正在掃著破舊的住家院子。這時，材韓「碰」一聲推門而入。天久因材韓突然出現感到驚恐，倒退了幾步，材韓像要殺死天久似的兇狠的瞪著他。材韓一步、兩步走上前，從胸口掏出手槍，一把抓住天久的衣領，用槍指著天久的鼻子。

天久	（嚇壞了）啊……不要……

被憤怒蒙蔽的材韓早已失去理性。突然，某處傳來「咿呀」的開門聲，看過去的天久眼神僵住，材韓也跟著看過去，他的眼神也變了。材韓與開門出來的振亨視線相對。振亨一身黑色上衣、黑色帽子。

- Insert
  第三集，S6。玄風洞巷子裡拚命追趕的黑色上衣、黑色帽子。
- 材韓看到振亨的表情立刻變得緊張。那個傢伙……那傢伙就是兇手！材韓眼睛瞬間爆發怒火，槍口指向振亨，這時，天久用身體撞倒材韓，振亨乘機跑出門外，落荒而逃。材韓像瘋了一樣甩開阻擋自己的天久，衝出去追趕振亨。

S／72　　　N，Montage

    – 道路，逃跑的振亨，後面緊追的材韓。
    – 道路一邊，振亨跑進建築工地，材韓繼續緊追在後。
    – 振亨衝向只架起鋼骨的工地頂樓，一層一層往上跑。

S／73　　　N，工地某處

    材韓從後面抓住跑上樓梯的振亨的腿，振亨噗通倒地，材韓一手抓住振亨的衣領，一手用槍指著振亨。振亨極力反抗，手槍掉在地上。振亨再次逃跑，不是跑向樓梯，而是朝有欄杆的地方跑去。材韓縱身撲倒振亨，不容分說的朝來不及反應的振亨揮起拳頭。

材韓　　　為什麼！你這瘋子！到底為什麼！

    材韓失去理智，瘋了似的毆打振亨，眼眶泛紅。

    – Insert
    – 第三集，元靜微笑的樣子。
    – 第四集，死掉的元靜最後的樣子。
    – 回到工地，朝振亨猛揮拳的材韓。

材韓　　　究竟是為什麼！

    失去理性的材韓再次舉起拳頭要打下去的瞬間，一根木棍擊中材韓的後腦。材韓倒在一旁。天久站在材韓身後，不停發著抖。血肉模糊的振亨這才「咳咳」大口喘起粗氣，材韓滿頭是血，慢慢轉過身、抬起頭。

材韓　　　（看著天久）因為……就因為他是你兒子……才說謊嗎？沒有一個人上車？
天久　　　不是……我兒子……那天沒有人上車。

材韓	當時……你要是說實話……她就不會死了。現在……也還活著！
天久	不知道……你在說什麼，反正不是我兒子……
材韓	（覺得實在無法理解天久）求你……說實話吧。（看向振亨）他是不會收手的，他還會殺人，會繼續殺人的！
天久	那天公車上的人……都死了，只剩下我了……刀架在我脖子上也是一樣……不是我兒子……

材韓靜靜看著天久，眼神黯淡下來。

材韓	（調整好呼吸，下定決心）就算刀架在脖子上也是一樣……那沒辦法了。人證、物證都沒了……只好由我親手解決了。

還來不及阻止，材韓立刻撿起掉在地上的手槍。驚嚇的振亨瘋狂的朝欄杆方向跑去，材韓舉起手槍、堅定的一步步逼近振亨。天久驚慌的想上前制止材韓，但材韓毫不留情的把天久推倒在地。眼看材韓慢慢舉高的槍口，振亨嚇得搖搖晃晃、往後倒退，突然失去平衡，整個人向後翻倒、掉到欄杆後。材韓驚訝的快速上前，看到振亨抓著欄杆懸掛在那裡。材韓不自覺向振亨伸出手，看到材韓的舉動，振亨的嘴角閃過一絲笑容。材韓注視著振亨……剎那間，材韓慢慢收回伸出去的手。振亨嘴角的笑容消失了，手開始一點一點滑落。天久狂喊著：「不要！」振亨最終掉了下去。材韓呆呆望著振亨，手不停顫抖。

S／74　　　N，現在，京畿廳調查室

天久顫抖著落下眼淚。

天久	那個瘋子……把我兒子害成那樣……都這樣了……還要他受什麼懲罰啊？！

海英	（看著）那個……瘋子……李材韓刑警阻止了一切，阻止了殺人……

S／75　　N，過去，醫院／醫院走廊

透過敞開的病房房門，看到得知自己的腿再也不能動的振亨發出「啊──」的狂叫後，從病床上跌落，雖然努力想自己站起來，仍徒勞無功，情緒更加激動。天久難受的看著振亨，回頭發現站在門口看著這一切的材韓。雖然天久對材韓的情緒一觸即發，但還是盡量忍耐，不停發抖。

天久	你走……再也不要到這裡來。
材韓	……你對醫生說什麼，他是失足……
天久	（逼視）
材韓	我去自首，把我對你兒子做的事都說出來。所以，你也帶他去自首吧。
天久	我不知道你在說什麼。不管是我兒子還是你，都沒有要去警局自首的事。我兒子是自己失足摔成那樣的，你根本不在場。
材韓	……你是想瞞一輩子啊。
天久	我兒子……已經受到懲罰了。你沒看見嗎？他以後都成殘廢了，這輩子都要躺在床上了。
材韓	你兒子做過什麼……至少要讓被害人家屬知道。帶他去自首吧。
天久	（看著材韓）我兒子是個沒媽的可憐孩子……以後會活得更可憐……我不能再讓他變得更可憐了，你回去吧……

天久轉身走回病房、關上門。材韓布滿血絲的眼睛看著天久。

天久看著海英，眼中藏著殺氣。

天久　　　過去我們已經吃盡苦頭，付出了代價。如果你們不重新調查那讓人厭煩的案子，大家早就忘了……為什麼……為什麼要鬧出這麼多事？為什麼？！

海英　　　如果當時……李材韓刑警殺了你兒子，你能忘記嗎？能像什麼事都沒發生過似的有說有笑、幸福的過一輩子嗎？

天久　　　……（遲疑）

海英　　　那些人不是在心愛的家人懷裡，而是在冰冷的地上、在恐懼中顫抖著死去。至少有人……不應該忘記吧？鄭京順也是一樣……雖然被錢蒙蔽了雙眼而威脅你，但也不至於犯下死罪。她的死，我會記住的。

看著天久的海英，走出調查室。

海英從調查室走出來。雖然案子結了，卻開心不起來。海英走在走廊上，在窗前佇足，秀賢從身後走來，站在一旁。

秀賢　　　大家都要去喝酒……

海英　　　（望向窗外）算了吧。

秀賢　　　（看著）那就做些別的。

海英　　　（看過去）

秀賢　　　喝酒也好，到拳擊場去發洩也好，總之找點事情做。

海英　　　……

秀賢　　　第一次看到人死吧？殺人案……不管遇到多少次都無法適應。不是因為第一次遇到才這樣，以後還會遇到很多這種難受的情況，找點事情做，找到能撐過去的方

法……

海英靜靜看著秀賢，接著向秀賢靠近一步。秀賢感到詫異，身子稍稍往後退了一下。靠近秀賢的海英突然伸出手查看秀賢的脖子。

秀賢　　你在幹嘛？
海英　　（有禮貌的敬語）女生的脖子怎麼搞成這樣。

秀賢一臉詫異的看著海英。沿著海英的視線，清楚看到秀賢脖子留下的勒痕。

海英　　妳也別去喝酒了，去醫院看看吧。

海英說完，轉身走開，遲疑了一下又轉身。

海英　　還有……這不是我第一次看到人死……

秀賢看到海英黯淡的眼神，愣住。海英再次轉身走遠。在這樣的畫面中。

S／78　　　D，過去，海英母親家門外（海英的回憶）

鄉下破舊的小屋。讀國小的海英揹著包包，站在母親家門外按門鈴，但沒有人回應。

海英　　（猶豫）媽！……哥！

家裡似乎沒人，海英推開門走進昏暗的屋內，嚇得愣住。房間地上都是血，沿著血看到房間角落死掉的善宇。手腕上流出的血，白皙的手臂，這些震撼的剪影畫面，直接進入海英顫抖的視線裡。

S ／ 79   **N，海英的屋塔房**

海英坐在書桌前，桌上放著與犯罪側寫有關的書，電腦
畫面上出現有關仁州案的新聞。海英陷入沉思。海英從
書架上取下一本書，翻了幾頁，看到書中夾著1999年
在棒球場拍攝的照片，是兒時的自己與善宇，笑容燦
爛。看著照片，勾起往日的回憶，海英嘆了一口氣……
在這樣的畫面中。

秀賢(聲音)   找點事情做，找到能撐過去的方法……

S ／ 79-1   **N，大樓緊急出口樓梯**

秀賢走在亮著緊急出口燈的幽暗樓梯裡，下樓到一半
時，呆呆愣在那裡。在秀賢的眼神中。

S ／ 79-2   **N，過去，同一場所**

秀賢望去的地方，過去的秀賢正蹲坐在那裡（穿著1996
年左右的警服），在黑暗中低頭抹眼淚。聽到樓下傳來
腳步聲，驚慌的站起身。材韓在商店買好飲料，提著黑
色塑膠袋從樓下走上來，正打算回辦公室時，撞見秀
賢。

材韓   幹嘛呢？
秀賢   （怕被人看出來在哭，迴避視線）沒什麼。

材韓看了眼秀賢，明白發生什麼事，原本打算開門回辦
公室，心裡又過意不去。遲疑了一下，朝秀賢站著的臺
階走過去。秀賢緊張的側身給材韓讓路。看著秀賢的材
韓一屁股坐在秀賢蹲坐的位子旁。

材韓   坐下。吃飯了嗎？

秀賢吞吞吐吐，站在一邊看著材韓，感覺和材韓還很不熟。秀賢拉開一些距離坐下，材韓看了看塑膠袋，裡面只有菸和飲料。只好拿出1公升裝的飲料遞給秀賢。

材韓　　　至少喝點飲料。

秀賢接過飲料心想，給我這幹嘛……材韓也打開1公升裝的飲料喝了起來。

材韓　　　哭啦？
秀賢　　　沒有……
材韓　　　我也有過。
秀賢　　　（看著）
材韓　　　我也哭過，辦公室裡那群跟野獸一樣的傢伙也經常哭。看到人死了，誰能無動於衷啊？
秀賢　　　……（似乎又想起來，眼眶泛紅）
材韓　　　所以……要抓住兇手。
秀賢　　　（再次抬起頭看過去）
材韓　　　我們都這麼難受了，被害人家屬的痛可想而知啊。家屬們流的淚跟大海一樣多，我們能分擔的量，（看了看秀賢手中和自己手上1公升的飲料）也就這麼多而已。
秀賢　　　……
材韓　　　帶著這樣的想法去抓兇手，給他們扣上手銬，就是我們的工作。

秀賢看著講話的材韓。

材韓　　　哭也是一種好方法，找到可以撐下去的方法。

S ╱ 79-3　　　N，現在，同一場所

上個鏡頭，現在的秀賢以同樣的姿勢坐在過去秀賢坐的地方。慢慢轉頭，過去和自己坐在一起的材韓消失不見

了，秀賢望著材韓的空位子，眼中充滿思念。

S／80　　　N，公寓門前

海英身著黑色西裝，按下門鈴。出來開門的人是過了
26年、更顯消瘦的元靜的阿姨。

S／81　　　N，阿姨家

海英望著牆上掛著的、面帶笑容的元靜照片。
順著海英的視線。

—　Insert
第四集，S 51，講對講機的材韓。

材韓　　　（顫抖）你們只看到照片……就那幾張照片……和被害
人的名字……職業、發現地點、時間……這些是你們知
道的全部……但我不是……

—　鏡頭回到阿姨家，海英依舊望著元靜的照片。

材韓(聲音)　幾天前……她還是個活生生的人，安慰我，對我笑……
是個善良又熱愛生活的人。

阿姨端著茶走進客廳。
—　過一段時間。
海英和阿姨一起坐下喝茶。阿姨看了看海英，又望向牆
上掛著的元靜照片。

阿姨　　　現在……她也能安息了。年紀輕輕……連婚都沒結成就
走了……對了……那件事是真的嗎？
海英　　　什麼事？
阿姨　　　看新聞說，是靠我們元靜的電擊器抓住兇手的……

海英	對，沒錯。如果不是您侄女，我們也抓不到兇手。
阿姨	（充滿悔恨）不是我們元靜⋯⋯是多虧那位巡警才抓住的。
海英	（看著）⋯⋯李巡警？
阿姨	（淡淡微笑）是元靜喜歡的人。

S／82　　D，過去，Montage

－　元靜走在街上。忽然抬頭看到遠處停著一輛黑色高級轎車，材韓正在給闖紅燈的國會議員座車開罰單。助理無禮的強調：「知道這位是誰嗎？」但材韓依然臭著臉、堅持開出罰單。助理氣得跳腳。元靜看著那場面，笑了出來。

－　洞事務所，身著警服的材韓站在元靜的窗口。

材韓	（無比僵硬）那⋯⋯逃逃逃逃逸⋯⋯車輛車主的⋯⋯個人資料⋯⋯

元靜看著這樣的材韓，微笑著。

－　第二集，S 68。材韓尾隨在元靜身後。材韓自以為躲得很隱密，但元靜早已察覺，偷瞄一眼，露出微笑。
－　第三集，S 47。材韓將電擊器塞到元靜手中。
－　過去，元靜家。元靜滿臉笑容、從包包裡取出電擊器，阿姨一臉拿她沒辦法的看著元靜。

阿姨(聲音)	是第一次收到的禮物⋯⋯她像孩子似的愛不釋手。不是戒指，也不是項鍊，我還笑她居然收到那種東西⋯⋯

S／83　　D，阿姨家

聊天中的阿姨和海英。

海英	那位……巡警，是叫李材韓嗎？
阿姨	是啊。李材韓巡警……就是他。

在阿姨回想的表情之中……

S／84　　　D，過去，材韓家門外

上個鏡頭，阿姨的臉漸漸與過去年輕時的阿姨重疊。阿姨敲了敲材韓的家門。出來開門的材韓十分意外，表情沉了下來。阿姨望著材韓。

S／85　　　D，過去，材韓家

材韓和阿姨面對面坐下。阿姨掃視材韓的房間，看到矮桌上的「辭職書」，慢慢看向材韓。材韓深感內疚，不敢直視阿姨的眼睛。阿姨拿出一個信封放在材韓面前，材韓詫異的看著阿姨。

阿姨	（眼眶濕潤、泛紅）元靜想了很久，擔心李巡警會不喜歡……

材韓取出信封裡的東西，是兩張沾滿血跡的電影票。材韓心裡「咯噔」了一下。

－　Insert
　　第三集，S 47。元靜叫住走遠的材韓。

元靜	李巡警。
材韓	（回過頭）

鏡頭從元靜身後拍攝，元靜像要從口袋裡拿出什麼給材韓，手中握著電影票，但猶豫不決的手又將電影票放回口袋。

元靜　　　　（笑著）沒事，加油喔。

　　　　　　－　　材韓的房間，材韓顫抖的盯著電影票。

阿姨　　　　（眼角浸濕）元靜她……很喜歡你。雖然你不會說話、
　　　　　　人也木訥，但在任何人面前都不肯低頭，只做對的事情
　　　　　　……元靜說，很欣賞你這點。

　　　　　　材韓看著沾滿血跡的電影票，似乎馬上就要崩潰大哭
　　　　　　了。

S／86　　　N，過去，材韓家

　　　　　　黑暗的房間裡，材韓一個人抱膝而坐，視線盯著房間牆
　　　　　　上掛著的警服。這時，某處傳來對講機「吱吱吱」的雜
　　　　　　音。材韓慢慢轉頭，看向丟在書桌下的對講機。

海英(聲音)　……李材韓刑警……你在聽嗎？

　　　　　　材韓只是呆呆盯著對講機。

S／87　　　N，現在，海英的屋塔房屋頂天臺

　　　　　　在可以眺望首爾夜景的屋頂天臺，閃耀的星空下，海英
　　　　　　手握對講機，看著沒有回應的對講機。

海英　　　　李刑警……京畿南部連續殺人案……抓住兇手了。

S／88　　　N，過去，材韓的房間

　　　　　　材韓轉頭看向對講機。

S／89　　　N，現在，海英的屋塔房屋頂天臺

對講機依然沒有回應，海英正要再次按下傳送鍵……

材韓(聲音)　怎麼……怎麼抓住的？

S／90　　　N，過去，材韓家

材韓用對講機通話。

材韓　　　找到證據了嗎？是什麼？在哪裡找到的？

S／91　　　N，現在，海英的屋塔房屋頂天臺

海英　　　（看著對講機）……那時候……不行。

S／92　　　N，過去，材韓家

材韓一臉困惑，看著對講機。

海英(聲音)　就算被你找到證據，那時的科學鑑識技術也無法抓住兇手。

S／93　　　N，現在，海英的屋塔房屋頂天臺

海英　　　但是……是因為你，我們才抓住兇手，是你留下了證據。就算現在科技再發達，如果沒有證據，也還是抓不到兇手。是你抓住了兇手。

S／94　　　N，過去，材韓的房間

材韓靜靜望著對講機。

| 海英(聲音) | 雖然遲了些……但還是抓住了兇手。謝謝你。 |

最終，振亨受到了懲罰。材韓看著對講機。

S／95　　　D，過去，電影院

材韓慢慢走進破舊的電影院。在來電影院打發時間的觀眾之間一步步走下來，在元靜買好票的位子停下來。兩個位子……其中一個位子的主人永遠不會來了。材韓呆呆望著身邊的空位。

－　過一段時間。
　　播放著喜劇電影，觀眾們的歡笑聲不斷，坐在觀眾間的材韓卻一直流著淚。材韓用手擦眼淚，但眼淚還是止不住的流。

S／96　　　D，Montage

－　海英看著信號斷掉的對講機，接著望向滿天星空。
－　振亨戴著手銬坐在輪椅上，被警察圍著往京畿廳移動。四周滿滿都是記者，閃光燈此起彼落。還有哭喊、暈倒的被害人家屬們。
－　材韓父親的修錶店。透過窗口可以看到，材韓的父親和秀賢並排坐著，看著電視播放押送振亨到京畿廳的新聞。材韓父親想起了材韓，眼角濕潤了，秀賢什麼也沒說，從旁邊拿過一張紙巾遞了過去。
－　過去。電影院。強忍眼淚的材韓。
－　屋頂天臺，仰望星空的海英。

第四集　終

第五集

S／1　　　D，國科搜走廊

秀賢快步跑在走廊裡，前方可看到特殊驗屍室。

S／2　　　D，國科搜特殊驗屍室

伴隨著「咚咚」敲門聲，秀賢開門走進來。研究人員正在拼湊不鏽鋼驗屍檯上的白骨，旁邊站著手拿咖啡杯、正與研究員聊天的允書。

允書	車刑警，又為了（眼神看向白骨）這位跑來啦？
秀賢	是男人？
允書	性別男，身高000公分，從牙齒發達狀態來看，死亡當時年齡在30代初中段。
秀賢	（微微緊張）發現地點呢？
允書	（看著資料）根據紀錄，是在13號公路附近山上被發現的。
秀賢	（快速從允書手中搶過資料確認）確定是13號公路？
允書	不過……肩膀很乾淨。
秀賢	（看著）
允書	我是說右肩膀沒有鋼釘。
秀賢	（失望的表情）
允書	不過，我很好奇，妳要找的人到底是誰啊？刑警妳是出名的母胎單身[7]，那應該不是戀人……
秀賢	（為了堵住允書的嘴，把資料塞給允書，朝研究員）辛苦了。

說完，打開門走了出去。允書和研究員一臉好奇的表情。

研究員	為什麼這樣？
允書	一有白骨進來就會這樣，應該是在找30代、肩膀有鋼釘的屍體。

研究員	要找的人是誰啊？
允書	不清楚……雖然不敢肯定，但我覺得要不是非常想見的人，就是恨不得他死掉的人……二選一囉。

S／3　　　D，國科搜走廊

秀賢大步走向正門，這時，看到前方值班室的牌子。原本只是走過，但秀賢暫時停下腳步，從她望向值班室的視線中。

S／4　　　D，過去，刑警機動隊辦公室

＊字幕 ─ 1995年9月1日

身著警服走進刑機隊的女警背影。如野獸般的重案組刑警們一時回不過神，愣愣看著女警。女警腳踩發光的皮鞋，胸前戴著「車秀賢巡警」的名牌。秀賢走到刑機隊長面前，立正站好行禮。畫面出現20代、面帶稚氣的秀賢。

秀賢	（稚嫩的聲音，大聲的）巡警車秀賢，自1995年9月1日起任命效力於首爾廳刑警機動隊。以上報告完畢！

包括隊長在內的所有人都看傻了眼，隊長回過神，鼓了幾下掌，其他刑警也跟著鼓掌。

隊長	（不太懂得帶女警）好……很好……來得好。雖然不知道妳為什麼自願來這……他們都不是那麼可怕的人，別緊張，好好幹……
秀賢	是！
隊長	嗯……那……有問題嗎？

---

7 形容從沒談過戀愛的人。

秀賢	……嗯……可以……問嗎？
隊長	當然、當然，問吧、問吧。
秀賢	（天真的表情）我聽說經常會加夜班和留宿……請問女用值班室在哪裡啊？

隊長和其他刑警互相對望、眨著眼睛。

S／5 D，過去，刑警機動隊值班室

關著燈的值班室，瞬間燈都亮起，刑警一窩蜂擠了進來，快速收起晒衣架上晾著的男人內褲、菸灰缸、牆上掛著的性感美女日曆。其中，年紀20代後半的鄭正濟刑警一把拽開厚棉被，被子裡的人蠕動著……抓著被子還沒睡醒的人，正是1995年、20代後半的材韓。

材韓	（半睡半醒）幹嘛？
正濟	快起來，叫我們搬出去。

材韓抬頭，糊里糊塗的看著。

材韓(聲音)	值班室，不搬！

S／6 D，過去，刑警機動隊辦公室

材韓光著身子、裹著被子，站在隊長面前強烈表達抗議。正濟站在旁邊也一臉不爽……

材韓	這裡是澡堂嗎？還分什麼男女？再說，值班室讓給她，我們去哪睡？讓我們睡大街上啊？
隊長	三樓的倉庫會改成值班室，在那之前先忍一忍。
材韓	倉庫？倉庫！我們憑什麼為了她去睡倉庫啊！
正濟	說是我們大隊首位女巡警，刑機隊的吉祥物。
材韓	還吉祥物呢。

| 隊長 | 反正，閉上嘴好好照顧人家（邊說邊看材韓）哎喲……女生面前，瞧瞧自己這是什麼樣子啊。 |
| 材韓 | （更生氣）跟監了整整三天，昨天才洗衣服。還有，我好不容易才闔上眼，就被趕出來了！（不停把從肩膀滑落的被角甩上去）總之，我覺得這樣做不合理。 |

S／7　　　D，過去，刑警機動隊值班室入口／值班室

裹著被子的材韓和正濟透過門縫，憤憤不平的看著屋內，秀賢正在整理粉紅色的被子和成套的枕頭。

| 正濟 | 沒錯……這麼做不合理。 |
| 材韓 | 是吧！ |

正濟和材韓安靜的猜起拳，正濟把首局輸掉的材韓一把推進屋裡，迅速關上門。聽到門關上的聲音，秀賢看過去。材韓被推進來後，看著半蹲在那的秀賢，心想要維護前輩的面子，扠著腰。

材韓	巡警車秀賢？知道妳現在穿著的那套警服代表什麼嗎？
秀賢	嗯？
材韓	穿上那套警服的瞬間，就不再分男女了。難不成兇手也要先分男女再抓嗎？
秀賢	那個……我……
材韓	還有……（走近秀賢把拳頭舉到她面前）再找男女的藉口給大家添麻煩，妳就死定了。

稚氣的20代秀賢，瞪著兔子般的無辜大眼看著材韓。

S／8　　　D，現在，國科搜走廊

回想著往事的秀賢，嘴角露出淡淡微笑，但隨即又變成苦澀的眼神。

S／9 　　　　D，現在，長期懸案專案組

清早，大家還沒來上班，海英獨自坐在桌前盯著材韓的履歷表。

－ Insert
第四集，接 S 83，在阿姨家聊天的海英和阿姨。

海英	在那之後還見過李材韓巡警嗎？
阿姨	當然了……每年元靜的祭日他都會到墓地去看元靜，還跟我說，自己會繼續做警察。我很擔心他，但他看起來變開朗了，也健康了……
海英	最近有聯絡嗎？或是見過面……
阿姨	（淡淡微笑）沒有，不知從什麼時候開始斷了聯絡……他也不再去看元靜了。畢竟都過了這麼久……也該忘了。
海英	（看著阿姨）莫非……是從 2000 年以後？
阿姨	……好像是，具體的年度我也記不得了。

－ 回到專案組。
海英的視線停在材韓的履歷表中「2001年，職權免職」的內容上。

S／10 　　　　D，廣域搜查隊走廊

治秀準備上班，朝辦公室走去。海英像是在等治秀。

海英	有事想請問您。
治秀	（看看海英，但沒停下腳步）
海英	（跟上治秀）2000年金允貞誘拐案，當時您也在振陽警局吧？我在找當時和您在同一個警局重案組的刑警，李材韓刑警。

治秀立刻停下腳步，眼神微微顫抖。海英感到奇怪，看著治秀。

海英	你們在同一個重案組……對吧？
治秀	（看海英的眼神逐漸銳利）你為什麼要找李材韓刑警？
海英	……個人原因。我查到他在振陽警局工作到2000年，2001年被免職了。為什麼會被免職？
治秀	知道警察會因哪些理由被免職嗎？
海英	……智能低下、判斷力不足、缺乏責任感、人格障礙等精神障礙，債務過多等道德問題。
治秀	除此以外還有一種情況，無法履行職務。
海英	（看著）
治秀	……失蹤。
海英	（吃驚）失蹤？李材韓刑警？怎麼可能……為什麼……會失蹤？那案子是重案組的誰負責調查？有調查紀錄吧？

海英非常驚訝，連自己都不知道自己連珠砲問了一堆問題。治秀不作聲，看著海英。

治秀	那案子不歸重案組負責，歸監察官室調查。
海英	（驚訝的僵住）監察官室？

S／11　　　D，監察官室

監察官室的職員把黃色文件夾遞給坐在桌前的海英。

職員	這是你申請的資料。

職員走開。海英打開文件夾，最先看到上方寫著「振陽警局重案組李材韓警查失蹤案調查報告」。隨著海英快速翻閱報告的視線，畫面Zoom In調查報告上的字：「2000年8月3日，金允貞誘拐案調查期間，不服從上級

的出動命令，潛逃」

「2000年8月10日，李材韓警查失蹤案移交監察組」

「逮捕首爾東部地區非法走私器官組織成員金成汎，於審訊中陳述，向振陽警局重案組李材韓警查定期上繳費用」

「調查期間，除非法走私器官外的13起案件，隱瞞調查實情受賄私吞總金額2億1千萬元」

「察覺監察組進行調查的李材韓警查疑似潛逃」

「發現13號公路丟棄的本人車輛」

「8月3日以後，手機、信用卡均無使用」

「嫌犯所在地不明」「時效期滿終結調查」……

海英讀著報告，眼神充滿疑惑，接著翻到最後一頁，調查報告裡附有2000年當時材韓的照片，下方寫著身高、體重及特徵：右肩有鋼釘固定手術的疤痕。

S／12　　　　D，警察廳，搜查局長室

范洙和治秀隔著桌子，相對而坐。

范洙　　　（冰冷的眼神）朴海英？他在查李材韓的事？查到什麼了嗎？

治秀　　　不用擔心。有關李材韓刑警的調查報告萬無一失，至今15年裡沒有人發現問題。但是……有件事我想不通……朴海英是怎麼知道李材韓的？

范洙　　　什麼？

治秀　　　李材韓是在2000年失蹤，那時朴海英還只是個十幾歲的孩子，兩人不可能認識。我查過朴海英的親戚和周邊人際關係，但找不到他與李材韓有任何交集。

范洙　　　……不管怎樣，你在旁邊好好盯著他。李材韓為什麼失蹤……絕對不能讓任何人知道。

治秀陷入沉思。

S／13　　　N，振陽警局大樓外景

S／14　　　N，現在，振陽警局，證物管理室

治秀正與證物管理室職員講話。

職員　　　（確認電腦裡記載的證物目錄）李材韓刑警內部調查的
　　　　　證物已經報廢處理了。
治秀　　　報廢了？什麼時候？
職員　　　不久前，7月27日。

治秀思考了一會兒，起身正打算走出去。

治秀　　　收廢品公司那天幾點來的，能查到嗎？

S／15　　　N，振陽警局，CCTV監控室

治秀坐在設有桌椅的位置上，CCTV監控室的職員遞給
治秀一個USB。

職員　　　您要的日期的CCTV資料。

　　－　　過一段時間。
　　　　　治秀看著電腦上出現的CCTV畫面，發現了什麼，停下
　　　　　來。跟著治秀的視線，看到CCTV的畫面中，海英邊打
　　　　　電話、邊走向停在後門的收廢品貨車後方，接著看到從
　　　　　貨車下來的海英手中拿著對講機。治秀靜靜看著畫面。

S／16　　　N，善日精神醫院大樓後方外景

海英慢慢朝大樓後方的井走去，由於金允貞誘拐案的調
查影響，到處都是保護現場的封鎖線。海英的視線望向
井口，彷彿看到過去現場的幻影。過去的材韓正在發現

徐亨俊屍體的井邊講著對講機。

材韓　是金允貞誘拐案嫌犯徐亨俊的屍體。拇指被截斷了，研判是有人殺死徐亨俊後，再偽裝成自殺。

現在的海英望著過去的材韓。

海英(聲音)　尹秀雅寄出最後一封勒索信是在 2000 年 8 月 3 日。那天，李材韓刑警不是潛逃，而是在這裡跟我用對講機通話。他為了找到真兇……

－　Insert
－　第二集，S 39 ～ 40，2000 年的材韓，胸口與腹部流著血。

材韓　（對著對講機）請絕對不要放棄，過去是可以改變的。

－　第二集，S 40。海英表情驚訝，朝對講機。

海英　你在說什麼啊？到底是什麼意思……

突然，對講機另一頭傳出「砰」的震耳槍響。海英驚慌的看著對講機。

－　回到現在，站在善日精神醫院大樓後方的海英。

海英(聲音)　貪汙……失蹤……全都是偽造的……李材韓刑警是被殺害的。

海英一臉嚴肅。

S／17　　　　D，警察廳外景

S／18　　　　D，警察廳的小會議室

坐在椅子上的海英、偕哲、憲基，後排坐著包括治秀在內的廣域搜查隊幹部，臺前站著秀賢。范沬正在頒獎表揚秀賢，前方另一邊的主持人正在主持頒獎儀式。

主持人　　　首爾地方警察廳所屬警衛車秀賢等三人組成的長期懸案專案組，以優秀辦案能力，破獲京畿南部連續殺人案，提升警察威望，特此表揚。

治秀及全體廣域搜查隊的幹部鼓起掌，但表情死板，只是形式上的鼓掌。

偕哲　　　（看著周圍的氣氛）現在是在給我們頒獎吧？
憲基　　　是頒獎沒錯，可總覺得像在受處分呢。

海英面無表情的坐在那裡。在海英的表情畫面中。

成汎 (聲音)　李材韓刑警？

S／19　　　　過去，Montage

－　夜晚，可以聽到嘈雜音樂聲的酒店辦公室。
看一眼就知道是黑幫的酒店老闆成汎，蹺著腿坐在那裡，看著桌子對面的海英。

成汎　　　一句話，他就是個貪財的飯桶。

海英確認著成汎遞過來的褪色筆記本，銀行收據旁密密麻麻寫著日期和上繳金額。

- 海英的屋塔房，隨著坐在書桌前翻閱當時調查報告的海英視線，Quick Zoom 畫面。
- 「首爾東部地區非法走私器官組織成員金成汎，於審訊中陳述，向振陽警局重案組李材韓警查定期上繳費用」的內容旁，有15年前成汎的照片。
- 振陽警局，材韓辦公桌抽屜裡找到成捆現金的照片。在這些畫面中。

海英 (聲音)　　決定性的證人、照片、現金，李材韓刑警收賄的證據確鑿……一切就像設定好的劇本……

S／20　　　D，現在，警察廳小會議室

正在舉辦頒獎儀式的小會議室。海英一一看向正接受表揚的秀賢及臺下鼓掌的廣域搜查隊幹部。

海英 (聲音)　　雖然不知道是誰、為什麼偽造證據陷害李材韓刑警……但警察內部如果沒有幫手，絕不可能做到這種程度。

海英環視四周，表情顯得無法相信任何人，而進入海英視線的全部都是警察。

S／21　　　D，長期懸案專案組

憲基正在擦拭擺放在專案組一角的獎牌，偕哲看著獎牌、露出滿意的笑容。這時，走進專案組的秀賢和海英坐到自己位子上。

偕哲　　　　剛開業，要獎牌得獎牌，要調查津貼有調查津貼，要獎勵休假給獎勵休假。我們……真的是王牌吧！過了15年的誘拐案也破了，京畿南部26年的懸案也解決了。
秀賢　　　　哪是我們破的啊，都是朴海英解決的。
偕哲　　　　胡說什麼呢？

| 秀賢 | 是他發現了徐亨俊的屍體，才破獲誘拐案的啊。 |

海英一臉莫名其妙，看著秀賢。

憲基	的確是這樣。
偕哲	那是這小子走運。
秀賢	徐亨俊的屍體在廢棄的醫院枯井裡，就算好運神降臨，也不見得那麼容易被發現吧……不是嗎？朴海英警衛。
偕哲	是運氣好吧？

海英一下子被意想不到的眼神包圍，不知該如何是好。
秀賢臉上沒有一絲笑容的盯著海英。

| 海英 | ……明知故問嗎？我是做什麼的！根據尹秀雅的喜好和職業，做一下罪犯側寫就找到啦。這些都是基本……（隨便敷衍幾句，拿著包包起身）休假結束後再見。 |

偕哲盯著一副怕被人逮住的海英背影。

| 偕哲 | 還沒抓到尹秀雅前就做了罪犯側寫？這乳臭未乾的小子！在挖土機面前用鐵鍬——敢跟刑警說謊？ |

秀賢根本沒聽進偕哲在說什麼，靜靜看著海英的背影，眼神充滿懷疑。

S／22　　　　N，廣域搜查隊，緊急出口

治秀正壓低嗓音講電話，眼神漸漸沉下來。

| 治秀 | 朴海英？……確定是長期懸案專案組的朴海英警衛？ |

S／23　　　　N，成汎的辦公室

成汎看著海英的名片，在辦公室裡講電話。

成汎　　　沒完沒了的追問李材韓刑警的事，我已經把他打發走了。

S／24　　　　N，廣域搜查隊，緊急出口樓梯間

治秀　　　沒出什麼差錯吧？
成汎(聲音)　和15年前回答的一樣。
治秀　　　……最近這段時間先別聯絡，正常行動，不要出遠門，
　　　　　和平時一樣……

治秀緩緩掛斷電話，陷入沉思。

S／25　　　　N，海英的屋塔房

海英看著白板上寫下的字。
⑴ 時間：晚間11點23分。持續時間：不詳。
　　第一次通訊—2000年金允貞誘拐案。李材韓刑警。
　　第二次通訊—1989年京畿南部連續殺人案。李材韓
　　巡警。
⑵ 地點：場所沒有連貫性。
⑶ 人物：李材韓刑警（沒有與其他人用過對講機）
　　對象除了李材韓刑警和我以外也適用嗎？（尚未確
　　認）
⑷ 事件：金允貞誘拐案、京畿南部……與未結懸案有
　　關的情報。
⑸ 如何聯絡：透過特定的對講機。
⑹ 為什麼：
海英的視線停留在「為什麼」後的空白。

S／26　　　　　N，過去，小城市貧民區某處（海英的回憶）

位於小城市偏僻安靜的貧民區，山坡下的公車站，幼年海英（11歲，男）蹲坐在公車站打瞌睡，像是在等人。這時公車慢慢抵達，一雙腳從車上下來，走到海英身邊，摸了摸正在打盹的海英的頭。海英睜開睏倦的眼睛望去，是穿著校服的善宇（17歲，男）。

海英　　　　哥……

善宇　　　　（微笑）等很久了？

－　　過一段時間。
　　善宇把包包揹在胸前，揹起海英朝坡上的貧民區走去。

海英　　　　（很睏）哥……人為什麼要睡覺？

善宇　　　　因為一天內做了很辛苦的事，需要讓大腦休息啊。

海英　　　　那人為什麼要做辛苦的事情？

善宇　　　　因為要賺錢啊，像媽媽、爸爸那樣……

海英　　　　（睏得要命）那，其他小孩也都見不到爸媽嗎？每天都到外面賺錢不回家。

善宇　　　　（微笑）海英好奇的事情那麼多，以後肯定會成為好人。

海英　　　　為什麼？

善宇　　　　因為你很關心這個世界。

海英　　　　為什麼？

皎潔的月光下，揹著海英走在路上的善宇，結實的背影襯托著海英不斷提出「為什麼？」「哥，為什麼？」……在這樣的畫面裡，手機鬧鈴響起。

S／27　　　　　N，現在，海英的屋塔房

沉浸在回憶中的海英聽到手機鬧鈴，一下清醒過來。11點22分。打起精神看了看對講機，時間正走向11點23

分，但對講機很安靜。海英看看對講機，再次看向白板。在這畫面中。

海英(聲音)　雖然對講機不是每天都會響起，但時間是相同的。晚間 11 點 23 分，推測出的持續時間約 1 分鐘左右，但也不確定。

海英看著白板最下面的內容：「如果改變過去，現在也會改變。」

海英(聲音)　用對講機救下了李美善，但不該死的崔英臣和鄭京順卻死了……如果改變過去，現在也會改變……

鏡頭從看著白板的海英慢慢移動到白板角落貼著的材韓履歷表：「1995 年～1999 年，首爾廳刑警機動隊，職務警查」。

S／28　　　N，過去，高級住宅外景

陰冷的風吹過人煙稀少的桂壽洞高級住宅區，停著一輛與四周氣氛完全不符的破舊車輛。高級住宅區的偏僻巷弄裡，有人正蹲在那裡手拿捲筒衛生紙、看著報紙。鏡頭拍到報紙的日期，1995 年 9 月 10 日。

＊字幕 — 1995 年 9 月 10 日

「會長家再次被盜，已是第三起」下面的小篇幅寫著相關報導：「只選上流人士下手的大盜出世。」

S／29　　　N，過去，世奎家

華麗的高級住宅。全家人都睡了，二樓的燈都熄了。世奎（20 代初段，男）穿著睡衣、打開房門走出來，揉

著眼睛像要去廁所，突然看到什麼，停了下來。敞開的書房門，裡面的保險箱前有一個可疑的人影。世奎受到驚嚇的瞬間，人影察覺到動靜，轉頭看過來。

S／30　　　N，過去，高級住宅一角

安靜的高級住宅傳出窗戶被擊碎的「哐啷」聲響，接著響起刺耳的口哨聲。聽到口哨聲的刑警「碰碰碰」打開車門衝出來。其中，埋伏中的正濟嘴裡叼著麵包，看到睏倦的隊長摔倒在地。口哨聲參雜著：「哪裡？在哪裡？」的叫喊，大家左顧右盼，只聽見有人大喊：「這裡！」所有人開始朝那邊跑過去。

S／31　　　N，過去，另一個高級住宅一角

昏暗的夜晚，高級住宅某處，穿黑色夾克的人影正在奔跑。後面追上來兩、三名刑警，另一批刑警從另一條巷子衝出來，也加入追捕行列。你追我趕的追擊戰，左顧右盼的刑警們。看到交叉路口轉彎的刑警（不是刑機隊，而是另一組刑警）瞬間撲倒從前方跑來的黑色夾克人影。
「快放開我！」黑夾克極力反抗，但刑警成群圍了上來，終於制伏了黑夾克。

刑警1　　　抓到了！

隊長、正濟和其他刑機隊刑警跟著聲音，隨後趕到。

隊長　　　（喘著粗氣）抓到了？在哪？

成群趕來的刑機隊刑警看向被制伏的黑夾克，是發出：「啊，真是的，叫你放開我！」的材韓……隊長和刑警心想，完蛋了……

材韓	啊，真是的！丟臉死了，幹嘛朝我撲過來啊！
隊長	（朝制伏材韓的刑警）放開他。
刑警1	什麼？
隊長	我們的人。

刑警半信半疑的看了看被抓住的材韓，又看看隊長。

| 材韓 | （捺著性子甩開對方的手，舉著衛生紙）沒看到這個嗎？埋伏的時候正在拉屎就跑出來了！ |

刑警接二連三的聚集。

| 隊長 | 現在什麼情況？嫌犯呢？ |

刑警個個上氣不接下氣，沒有人回答。

| 隊長 | 喂，你們這群廢物！管區加上刑機隊，這麼多人抓不到一個傢伙？！ |

S／32　　　D，過去，刑警機動隊辦公室

包括管區刑警在內的聯合搜查本部，設立在刑機隊辦公室。材韓、正濟和其他刑警正在等隊長，材韓和正濟並排坐著，各自看著不同方向。

正濟	連人都抓不住還能拉得出屎？
材韓	連人都抓不住（把手插進正濟嘴裡）還能塞進麵包啊？
正濟	媽的……一股什麼味。
材韓	連人都抓不住還洗什麼手啊，拉完屎就沒洗過。

正濟連忙：「啊……呸呸！」材韓身邊的刑警都默默移到另一邊……

正濟	不過，你是從哪兒跑出來被抓住的啊？
材韓	我還能從哪兒跑出來？說在那邊就往那邊跑的啊，你呢？
正濟	我也往那邊跑的。
材韓	可為什麼就沒看到人呢？埋伏了十多名刑警……究竟是往哪跑了？
正濟	連人都抓不住，問題倒不少。
材韓	人都抓不住，連問題都沒有啊。

這時，隊長打開會議室的門，一臉怒氣走進來，把厚厚的資料往桌上一丟。

隊長	居住在首爾市內的盜匪中最會翻箱倒櫃的。各拿一份，逼問也好，翻查也好，總之抓個可疑的傢伙回來。

站在前面的刑警往後傳遞資料。材韓翻看傳到自己手中的資料，內容包括竊盜犯照片、前科紀錄以及住址等個人資訊。

材韓	這些人已經都查過一遍了。
隊長	肯定是這些人裡的其中一個。能有幾個傢伙可以輕易撬開比銀行金庫還堅固的保險箱？到昨天已經有四家被盜：國會議員家、會長家，還有高高在上的檢察長。再這樣下去，廳長的烏紗帽都要不保。在此之前，趕緊給我把人抓回來！快去！

材韓翻了一、兩頁後，停了下來。他看到有過竊盜保險箱3次前科的吳京泰（照片的年紀20代中段，男）的照片。

S／33　　　N，學校前街道某處

中學正門前的街道對面停著一輛小巧乾淨的貨車，上個

畫面裡的京泰（30代中段，男）正吹著口哨、擦著貨車。材韓突然出現在京泰身後。

材韓	就這個啊？
京泰	哎，嚇我一跳。
材韓	哇，車不錯嘛！這次新買的？……哪來的錢啊？
京泰	跟熟人借的。
材韓	（直勾勾的盯著）哥……昨天晚上做什麼了？
京泰	不是我。
材韓	誰說是你了？
京泰	真的不是！
材韓	4年前被我抓住的時候，也說不是你啊。
京泰	你那時候抓住我才獲得特晉的！是誰把你這個小巡警變成刑警的？你要懂得感恩。
材韓	所以我問你昨天晚上幹什麼了？
京泰	啊，真是……你可不能這麼對我啊，我在裡頭給你弄過多少情報？
材韓	問你昨天晚上做什麼了，你怎麼這麼拐彎抹角啊？
京泰	（委屈）我能做什麼？開了一天貨車，那個時間早躺下了。
材韓	（看著）
京泰	真的，我真的洗手不幹了。

正說著，材韓突然露出燦爛的笑容，朝學校正門揮了揮手。京泰也露出和材韓相同的表情，朝正門揮手。穿著校服的國中生恩智（16歲，女）從正門朝這邊走來。

京泰	（嘴角笑著，壓低聲音）在恩智面前，連大盜的「大」字都不許提。
材韓	大哥你才小心點。

恩智大步走到笑容尷尬、不停揮手的兩人面前。京泰從衣服裡掏出保溫瓶倒了杯熱茶：「冷吧？喝點熱茶。」

材韓正要打招呼，站在二人面前的恩智。

恩智　　　因為大盜案來的？

　　　　　兩個人滿臉尷尬。

S／34　　　N，過去，京泰家

　　　　　雖然簡陋，但整理得十分乾淨的京泰家。材韓和京泰坐
　　　　　在餐桌前，恩智端來盛著湯的托盤。

材韓　　　得讀書的人怎麼做這些……我回去吃就行了……
恩智　　　每天都在外面吃，這麼下去叔叔的胃可是會生病的。

　　　　　京泰抬手示意材韓吃飯，材韓難為情的喝了口湯。

材韓　　　……書也讀得好，還會做飯，沒有恩智不會的。
恩智　　　（把自己的湯端上桌，開動）那個大盜啊……
材韓　　　我真不是為了那個來的……
恩智　　　（打斷材韓）太不專業了。

　　　　　材韓和京泰看著恩智。

恩智　　　想想看，專業的大盜為什麼要把事情鬧這麼大呢？驚動
　　　　　了警察，連自己的飯碗也砸了。
材韓　　　喂……妳知道什麼嗎？
恩智　　　我跟爸爸生活了12年，他進監獄的4年是叔叔照顧我
　　　　　的。我的人生就是重案組，怎麼可能不知道？
材韓　　　妳這小傢伙。
恩智　　　不是還沒發現贓物嗎？這可不是小心謹慎，是不知道銷
　　　　　贓管道。
京泰　　　我女兒真是聰明。
材韓　　　（不可思議的看著）真棒啊，國中3年級的孩子，懂竊

盜比數學還多，你還高興？

京泰　　　（難為情的）數學也好。（說著）可是……很奇怪啊。

材韓　　　什麼？

京泰　　　手法明明很業餘……但太容易了。財力出眾的富貴人家，保全可不是開玩笑的，進去得太容易了。會不會是熟人犯案？

材韓　　　乾脆你去當警察算了。

京泰　　　警察和罪犯本來就是一線之隔。

材韓　　　吃你的飯吧。

S／35　　　N，過去，京泰家門外

　　　材韓穿好鞋、走出門外。恩智隨後跟了出來。

材韓　　　不用出來了。

恩智　　　叔叔，我把你當作親叔叔。

材韓　　　（驚訝，看著嚴肅的恩智）怎麼了，小丫頭？

恩智　　　叔叔相信我吧？

材韓　　　（看著）

恩智　　　不是爸爸。

材韓　　　……

恩智　　　真的不是爸爸。

材韓　　　知道了，進去吧。外面冷。

　　　說著，恩智把一卷卡帶塞進材韓手中。

材韓　　　這什麼啊？

恩智　　　幫爸爸錄歌的時候多錄了一卷，開車的時候聽吧。再見。

　　　恩智走進家門，材韓看著卡帶。「這小丫頭……」

S／36　　　　N，過去，材韓的房間

材韓回家洗完澡，用毛巾擦著臉走進房間，後面跟進來
當時50代初段的材韓父親。

材韓父親　　兩個禮拜沒回家了，又要出去？因為那個偷大錢的傢伙
　　　　　　啊？
材韓　　　　我換件衣服就走，您去睡吧。

說著，看到房間門上貼著一個符咒。

材韓　　　　又寫了新的？
材韓父親　　因為這個你才沒事的，現在聽不到什麼奇怪的對講機了
　　　　　　吧？
材韓　　　　啊，真是的……都說是我聽錯了……
材韓父親　　別撕啊，花了不少錢呢。

說完，材韓父親走了出去。材韓看著符咒正打算撕下
來，突然想起什麼，打開矮桌抽屜，靜靜看著抽屜裡的
老式對講機。

材韓　　　　……請回答。誰是……兇手。

但是，對講機毫無反應。

材韓　　　　（把對講機丟進抽屜）我真是瘋了啊。

材韓換衣服，把口袋裡的東西都掏出來擺在桌上，其中
可以看到一本寫著「刑機隊李材韓」的刑警筆記本。

S／37　　　　N，現在，秀賢的房間

普通的獨棟住宅。十分顯眼的粉紅色被子和窗簾的秀賢

房間。傳出「嘟嘟嘟——」「噠噠噠噠——」的玩具槍聲，侄子們在房間裡展開槍戰。哥哥戴著兒童用軍帽，弟弟戴著秀賢的警帽，把擺在地上的枕頭和座墊當成欄杆跨來跨去，孩子們踩著像屍體一樣趴在地上的秀賢。秀賢抬起頭、發出呻吟聲：「呃！」額頭上還用黑筆寫著「死了」。

侄子1	阿姨！屍體哪會說話啊？
秀賢	好好……知道了……

秀賢又低下頭。透過敞開的房門，看到客廳裡坐著美麗溫柔的秀賢母親，正在熨燙粉紅色雪紡洋裝，旁邊衣著隨便的秀賢妹妹吃著零食。

秀敏	你們這樣踩警察會被抓走的～！
秀賢母親	這哪是在哄孩子玩，是在睡覺吧？額頭上的字是用油性筆寫的吧？明天她還得去相親呢。（舉起洋裝給秀敏看）好看吧？百貨公司打折時買的。
秀敏	鄭女士，別再給姐姐穿粉紅色了。被子、窗簾都是粉紅色，跟算命鋪似的。（話鋒一轉）明天跟誰相親？
秀賢母親	是個律師，說除了頭髮少點，其他都不錯。

趴在地上的秀賢，打了個嗝。

秀敏	絕配啊！老婆把人抓來，老公幫人辯護……

說著，只聽秀賢房間裡傳出叮叮哐哐的聲響。侄子把秀賢房裡一個跟腰差不多高的書架推倒了。「小崽子們！就說要你們小心點啦！」秀敏嚇得跑進來。侄子嚇得跑出房間，秀賢也嚇得起身看著，接著撿起一本被書架壓到的筆記本。

秀敏	怎麼了？重要的東西？

秀賢	不是……

秀敏走出去打算教訓孩子，秀賢看著手裡的筆記本，是一本已經很舊、褪色的筆記本，上面寫著「刑機隊李材韓」。正是上個鏡頭看到的刑警筆記本。秀賢靜靜望著筆記本。

S／38　　　N，海英的屋塔房

海英手提裝著杯麵的塑膠袋回家。脫掉外衣時，鬧鈴響了，11點22分。對講機已經好幾天沒有響了，海英索性準備吃杯麵，這時背包突然傳來「吱吱吱」的對講機雜音。海英一驚，連忙翻看背包。

S／39　　　N，過去，材韓家

換好衣服正打算出門的材韓，聽到對講機的雜音——聽錯了吧？但雜音越來越明顯，在「吱吱吱」的雜音裡，傳出海英的聲音。

海英 (聲音)	李材韓刑警？你在嗎？

材韓吃驚的從抽屜裡取出對講機，和從前一樣亮著黃光，頻率晃動著。

材韓	朴海英警衛？

S／40　　　N，現在，海英的屋塔房

海英聽到材韓的聲音，露出安心的表情。

海英	對講機一直沒有消息，讓我很擔心。你沒什麼事吧？

S／41   N，過去，材韓的房間

材韓   你真的是朴海英？這6年你都幹嘛去了？

S／42   N，現在，海英的屋塔房

海英嚇得愣了一下。

海英   （不敢相信）6年？那麼……那裡已經1995年了？

S／43   N，過去，材韓的房間

材韓   ……你那裡呢？
海英(聲音) 這裡還是2015年，距離最後一次聯絡不到1個星期。

材韓聽到海英的話，簡直難以置信。

材韓   真的？那裡真的是2015年？你不是在和我開玩笑吧？
       你……真的是朴海英？

S／44   N，現在，海英的屋塔房

海英同樣難以置信。

海英   我是和你一起抓住京畿南部連續殺人犯的朴海英，我們
       總共聯絡過5次，以你那裡為標準，從1989年11月11
       日後就斷了聯繫。
材韓   啊……真是要瘋了。
海英   我也搞不懂為什麼，但這裡真的是2015年。

S／45   N，過去，材韓的房間

材韓半信半疑，搞不清楚狀況的表情。

| 材韓 | 既然如此，那你幫我個忙。1995年發生的大盜案嫌犯，到底是哪個傢伙？2015年的話，應該能知道了吧？ |

S／46　　　　N，現在，海英的屋塔房

海英遲疑了一下，視線移到書架上從1980年起整理的各年度案件檔案，目光定在1995年的檔案上。

| 海英 | 那起案件至今還未破。 |

S／47　　　　N，過去，材韓的房間

| 材韓 | （不可思議）懸案？我們吃了這麼多苦居然沒抓到人？你確定？ |

S／48　　　　N，現在，海英的屋塔房

海英	確定。雖然是很久以前的案子，也找不到調查資料了，但因為這個案件很有名，所以我利用當時的新聞做過罪犯側寫。
材韓(聲音)	罪……什麼？
海英	罪犯側寫，是一種比過去更先進的調查方法。還有……就算我知道也不能告訴你，如果隨便改變過去，會很危險。

S／49　　　　N，過去，材韓的房間

| 材韓 | （不服輸的自言自語）哇……這兔崽子……我非抓住他不可！（按下對講機）知道了，那下一次作案時間是什麼時候？昨天盜了第四家，下一家在哪裡？ |

S／50　　　N，現在，海英的屋塔房

海英　　　那是最後一家了，盜了第四家後就沒有再犯案了。

S／51　　　N，過去，材韓的房間

材韓　　　（靜靜聽著）警衛，我們呢，已經1個月沒回家了，在
　　　　　街邊拉的屎都有一卡車了，你就給我點情報吧。

S／52　　　N，現在，海英的屋塔房

海英　　　反正到現在為止也沒有和那起案子有關的報導了，之後
　　　　　也沒有相同犯案手法的案例，而且贓物到現在都沒有找
　　　　　到。
材韓（聲音）　那試試那個什麼罪犯側寫還是犯罪側寫的，你不是說是
　　　　　很先進的調查方法嗎？
海英　　　（猶豫）

S／53　　　N，過去，材韓的房間

材韓　　　（鬱悶）不是啊，抓個小偷又不會危害人類和平，有什
　　　　　麼危險的？必須抓住壞人才行啊。

S／54　　　N，現在，海英的屋塔房

　　　　　海英顯得舉棋不定，翻開大盜案的檔案，第一頁貼有
　　　　　1995年案件年表。目錄中閃過「漢陽大橋坍塌案」……
　　　　　接著翻到下一頁，正式記錄著大盜案的罪犯側寫內容。

海英　　　嫌犯中有熟人犯案的可能性嗎？
材韓（聲音）　沒有。雖然還沒確定嫌犯特徵，但先把家人和在家裡工
　　　　　作的人從首次調查排除了。
海英　　　那先假設嫌犯是從外部侵入。所有被盜的人家都是外部

侵入，但都是不好掌握逃跑路線的有錢人家。從竊取的貴重物品來看，嫌犯應該很容易掌握內部訊息。

<u>S／55</u>　　　N，過去，材韓的房間

材韓注意聽著對講機傳來的海英聲音。

海英(聲音)　　　為了掌握保全資訊，嫌犯極有可能查看過外部設置：報警裝置、大門門鎖、進入時翻越的矮牆、確認後門。要掌握屋主情報，還會確認郵筒、垃圾桶和送報紙的袋子。

材韓認真把海英講的內容記下來。

海英(聲音)　　　這不是真正的調查資料，是以新聞為基礎整理出來的，所以只能做為參考。還有……要小心，就因為這個對講機，原本不該死的人也死了……

突然，對講機的信號斷了。

材韓　　　喂？警衛？警衛？

<u>S／56</u>　　　N，現在，海英的屋塔房

海英看著信號斷掉的對講機，表情十分不放心。他轉過頭，不安的看著白板。「如果改變過去，現在也會改變」。

<u>S／57</u>　　　Montage

－　現在，夜晚，秀賢的房間。秀賢躺在床上看著材韓的筆記本。
－　現在，夜晚，海英的屋塔房。檯燈開著，海英趴在書桌

前睡著了。瞬間，一股冷風吹了進來。

- 過去，夜晚，街上，晃動的畫面看到京泰與材韓面對面
  站著。身穿校服的恩智擋在京泰前面。

恩智　　　真的不是爸爸。

材韓　　　（越過恩智看向京泰）老實點跟我走吧。

恩智　　　（眼眶紅了）真的不是我爸爸！

- 現在，夜裡，風吹散了資料。海英的電腦畫面原本寫著
  「成為懸案的大盜案」字跡開始模糊，發生了改變。
- 現在，夜裡，秀賢的房間。一股風也吹進不知不覺睡著
  的秀賢的房間。
- 過去，街道某處。

  夜裡，材韓的車。材韓坐在駕駛座上，坐在後面的京泰
  一隻手被手銬固定在把手上。旁邊的車道，可以看到向
  前行駛的公車。恩智獨自一人坐在公車最後面，失去以
  往成熟的樣子，哭得像個孩子。看著恩智，材韓和京泰
  感到十分心痛。

  公車開上大橋，材韓的車跟在後面。材韓改變車道後，
  與公車拉開了距離。突然，公車伴隨著轟鳴聲在眼前消
  失，材韓嚇得立刻扭轉方向盤。跟隨材韓的視線可以看
  到閃動的畫面，接著看到後面耀眼的車燈。四周傳來緊
  急剎車聲、鳴笛聲。材韓的車停在可以看到對面的車道
  上。「砰！哐！」車輛相撞的聲音，人們呼喊救命的聲
  音和警笛聲。在越來越大的噪音裡，只聽見材韓迫切呼
  喊著：「不……不行！」

  畫面漸漸轉暗。

S／58　　　D，現在，海英的屋塔房

轉暗的畫面漸漸變亮，窗外已經破曉，清晨的天光點亮
天際。

「嘀──嘀嘀，嘀──嘀嘀」，趴在桌上睡著的海英被

鬧鈴吵醒，睜開眼睛醒來，正準備起身時，看到電腦畫
面，整個人僵住。昨天查找的1995年案件目錄標題變
成「捕獲大盜」「市民的義賊大盜，最終落網」。海英
眼神不安的閱讀大盜案相關報導。相關報導照片也出現
了，被逮捕的嫌犯京泰正被押送至警局，眼睛充滿血
絲。

S／59　　　　D，現在，監獄外景

天際破曉的黎明。門開了，犯人被釋放出來。這些人當
中，最後一個慢慢走出來的腳，鏡頭 Tilt Up，是憔悴不
堪、已經50代後段的京泰。京泰望向沒有人等待的空
曠四周。不知道他在想什麼，漫無目的消失在黎明的大
霧裡。

S／60　　　　D，廣域搜查隊外景

S／61　　　　D，長期懸案專案組

堆滿調查資料的桌旁，偕哲和憲基在白板上抄寫著案件
標題。這時，來上班的秀賢走了進來。

秀賢　　　　這是在幹嘛？
偕哲　　　　應該說是在設計我們專案組的未來。

「瞧瞧。」偕哲把白板轉向秀賢，上面寫著「五大洋案
件」「臥龍山小學生失蹤案件」等。

偕哲　　　　我把大韓民國建國以來有名的未結懸案都整理出來了。
　　　　　　京畿南部都解決了，這些案子也能迎刃而解了吧？
秀賢　　　　……突然這麼努力工作，家裡沒說什麼嗎？
偕哲　　　　能說什麼，事業比家庭重要啊！
義景 (聲音)　那麼，開膛手傑克案如何呢？

義景假裝在打掃，默默移到專案組後面。

偕哲　　　開膛剖腹案？有那種懸案？
義景　　　（受不了的樣子，誇張的捲舌）Jack the Ripp ~ er。
　　　　　不知道嗎？這可是英國最早的連續殺人案。

這時，海英走進來。

海英　　　1995年大盜案。
秀賢　　　（聽到大盜案，愣愣看著海英）
海英　　　找不到有關那起案子的完整調查資料了，有沒有了解那
　　　　　起案子的人？
偕哲　　　已經抓到真兇、結束的案子還要幹嘛？我們可是懸案專
　　　　　案組啊。
憲基　　　如果是那起案子，犯人早就出獄了……
海英　　　你們知道嗎？我看新聞，因為特加法[8]加重了刑責，加
　　　　　上企圖逃獄，追加了不少刑期。
義景　　　罪證確鑿，但他一直喊冤，聽說還加了不敬罪。
偕哲　　　你年紀輕輕的，是怎麼知道這些的？
義景　　　在「惹生」上看到的。
偕哲　　　惹生？什麼鬼東西？
義景　　　（一副居然連這都不知道的輕蔑）「惹是生非」的縮減
　　　　　語。那可是在我們國家，討論案件最棒的俱樂部呢。

偕哲和憲基哭笑不得的看著義景。

秀賢　　　（聽著）這個惹是生非的傢伙說得沒錯，目擊者證詞明
　　　　　確，現場也發現了指紋。
憲基　　　準確的說，不是在現場、是在郵筒上發現的……
海英　　　（愣住……）你說在郵筒上發現的？

－　Insert
－　S 55，對材韓說話的海英。

海英	為了掌握屋主情報,還會確認郵筒、垃圾桶和送報紙的袋子。

－ 回到懸案專案組,海英表情顯得很不安。

偕哲	好了,我們來討論一下五大洋吧。
海英	要是……想調查這案子該怎麼辦?

秀賢、偕哲、憲基和義景看向海英。

海英	聽說當時這案子是由刑機隊負責,如果想見當時負責的刑警該怎麼做?
偕哲	為什麼?你為什麼想知道那案子?
秀賢	對啊。
海英	(看著秀賢)
秀賢	為什麼想知道?
海英	……(答不上來)
秀賢	回答啊,為什麼想知道呢?
海英	……不是坐了20年的牢嗎。
秀賢	(看著)
海英	如果……警察抓到的不是真兇,是個無辜的人……坐了20年牢……那是不對的啊。
秀賢	(靜靜看著海英)
偕哲	所以,你們對五大洋不感興趣嗎?

偕哲碎碎念著,秀賢看著海英,抓了外套起身。

偕哲	(不祥的預感)啊,又怎麼了?
秀賢	難得他狗嘴裡吐出了象牙。(看著海英)

---

8 特定犯罪加重處罰法。

秀賢走在前面，海英跟在後面。

海英	是去見當時刑機隊的刑警嗎？叫什麼名字？
秀賢	那個圈子的事就要問那個圈子裡的人，幹嘛去別的圈子打聽。
海英	嗯？

S／63　　　N，酒店入口

絢麗燈光點綴的酒店入口。秀賢開門剛一走進，年輕的服務生便道了句：「歡迎光臨！」接著服務生遲疑了一下，又看到隨後進來的海英。

秀賢	（無視愣住的服務生）還不帶路？生意不做啦？

服務生身後穿著西裝、經理模樣的男人走上前，鄭重的說：「請走這邊。」秀賢毫不猶豫，走了過去，跟在後面的海英目瞪口呆。

海英	這裡……真是……為什麼……

S／64　　　N，包廂內

秀賢走進包廂坐下，在秀賢身邊坐下的海英渾身不對勁，又往旁邊稍稍移了一點。

秀賢	來點這裡最貴的酒和小菜，再叫幾個漂亮的小姐。
海英	（不自覺的）小姐……（低聲）瘋了嗎？
經理	還有什麼其他需要嗎？

秀賢瞪著經理。經理看著秀賢，低聲嘆口氣，打開包廂

門探頭看了看，然後鎖上包廂門。看看秀賢，一屁股坐在對面的位子上。

經理	這次真的不是。
海英	（摸不著頭緒，來回看著兩人）
秀賢	（繼續看著）
經理	（原本想裝傻，但被秀賢瞪著，露出委屈的表情）我真不知道她是未成年，知道後馬上給她車費送回家了。真的！姐，妳不相信我嗎？
秀賢	我怎麼成你姐了？論年紀，你還大我1歲呢。
經理	明知道妳還不說敬語。
秀賢	找死嗎？
經理	看吧……老是這樣……
秀賢	（打斷）今天不是我有事找你（看著海英）想問什麼就問他，光是竊盜案就有五次前科呢。
海英	（明白了秀賢的用意）我來是想問問有關1995年大盜案的事情。
經理	（狐疑這是哪來的傢伙？看著海英）你是？
海英	首爾廳長期懸案專案組罪犯側寫師朴海英。
經理	罪犯側寫師？（噗哧笑出來）啊……總是等案子破了才冒出來的……
秀賢	（跟著笑）
海英	（不高興）誰這麼說的？
經理	我認識的警察都這麼說……
秀賢	（依然笑著）這位可是警察，放尊重點！
經理	哎，姐，妳別不給我面子了，這不就是個乳臭未乾的傢伙……
秀賢	（漸漸收起笑容）所以我說乳臭未乾的這位，是警察。
經理	幹嘛這樣……
秀賢	不把警察放在眼裡？不放在眼裡，就幹點守法的勾當。

海英不解的看著秀賢。經理恭敬的朝海英。

經理	您有什麼想問的，儘管問吧。
海英	……你認識大盜案被捕的吳京泰嗎？
經理	那可是風雲人物啊！道上流傳他手法乾淨俐落，一旦確定目標，只要在目標周圍晃上幾天，就能找到進去的方法了。

S／65　　N，東勳家外景

現在，昏暗的高級住宅門口，四周布滿CCTV。正門前停著來接東勳的車和司機。50代後段、穿著奢華的東勳和妻子似乎準備外出，推開門走了出來。臉色蒼白的茹真（30代後段，女）出來送行。茹真目送東勳夫妻倆上車離開後，關上大門回家。某處有人正注視著茹真的一舉一動。

S／66　　N，東勳家屋內

茹真關上玄關門走進屋內，防盜設施自動運作。檯燈昏暗的光線下，正走向自己房間的茹真背後有個人影閃過。茹真完全沒有察覺，走進自己房間。人影在客廳一步步朝房間走去，手上戴著手套。

經理 (聲音)	據說他行事縝密、嚴謹，連一個指紋也沒留下過。

S／67　　N，東勳家／客廳／廁所

廁所裡，茹真顫抖著手、打開洗手臺上與鏡子一體成型的收納櫃門，取出藥瓶。突然，茹真的視線快速閃過Insert的幻影。

－ Insert
－ 燃燒的火焰、流淌著的血、人們的喊叫聲。
－ 回到廁所裡，茹真的手顫抖著，著急的想打開藥瓶，藥

瓶卻掉到了地上。茹真從地上撿起藥瓶起身時，看到收納櫃鏡子裡站著一個陌生的人影。「啊！」茹真驚嚇的轉過頭。

－ 哐噹，茹真的手和藥瓶接觸到地面，戴著手套的手拾起掉在地上的藥瓶放進收納櫃，關上櫃門。收納櫃鏡中反射出的臉面無表情，是蒼老的京泰。京泰慢慢伸出手，像按指章似的，在鏡子上按下自己的指紋。

S／68　　　　N，酒店門口

　　　　　秀賢和海英從酒店出來，走向停著的車。

海英　　　真奇怪，就算環境改變，人的本性也不會改變。如果那個人講的是真的，吳京泰是個性格嚴謹周密的人，這種人是不可能在郵筒上留下指紋的。

秀賢　　　還想調查什麼嗎？

海英　　　（看了看）告訴我資訊，我自己去就可以了。

秀賢　　　（看著）

海英　　　我也是警大畢業的警察，我的事情可以自己處理，不用妳事事都在旁邊幫忙。

秀賢　　　以為你長大了呢，真是還差得遠。

海英　　　（看著）

秀賢　　　你以為我是在幫你嗎？我是有事要問你才一起來的。

海英　　　什麼意思？

秀賢　　　我不會和有祕密的人一起共事。

海英　　　（看著）

秀賢　　　對大盜案起疑的真正理由是什麼？

海英　　　（瞬間語塞）那……那是……

秀賢　　　連案件都不太了解，為什麼那麼好奇？

　　　　　海英不知道該怎麼解釋，只是看著秀賢……這時，電話鈴聲響起，是偕哲。

秀賢	什麼事？
偕哲(聲音)	出大事了。

秀賢眼神突然轉為吃驚。海英疑惑的看著。

S／69　　N，廣域搜查隊辦公室

秀賢和海英急忙趕回來，辦公室像被炸彈襲擊過，刑警們四處奔忙著。「聯絡銀行了嗎？確認一下被害人的提款卡明細！」「手機關機，無法確認位置！」秀賢和海英緊張的看著忙碌奔走的刑警。偕哲朝兩人走來。

秀賢	怎麼回事？
偕哲	綁架！

海英和秀賢一聽到「綁架」二字，臉色瞬間陰沉。

偕哲	也不知道是哪個傢伙精神錯亂，都什麼時代了，抓到綁匪就是特晉，你看這群刑警眼睛都亮了，就等撲過去了。
秀賢	被害人呢？
偕哲	地方大學的教授。不過她爸爸可是陽雲建設的CEO啊！據說是明年要參加執政黨不分區議員競選的大人物。可妳知道綁匪是誰嗎？

這時，范洙和治秀開門快速走進來，刑警迅速跟在兩人身後走進會議室。

S／70　　N，廣域搜查隊，會議室

十幾名刑警參與的會議。秀賢、海英、偕哲和憲基最後走進來，站在會議室後面。最前面坐著范洙，治秀負責簡報。

治秀　　　　被害人姓名申茹真，37歲。職業，文光大學美術系教授。推測綁架時間為11月1日21時。被害人父母回家後向派出所報案，馬上移交地方廳廣域搜查隊著手調查。

－　會議室畫面中，出現被CCTV拍攝到的畫面。身著黑衣的男人拖著一個巨大的行李箱消失不見。

治秀　　　　案發後，從附近CCTV確認到拖可疑行李箱的人物，並在被綁架的申茹真家中鏡子上採集到指紋，從指紋確認了綁匪的個人資料。

范洙產生好奇，身子向前傾了傾。海英和秀賢也注視著畫面。

治秀　　　　根據在被害人家中鏡子採集到的指紋，CCTV拍攝到的綁匪容貌，確認綁匪正是吳京泰，年齡58歲。1995年因連續竊盜上流人士案──也就是大盜案──被捕入獄，3天前刑滿釋放。

治秀的話音剛落，底下就出現騷動。海英難以置信的盯著京泰的臉。

－　Insert
－　東勳家附近路上CCTV拍攝到的畫面裡，京泰把行李箱塞進廂型車。
在這畫面中。

治秀 (聲音)　綁走被害人的吳京泰事先準備好了逃亡用車輛。

－　CCTV監控中心。刑警正在確認京泰開的車號9434車輛，發現了開在公路上的車。
－　刑警們接近遺棄在京進公路邊的9434車輛，車內空無一人。

治秀(聲音)　　雖然確認到綁匪沿著京進公路開往義川方向，但之後的
　　　　　　行蹤還未掌握。

　　　　－　場景回到會議室，治秀還在簡報。

治秀　　　　目前，被害人的提款卡或信用卡都沒有使用紀錄，手機
　　　　　　也仍在關機狀態，無法確認位置。
范洙　　　　吳京泰那邊呢？
治秀　　　　出獄沒多久，手機、信用卡、居住地都無法確認。目前
　　　　　　最緊急的是確認綁匪的居住地點。

　　　　　　范洙聽著報告，顯得十分不滿。

范洙　　　　江山易改，本性難移。因竊盜進了監獄，剛出來又犯
　　　　　　案？當初為了錢進去，這次沒錢乾脆綁人了。

　　　　　　這時，聽到後面傳來說話的聲音。

海英(聲音)　　這很奇怪。

　　　　　　范洙、治秀和其他刑警的視線都集中到後面的海英身
　　　　　　上。偕哲心想，又開始了……悄悄的小步往旁邊移動。

海英　　　　吳京泰犯案時，從沒牽扯進別人過，犯的也都是典型的
　　　　　　竊盜罪。這次犯案方式與以往不同，留下了指紋，也被
　　　　　　CCTV拍到……這不像吳京泰，他犯下這起案件一定有
　　　　　　其他目的。

　　　　　　范洙看到是海英，裝作什麼也沒聽見似的轉過頭，其他
　　　　　　重案組刑警也毫無反應。

范洙　　　　綁匪一定會打電話到被害人家裡，去那裡待命。調查一

下吳京泰在牢裡認識、比他先出獄的人，還有親戚和其他認識的人。

海英被范洙無視後，還想再說些什麼。秀賢猛的一腳踩在海英腳上。海英痛得說不出話。

范洙　　　綁架案的黃金時間只有 24 小時。把首爾給我翻個底朝天也要找到吳京泰！

范洙說完，走了出去。治秀對留下來的刑警。

治秀　　　從遺棄的竊盜車輛開始，附近所有 CCTV 都要查，還有行車記錄器。廣搜隊廣域 1 股能調動的人員都派出去。

海英　　　請等一下！

但沒有人在乎海英想說什麼，廣搜隊的刑警表情冰冷的經過海英，走出會議室。接著，朝海英走來的治秀對著海英的臉揮出一拳，海英被擊倒在地。

治秀　　　破了一起京畿南部案就目中無人了？你當這是哪裡，敢隨便插嘴！

海英強忍疼痛，面對治秀。

海英　　　（慢慢站起身）是啊，我一時忘了警察組織是多麼不通情理的地方了。

更加氣憤的治秀正要再次動手，秀賢擋在前面，狠狠踹了海英一腳。海英「啊」的大叫，痛得海英安靜了下來。

秀賢　　　對不起，我會好好教訓他的。

治秀　　　（看著擋在面前的秀賢）車秀賢加入家人保護組，鄭憲

	基到現場負責鑑識，金偕哲留在辦公室支援現場……（看著海英）你，滾開。
偕哲	遵命！（生怕連累到自己，趕緊回答後，拉著憲基溜出會議室。）

治秀也走出會議室後，只剩下秀賢和海英。

秀賢	心裡舒服了嗎？
海英	……
秀賢	你是為了跟警察吵架才當警察的嗎？
海英	不用妳教育我，我也不和你們一起查。沒能力卻只會要面子，就是這樣才天天抓不到人。這起綁架案的目的不是為了錢，吳京泰的作案手法向來幹練，這次卻在鏡子上留下指紋，CCTV也故意被拍到臉。這很有可能是以其他情感為動機計畫出的綁架案。如果是這樣，人質會有生命危險。
秀賢	好，你說的都對，如果被綁架的人質遇害，那也是你害死她的。
海英	（忽然一愣，看著）
秀賢	你對，那些人錯了，就應該去說服他們。
海英	（看著）
秀賢	以後你要是一直這樣，不會有人聽你講的話。每到那時候，就會有人犧牲。
海英	……
秀賢	隨便你。

秀賢轉身正要走出會議室。

秀賢	雖然不知道你為什麼那麼討厭警察……但不了解抓不到犯人的痛苦，你就沒有資格辱罵警察。

海英看著漸漸走遠的秀賢背影。

- 第2天白天，在公路附近確認CCTV的刑警中，可以看到姜刑警。
- 秀賢抵達東勳家。東勳焦躁的坐在沙發上，旁邊是正在待命、等待勒索電話的文刑警和其他警員。或許還能找到什麼線索，秀賢走進被綁走的茹真房間巡視。憲基在茹真消失的廁所裡搜查指紋。
- 海英正慢慢走向某處，抬頭看過去，跟隨海英的視線，是監獄。

S／72　　　　D，監獄

海英在監獄休息室裡，和年老的獄警講話。

獄警	吳京泰？……收監初期好幾次試圖越獄，但失敗後就安靜下來了，開始認真學習電工技術，也不怎麼愛講話。
海英	他剛出獄後就綁架了人，我想知道吳京泰為什麼會這麼做。
獄警	這個嘛，他不愛講話，總是自己一個人，而且他經常會發作，其他犯人都離他遠遠的。
海英	……發作？

- Insert
- 監獄食堂。等待取餐的京泰無意間看向廚房，正在做飯的瓦斯爐燒起的火焰，於是發作。京泰看到幻影，燒得通紅的畫面，呼喊救命的聲音。京泰不知所措的狂摔身旁的餐盤，獄警過來好不容易才阻止他。

S／73　　　　D，冷凍貨車內

茹真在刺眼的燈光下慢慢睜開眼睛，環顧四周，發現自己嘴裡呼出寒氣。茹真在冷凍貨車內被捆綁住，在寒冷

與恐懼中發抖的茹真試著靠向門口，但被綁在了柱子上。「有人嗎？」茹真呼喊，無人回應。茹真嚇哭了，這時她發現了什麼，睜大眼睛，看到掉在角落的包包裡有自己的手機。茹真拚命想把包包往自己身邊拉。好不容易快要碰到包包了，又再次失敗。突然，耳邊響起人們呼喊救命的聲音。幻影裡出現的火焰，茹真病情再度發作，難受不已……

S／74　　　D，東勳家，浴室

秀賢還在茹真房裡巡視，憲基已經鑑識完廁所，準備搜查臥室。秀賢看了看憲基鑑識完的廁所，打開收納櫃門，裡面掉出了藥瓶。她撿起藥瓶確認。

S／75　　　D，監獄

海英和獄警仍在對話中。

海英　　　監獄裡發生了什麼事？大盜案被捕時，也沒有發生失火事件啊。

獄警　　　據說他女兒死了，被火燒死……

海英嚇得愣住。

S／76　　　D，東勳家，茹真的房間

東勳和秀賢單獨二人，正在對話。

東勳　　　（焦躁）什麼事？
秀賢　　　（出示藥瓶）抗憂鬱症的藥？
東勳　　　（遲疑）
秀賢　　　您女兒有什麼疾病嗎？
東勳　　　……外部創傷引發的壓力症候群。小時候經歷了一起大

	型事故。
秀賢	事故？
東勳	……記得漢陽大橋坍塌事故嗎？當時我女兒也在橋上。

S／77　　N，監獄外，車內

海英用平板電腦查看1995年漢陽大橋坍塌的新聞。
「晚上9點30分，漢陽大橋坍塌事故」
「11名死亡，15名受傷」
「豆腐渣工程導致可預見的慘劇」

- 畫面從閱讀報導的海英視線裡 Insert
- S 57，公車開上大橋，材韓的車跟在後面。材韓改變車道後，與公車拉開了距離。突然，公車伴隨著轟鳴聲在眼前消失，材韓嚇得立刻扭轉方向盤。跟隨材韓的視線可以看到閃動的畫面，接著看到後面耀眼的車燈。四周傳來緊急剎車聲、鳴笛聲。材韓的車停在可以看到對面的車道上。「砰！哐！」車輛相撞的聲音，人們呼喊救命的聲音和警笛聲。
- 回到車內，海英表情驚訝。

海英	那天究竟……發生了什麼事……？

這時，手機鬧鈴響起。海英快速確認時間，11點22分，從背包裡找出對講機。

S／78　　D，過去，車內

材韓把恩智錄的卡帶塞進收音機中。表情木然，眼睛充滿血絲，老歌緩緩唱起。

11點23分到了，對講機發出「吱吱吱」的雜音。

海英   刑警！是我，朴海英。

對講機另一頭沒人回應。

海英   刑警！你在聽嗎？究竟發生了什麼事？

S／80   D，過去，車內

聽到海英聲音的材韓，慢慢看向副駕駛座上的對講機。

海英(聲音)   過去改變了，大盜案，吳京泰是真兇嗎？

材韓   （看著對講機，平復感情）……警衛。

海英(聲音)   李材韓刑警？吳京泰綁架了人質，他想要殺人。你那裡
            究竟發生了什麼事啊？

材韓   （聲音迷茫）……我們錯了。不……是我……是我錯
            了……都是因為我……事情才變得一團糟。這個對講
            機……根本就不應該開始。

過去的材韓陷入悲傷，現在的海英陷入混亂，畫面交
錯。

第五集　終

第六集

S／1　　　　　N，監獄外，車內

海英用平板在查看1995年漢陽大橋坍塌的新聞。
「晚上9點30分，漢陽大橋坍塌事故」
「11人死亡，15人受傷」
「豆腐渣工程導致可預見的慘劇」
查看報導的海英搞不清楚現在到底什麼情況，眼神混亂。

海英　　　那天……究竟發生了什麼事……

這時，手機鬧鈴響起，海英快速確認時間，11點22分。他從背包找出對講機。到了11點23分，對講機開始發出「吱吱吱」的聲音。

海英　　　刑警！是我，朴海英。

對講機那頭沒人回應。

海英　　　刑警！你在聽嗎？究竟發生了什麼事？

S／2　　　　　D，過去，法院大樓外，車內

材韓表情呆滯，通紅的眼睛望著窗外，又看向放在旁邊的對講機。

海英(聲音)　過去改變了，大盜案，吳京泰是真兇嗎？

材韓　　　（看著對講機，平復感情）……警衛。
海英(聲音)　李材韓刑警？吳京泰綁架了人質，他想要殺人。你那裡究竟發生了什麼事啊？
材韓　　　（聲音迷茫）……我們錯了。不……是我……是我錯了……都是因為我……事情才變得一團糟。這個對講

機……根本就不應該開始。

材韓手握對講機，眼中滿是悲傷。

S／3　　　　N，過去，Montage（材韓的回憶）

　　　－　過去，世奎家。
　　　　　白天，包括正濟在內的刑警來到世奎家，拿竊盜犯的照片給衣著整潔的世奎確認。世奎隨便點了一個人。

正濟　　　是這個人？

　　　　　世奎點點頭……瞄到京泰的照片時，忽然停下來。

世奎　　　啊……等一下。
刑警們　　（盯著）
世奎　　　不是那個人，（指著京泰的照片）是這個人……
正濟　　　（拿起京泰的照片給他確認）是這個人？
世奎　　　（看著）是，是這個人。

　　　－　過去，刑機隊辦公室。材韓聽到正濟講的話，露出吃驚的表情。

材韓　　　真的？他真的說是吳京泰？
正濟　　　都說是了。

　　　　　材韓面如死灰，鑑識人員走進辦公室。

鑑識人員　我到李刑警提到的場所去採集了指紋，在最後被盜的韓石熙檢察長家附近的郵筒上，採到了指紋。

　　　　　材韓和正濟吃驚的望向他。

京泰快速奔跑，材韓在後面追趕。京泰跑進死巷，喘著氣、回頭看材韓。

京泰	到底為什麼啊？
材韓	（覺得被背叛，很生氣）為什麼說謊？
京泰	真的不是我。
材韓	那天有看到你的證人，也在那裡找到了你的指紋。
京泰	都說不是我了！
材韓	……車是用什麼錢買的？
京泰	（臉色陰沉下來）你就這麼不相信我？那車是為了恩智的將來才買的，我能用偷來的錢嗎？

這時，後面傳來恩智的聲音。

恩智	這是在做什麼？

氣喘吁吁的恩智像是從學校一路追趕過來。恩智走到京泰前面擋住。接第五集，S 57，Montage。

恩智	真的不是爸爸。
材韓	（越過恩智，看著京泰）老實跟我走吧。
恩智	（眼眶紅了）真的不是我爸爸！
京泰	李刑警……讓我把恩智送回家後，我自己去警局。
材韓	其他刑警已經出動去你家了……
京泰	（看著材韓，覺得束手無策，看向恩智）恩智啊，妳先回家。相信爸爸嗎？我馬上就會回家，妳先回去吧。

材韓帶著京泰走遠，恩智被留在原地，她拚命忍住的眼淚掉了下來。

S／5　　　　　N，過去，漢陽大橋附近某處／漢陽大橋某處

材韓開車載著京泰，等紅綠燈時，看到恩智在前面的公車站正要搭公車。恩智還在哭泣，惹人心疼。公車出發，號誌燈轉綠後，材韓也出發了。看到前面公車上的恩智，材韓覺得心裡很難受。

在公車內部，恩智前面坐著一對關係要好的父女，是在過去裡還很平凡的東勳，以及與恩智年紀相仿的國中生茹真。公車和材韓的車開上漢陽大橋。

S／6　　　　　N，東勳家／茹真的房間

接第五集，S 76

秀賢　　　漢陽大橋坍塌時，您女兒也在現場？
東勳　　　……是的。我和女兒都在現場，但這和綁架我女兒有什麼關係？
秀賢　　　我們調查過綁架您女兒的綁匪吳京泰，吳京泰的女兒在漢陽大橋坍塌事故中喪命了。
東勳　　　所以呢？那時候死的人又不只一、兩個。
秀賢　　　雖然綁匪很可能是為了贖金才綁架您女兒，但還是要考慮各個方面。要想這樣，我們就必須對您女兒有更多了解。
東勳　　　（難以面對目前的情況）當時……茹真死裡逃生，所以才能辛苦的活到現在。真的……不願再想起那件可怕的事了。

這時，客廳電話鈴聲響起，秀賢和東勳驚嚇的互看彼此一眼，跑出臥房。

S／7　　　　　N，東勳家／客廳

東勳跑出來正要接起電話，卻被文刑警阻止。秀賢也跑

出來，先觀察情況，待錄音準備就緒後，文刑警向東勳打了個手勢，東勳深呼吸，接起電話。

東勳　　　　喂。

刑警們透過耳機聽到對方的聲音。

茹真(聲音)　爸爸……
東勳　　　　茹真啊！妳在哪？沒事吧？有沒有受傷？

秀賢和其他刑警都很吃驚，刑警們得知對方是茹真後，急忙打了個手勢。

S ／ 8　　　　N，廣域搜查隊辦公室

治秀和刑警們聚在攤開地圖的桌子前討論。

刑警1　　　從被竊車輛四周，延伸到申茹真可能去的地方，鎖定了幾個場所。

在地圖上的5處畫了圓圈。

刑警1　　　很可能是這幾個場所中的一個。

這時，偕哲從後面跑來。

偕哲　　　　人質打電話來了！手機開機了！

S ／ 9　　　　N，東勳家

東勳表情焦急的和茹真通電話。

東勳　　　　現在只有妳一個人嗎？還好嗎？

茹真(聲音)	（欲哭）我一個人……但是……爸……好冷啊。

刑警們互看一眼，這時秀賢接過不是東勳手中的另一個話筒。

秀賢	申茹真女士，請冷靜的聽我說。我是首爾廳車秀賢警衛。妳可以看到周圍有什麼嗎？

S／10　　N，冷凍貨車內

茹真環視一下四周。

茹真	……車……是車裡。
秀賢(聲音)	後車廂裡嗎？
茹真	不是……這裡很寬敞。
秀賢(聲音)	有窗戶嗎？
茹真	沒有窗戶，被封死了。這裡……很冷……

S／11　　N，東勳家

秀賢朝周圍的刑警們

秀賢	貨車……冷凍貨車。

S／12　　N，廣域搜查隊會議室

治秀	位置追蹤呢？
偕哲	（交出拿來的資料）在這附近3公里以內的範圍。

刑警1指了指地圖上畫下圓圈的兩個地方。

刑警1	這裡，或是這裡。
治秀	搜遍這範圍的冷凍貨車。

S／13　　　N，Montage

- 姜刑警及其他警員正在公路邊搜查，接到指令後立刻往車輛跑去。
- 公路旁的另一處，警車開著警笛飛馳。
- 刑警們抵達手機追蹤地點附近，在四周搜尋冷凍貨車。
- 刑警們打開停下的冷凍貨車車門，但裡面什麼也沒有。
- 刑警們攔下路上的冷凍貨車，確認裡面，同樣什麼也沒有。

S／14　　　N，東勳家

原本在東勳家的刑警們只留下最少人員，其他人準備出動。準備出動的秀賢陷入沉思。

文刑警	怎麼還不準備出發？
秀賢	……不覺得奇怪嗎？為什麼會在申茹真旁邊留下手機呢？
文刑警	綁架途中遺漏，不是常有這種情況嘛。
秀賢	聽說吳京泰性格縝密。
文刑警	已經確認了申茹真的聲紋，是本人打來的電話沒錯，先救下人質再說吧。

秀賢聽文刑警這麼一說，正要跟著他出門，目光瞥到呆站在那裡、拿著手機的東勳。

S／15　　　N，道路某處

秀賢開啟警燈朝申茹真所在的推測地點出發。這時手機響起，是海英。秀賢沒理睬，但手機再度響起。

秀賢	（看了一會才接起）是我。
海英(聲音)	目標不是申茹真。

秀賢　　　什麼意思？

S／16　　　N，另一處道路

海英駕著車、通話中。

海英　　　吳京泰的女兒、申東勳的女兒都是漢陽大橋事件的受害
　　　　　者。
秀賢(聲音)　我知道。
海英　　　不是單純的事故，本來吳京泰的女兒也能獲救的。

S／17　　　N，過去，漢陽大橋某處（海英聽材韓敘述的內容）

材韓改變車道後，與公車拉開了距離。突然，公車伴隨
著轟鳴聲在眼前消失，材韓嚇得立刻扭轉方向盤。跟隨
材韓的視線可以看到閃動的畫面，接著看到後面耀眼的
車燈。四周傳來緊急剎車聲、鳴笛聲。材韓的車停在可
以看到對面的車道上。
「砰！哐！」車輛相撞，人們呼喊救命的聲音和警笛聲
中，材韓和京泰在轉了一圈的車內清醒過來。材韓打開
車門走出來，周圍人們在喊叫，他難以置信的看向坍塌
下去的橋面，到處是倒下的人和汽車，恩智搭的公車整
個翻了過來。東勳額頭上流著血，振作起精神正把車內
的人往外拖。
救護人員抵達現場，東勳喊著：「我女兒在車裡面！」
京泰也清醒過來打算下車，但一隻手被手銬固定著無法
移動。京泰可以從那裡看到下面坍塌的橋面，他的視線
看到在翻過去的公車裡，流著血倒在地上的恩智。

京泰　　　（難以置信）恩……恩智……恩智啊！

材韓也發現了恩智，陷入恐慌。材韓拚命想要下去，他
衝向橋的另一端。京泰使勁呼喊著恩智的名字。公車裡

的人一個接一個被救了出來。

京泰　　　　　恩智啊！救人啊！救救我女兒！恩智啊！等我去救你！
　　　　　　　等等我！

　　　　　　　京泰回到車裡，為了打開手銬瘋狂的嘗試各種辦法，但
　　　　　　　手越來越紅腫，還是打不開手銬。京泰四處找尋工具，
　　　　　　　車裡掛著的對講機不時傳出聲音。「漢陽大橋發生坍塌
　　　　　　　事故」「所有人員到大橋集合」，聽著對講機傳出的聲
　　　　　　　音，京泰還是拚命想打開手銬，不小心碰到對講機，改
　　　　　　　變了頻率，裡面傳出營救人員的聲音。

對講機1(聲音)　另一臺油壓機什麼時候到？
對講機2(聲音)　現在路況不好，最快也要10分鐘以上。
對講機1(聲音)　車裡還有兩名女學生。

　　　　　　　京泰一愣，立刻下車看向坍塌的橋面。恩智搭的公車裡
　　　　　　　聚集了救援人員，一側放著油壓機。京泰不安的看著。
　　　　　　　車內傳出對講機的聲音。

對講機1(聲音)　汽油外洩了！沒有時間了！
對講機2(聲音)　盡快送過來！孩子們有生命危險！

　　　　　　　這時，從營救人員的聲音之間，傳出東勳的聲音。

東勳(聲音)　　（恐慌）兩個孩子至少要救出一個啊！爆炸的話就都完蛋
　　　　　　　了！

　　　　　　　京泰心想這是什麼意思？快速下車、低頭望向坍塌的橋
　　　　　　　面，他看到下面的營救人員和東勳。車裡不斷傳來對講
　　　　　　　機的聲音。

對講機1(聲音)　有火星的話就都死定了，必須做出決定啊。

東勳 (聲音)　　　再這麼拖下去，我女兒要是死了，你們負得起責任嗎？

　　　　　　　　京泰望著下面，只見東勳在營救人員面前強烈表示抗
　　　　　　　　議。本以為營救人員要展開營救了，他們卻把油壓機安
　　　　　　　　置在恩智的反方向。

京泰　　　　　　不行⋯⋯恩智啊⋯⋯不行！不！

　　　　　　　　油壓機開始啟動，隨著茹真所在的空間變大，恩智所
　　　　　　　　在的公車尾部車體更加變形了。救助人員救出茹真，
　　　　　　　　東勳緊緊抱住女兒。京泰朝車內吶喊：「恩智啊！恩智
　　　　　　　　啊！」聽到京泰的呼喊聲，暈過去的恩智奇蹟般的動了
　　　　　　　　一下頭。恩智還活著！京泰更加拚命想掙脫手銬，手腕
　　　　　　　　都勒出血痕。只聽「碰」一聲巨響，公車尾部爆炸。

京泰　　　　　　！！！！

　　　　　　　　拚死跑到橋下的材韓也受到衝擊，震驚的望著公車。公
　　　　　　　　車周圍的營救人員和所有人都快速往後退去，不知不覺
　　　　　　　　間整個公車燃燒了起來。失魂落魄的京泰望著橋下，茫
　　　　　　　　然若失的看著冒出陣陣黑煙的公車。

京泰　　　　　　恩智啊⋯⋯不要⋯⋯不要！

　　　　　　　　材韓站在遠處看著眼前的一切，驚慌失措，抱住了頭。

S／18　　　　　N，現在，道路某處

　　　　　　　　奔馳的汽車，海英與秀賢通話中。

海英 (聲音)　　吳京泰認為是申東勳害死了自己的女兒。
秀賢　　　　　　⋯⋯這些你是怎麼知道的？聽誰說的？

S／19　　　　N，現在，另一處道路

海英　　　（被秀賢問得有點遲疑）是聽那起事故的目擊者說的。
秀賢 (聲音)　目擊者？誰？
海英　　　現在這不重要。吳京泰過去的作案手法既乾淨又有效
　　　　　率，如果他是想殺死取代自己女兒活下來的申茹真，
　　　　　幹嘛要綁架？直接在原地殺死就可以了，那樣更有效
　　　　　率……可是，他偏要暴露自己綁架申茹真的事實。

S／20　　　　N，現在，街道某處

　　　　　海英一邊開車、一邊和秀賢通話。

海英 (聲音)　他是為了折磨申東勳，就像無能為力、眼睜睜看著女兒
　　　　　死掉的自己。申茹真不過是個誘餌，吳京泰真正的目標
　　　　　是申東勳。綁架申茹真的地點應該在漢陽大橋附近，出
　　　　　於怨恨或發洩情感的綁架，多數會選擇帶有象徵意義的
　　　　　場所。

　　　　　秀賢緊急把車停在一旁。

海英 (聲音)　喂？車刑警？
秀賢　　　（沉思）手機不是遺漏的……是故意留在那的。為了甩
　　　　　開我們……

　　　　　瞬間，秀賢想起最後看到東勳的模樣。

　－　Insert
　－　拿著手機站在一旁發呆的東勳。

S／21　　　　N，東勳家

　　　　　巡警一邊和秀賢通話、一邊在家中尋找東勳。

秀賢(聲音)	申東勳呢？
巡警	（為難）剛才明明還在的，可是……

可是卻不見人影了……巡警的視線看向某處，是開著的玄關門。

S／22　　　N，道路某處

秀賢覺得大事不妙，調轉方向。

S／23　　　N，另一處道路

海英看上去十分焦急，在畫面中響起材韓的聲音。

材韓(聲音)	全都是……因為我。

S／24　　　D，過去，車內

接S2，講完漢陽大橋事故後。透過車輛的擋風玻璃，看到內疚的材韓。

材韓	吳京泰……不是真兇。

S／25　　　D，現在，車內（海英的回憶）

接S1，在監獄外用對講機的海英，吃驚的愣住。

海英	那是……什麼意思？

S／26　　　D，過去，刑警機動隊大樓廁所

正濟正在洗臉臺洗手，滿是憤怒的材韓推門而入，不由分說朝正濟就是一拳。材韓抓起倒在地上的正濟衣領。

正濟	你……幹嘛……
材韓	指紋……根本就沒有指紋……
正濟	（眼神閃爍）
材韓	根本只有一點點的指紋，連是誰的都無法確認！
正濟	（眼神迴避）有證人啊。
材韓	那麼黑的晚上只瞄了一眼也叫證人？如果沒有指紋，就不會去抓人了。
正濟	那你說怎麼辦？上邊跟我們要人啊！
材韓	你……瘋了！
正濟	有證人，而且一口咬定是吳泰京！
材韓	我會查出真相的。
正濟	吳京泰的判決都下來了，警察內部也不會有人相信你的。

材韓的眼神顫抖。

S／27　　　D，過去，法院大樓走廊

京泰接受判決後，在押送途中與遠處材韓充滿內疚的目光相對。瞬間，京泰不顧一切的衝向材韓。

京泰	都是你！我女兒……要是你不抓我……我要是在她身邊，她也不會死！都是你！

材韓相當內疚。押送犯人的警察把哭喊著的京泰拉走。

S／28　　　D，過去，車內

材韓在法院大樓前用對講機。

材韓	你說得沒錯。這案子……應該讓它成懸案的……是我的錯。
海英 (聲音)	請抓住真兇。

材韓顯得遲疑。

海英(聲音)　被我們搞砸的，就應該由我們補救。就算是現在抓住真兇……也能補救回來！

正說著，對講機的聲音消失。海英看了看，信號已經斷了。材韓看著對講機的眼神顫抖著。

S／29　　　N，現在，另一處街道

海英更用力踩下油門。

海英(聲音)　是因為我……我要阻止……

S／30　　　N，廣域搜查隊辦公室

偕哲正在和秀賢通話。

偕哲　　　　現在申東勳的手機關機，無法確認位置。妳找申東勳幹嘛？
秀賢(聲音)　申東勳不見了，幫我請求一下支援。
偕哲　　　　得知道申東勳人在哪兒，才能請求支援啊！

S／31　　　N，道路某處

秀賢　　　　在漢陽大橋附近的可能性很大。
偕哲(聲音)　確定？
秀賢　　　　幫我請求支援到漢陽大橋附近。

秀賢掛斷電話，踩下油門，可以看到前面的路標指示牌寫著「漢陽大橋」。

夜晚，漢陽大橋中央處，可以聽到偶爾經過的汽車引擎聲。一個背影站在那裡，望著流淌的黑色江水。這時，大橋尾端傳來某人走來的腳步聲，大橋上的背影聽到腳步聲，側轉過頭，是京泰。從黑暗的大橋尾端走向京泰的腳步，是看上去失魂落魄的東勳。東勳從遠處看出京泰，眼神顫抖起來。

－　Insert
　　S 14，秀賢和刑警正準備出發。
　　東勳顫抖的視線正盯著手機畫面。是茹真在冷凍貨車裡凍得發紫的照片，還有文字：「12點漢陽大橋。如果帶警察來，溫度馬上會降至-50度。那你女兒就會當場死亡。想救你女兒，自己看著辦吧。」
－　回到漢陽大橋，東勳慢慢走向京泰。京泰望著東勳露出一絲冷笑，看到那笑容，東勳燃起怒火，走到京泰面前一拳狠狠打下去，接著抓起京泰的衣領。

東勳　　我家茹真在哪裡？茹真在哪裡？！

京泰　　眼睜睜看著女兒快死掉了，感覺如何啊？

東勳　　究竟是為什麼？為什麼這麼對我們？為什麼？！

京泰　　你也是這麼做的⋯⋯在漢陽大橋⋯⋯所以你也感受一下吧。女兒快死了，那種束手無策的心情⋯⋯

東勳　　（苦苦回想，陷入混亂）到底是⋯⋯為什麼⋯⋯

京泰　　（眼睛充血，慢慢露出笑容）我見過老鼠死在貨車裡，零下 20 度⋯⋯不到 5 分鐘老鼠就凍得結結實實的。

東勳　　（眼神顫抖）

京泰　　一隻老鼠被凍死要 5 分鐘⋯⋯那凍死一個人你說需要多久呢？

東勳一陣激動，然後逐漸崩潰。為了救女兒，東勳只好下跪，開始哀求京泰。

東勳	求求你……救救我女兒……求求你……是我錯了……求
	你放過我女兒吧！
京泰	你可沒時間在這裡耗了啊……不去救你女兒了嗎？

S／33　　　N，漢陽大橋附近街道某處／漢陽大橋

海英的車全速行駛，可以看到前面的漢陽大橋了。開上
漢陽大橋後，海英開始減速巡視四周。

海英	一定就在這附近……

海英繼續巡視，突然停車。海英發現欄杆對面、正望著
某處的京泰背影。

S／34　　　N，漢陽大橋附近，另一處街道

秀賢猛踩油門，看到了前方的漢陽大橋。

S／35　　　N，漢陽大橋

海英停好車後，閃躲過奔馳的車輛朝京泰跑去。汽車
「叭叭——」的喇叭聲響起。海英跑過馬路，直接撲倒
京泰。

海英	（確認京泰的長相後）吳京泰！申茹真在哪裡？

但京泰沒有看向海英，而是悵然若失的看向某處。

海英	（抓住京泰的衣領）我問你申茹真在哪裡？！

儘管如此，京泰還是不理睬海英，笑著望向某處。

京泰	恩智啊……等了……很久吧……

沿著京泰的視線看過去，海英變得驚慌。

S／36　　　N，漢陽大橋下，岸邊某處

淒涼的岸邊，只有一盞路燈的地方，矗立著一座陳舊、滿是灰塵的漢陽大橋罹難者慰靈塔。塔前某處正傳出過去的流行歌曲。畫面拉近，距離慰靈塔不遠處，停著一輛以前京泰開過的貨車，像是被遺棄了20年之久、生鏽破舊的貨車。貨車沒有熄火，卡帶插在播放器裡傳出了歌聲。這時，東勳從遠處氣喘吁吁的跑來，拚命搖著車門大喊：「茹真啊！茹真啊！」

S／37　　　N，漢陽大橋上

站在京泰身邊的海英連忙拿出電話，打給秀賢。

秀賢(聲音)　找到了嗎？
海英　　　　漢陽大橋南側，慰靈塔前有一輛貨車！

S／38　　　N，漢陽大橋附近另一處街道

正要開上漢陽大橋的秀賢立刻調轉方向，朝岸邊的入口快速行駛過去。

S／39　　　N，慰靈塔前

東勳竭盡全力想打開鎖得死死的貨車門，但怎麼也打不開，東勳用盡渾身力氣撞擊車門。

S／40　　　N，冷凍貨車內

凍得發紫的茹真彷彿失去了意識，垂著頭。

S／41　　　　N，公路某處

刑警們依舊在搜尋冷凍貨車。

S／42　　　　N，漢陽大橋上

海英取出手銬，銬住失魂落魄的京泰，遠方傳來警車的警笛聲。

海英　　　　吳京泰，你——有權保持緘默，並可以請求辯護律師……

說著，京泰突然發狂的笑了起來，但仍目不轉睛的盯著慰靈塔。

京泰　　　　太短了……
海英　　　　（看著）
京泰　　　　跟我的20年相比，你太短了……

海英看著那樣的京泰，愣住了。在這畫面之中。

監獄獄警　　收監初期好幾次試圖越獄，但失敗後就安靜下來了，開
(聲音)　　　始認真學習電工技術，也不怎麼愛講話。

S／43　　　　N，慰靈塔前

東勳瘋了似的搖晃車門，秀賢終於趕到，停好車後迅速跑向東勳。秀賢阻止東勳。

秀賢　　　　警察，請退後！

東勳退到後面，秀賢舉起手槍，對準貨車的鎖頭開槍。

S／44   N，漢陽大橋上

海英眼神不安，慢慢起身看向貨車。

海英(聲音)   電工技術……冷凍貨車製冷劑所需的 LPG 瓦斯。

S／45   N，公路某處

仍舊在搜查中的廣域搜查隊刑警們，發現前方黑暗的田埂間停著一輛冷凍貨車。

S／46   N，慰靈塔前，貨車內

秀賢取下鎖頭，走進貨車內，裡面一片漆黑。

S／47   N，漢陽大橋上

海英開始向貨車方向狂奔。

海英(聲音)   為了這個才學電工的，為了利用製冷劑，像自己女兒的下場一樣燒死申東勳！

S／48   N，Montage

   – 慰靈塔前，秀賢打開貨車門，裡面漆黑一片。
   – 海英疾速跑在橋與岸邊連接的路上。「車刑警！不要！」
   – 姜刑警打開停在田埂路上的冷凍貨車門，與被關在貨車裡的茹真視線相對。
   – 慰靈塔前，貨車內部，秀賢按下冷凍貨車內的電燈開關，車內空無一人。瞬間，「嚓嚓嚓」的火花聲音響起。

- 海英快速跑向慰靈塔前的貨車。「不要！」海英與按下電燈開關的秀賢視線相對，瞬間，秀賢所在的冷凍貨車棚頂燈泡噴出火花，貨車「碰」的爆炸了！爆破的威力把海英也推倒在地。衝擊的瞬間，失去了所有聲音，海英短暫失去意識。過了一段時間，警笛聲漸漸逼近，海英這才慢慢聽到現場的噪音。海英緩緩睜開眼睛，熊熊火焰燃燒著貨車。慢鏡頭，警員們從海英身旁經過，消防員手捧著水管奔跑著滅火……
- 廣域搜查隊辦公室。治秀接到電話，吃驚得愣在當場。
- 公路邊，救護人員為貨車裡的茹真裹好毯子、移送到救護車上。刑警在距離貨車不遠的地方接到電話，驚嚇的面面相覷。
- 漢陽大橋上，京泰被警察帶走。
- 大橋下，東勳在巡警保護下，上了警車。
- 回到慰靈塔前，大火已經熄滅，秀賢的屍體蓋著白布，被擔架從貨車裡抬了出來。海英眼神顫抖的望著……白布一邊掉出了秀賢被燒黑、血肉模糊的手。海英看到秀賢的手，這才回過神來，跑向秀賢的屍體，消防員攔下他。秀賢的屍體被抬上救護車，救護車漸漸遠去。海英在原地崩潰，究竟是哪裡出了錯！秀賢燒焦的警證進入海英的視線，他慢慢從地上撿起來，呆呆看著秀賢的警證。在這樣的畫面中。

S／49　　　　N，警察醫院太平間外走廊

太平間外的走廊上，或站或坐的海英、偕哲、憲基和治秀，都流露出茫然若失的表情。這時，走廊另一端傳來聲響。看過去，是秀賢的家人。秀賢的母親和秀敏、秀敏的丈夫，帶著孩子。大家都站起身，治秀表情嚴肅的低頭彎腰行禮。秀賢母親認出治秀。

秀賢母親　　這是怎麼回事？……我們家秀賢……不會的……不會的吧？

治秀	（沉痛）對不起。
秀賢母親	（幾乎要暈厥）我的……孩子……她在哪兒？為什麼會這樣？

秀敏攙扶著母親。海英看過秀賢的每一個家人。天寒地凍的冬天，秀賢母親穿著拖鞋就趕來，哭喊著：「秀賢啊……秀賢啊……媽媽來了！」母親終究還是暈了過去。看到這種場面的海英，眼中充滿內疚，在這畫面中，響起材韓的聲音。

材韓(聲音)	（迷茫的）我們錯了。不……是我……是我……錯了……

S／50　　　　N，長期懸案專案組

海英慢慢走進關燈的辦公室，呆呆站了一會兒才打開燈。辦公室空無一人，海英望著秀賢空蕩的辦公桌，桌上擺了一朵白菊花。海英慢慢走向秀賢的辦公桌，蝙蝠俠的相框進入眼簾。海英看到相框上寫著「一副手銬背負著2.5公升的眼淚」，然後放回原處。視線轉移到一角堆滿的檔案。在海英靜靜望著辦公桌的畫面上。

— Insert
第六集，S 28。
材韓與海英分別在過去與現在的車裡，用對講機通話。

材韓	你說得沒錯。這案子……應該讓它成懸案的……是我的錯。
海英(聲音)	請抓住真兇。

材韓顯得遲疑。

海英(聲音)	被我們搞砸的，就應該由我們補救。吳京泰出獄後正在計畫殺人，只要抓住真兇，就能挽救回來……

－	鏡頭回到長期懸案專案組，海英慢慢抬起頭。

海英　　　如果能抓住真兇……

S／51　　　N，過去，高級住宅某處

深夜，材韓仰望世奎家。

材韓(聲音)　　……可以改變未來。

S／52　　　D，過去，Montage

－　高級住宅附近街道。
　　材韓正與第五集，S 31登場的刑警站在咖啡販賣機前喝咖啡聊天。

刑警1　　　大家都很拚命的追捕啊，不過這案子都結束了，怎麼了？
材韓　　　　所以說，最初埋伏的地點（打開地圖，指著紅色的點）是這裡……我被撲倒的地方（地圖另一端藍色的點）是在這裡，你們是從哪頭跑往哪頭啊？
刑警2　　　（拿過材韓手上的紅筆）嗯……就是……過了遊樂場……

－　另一條街道，材韓正與巡警對話。

材韓　　　　（指著地圖）準確的說，你們是埋伏在這裡，沒錯吧？
巡警　　　　就是這裡。
材韓　　　　沒恍神？也沒去拉屎？
巡警　　　　啊，真是的，我便祕啦！

－　高級住宅某處，材韓正與檢查哨的戰警對話。

材韓	9月10日晚上沒有人過來吧？從那邊的山上？
戰警	要是過來了可是會出大事的，山上到處都是軍人啊……

聽了戰警的話，材韓表情嚴肅的看向地圖。

- 世奎家門前，材韓拿著地圖環視四周，又看了看地圖，紅色線標記的埋伏區域、藍色線標記的移動方向，連接得跟蜘蛛網似的。
- Insert
- 第五集，S 30。窗戶「哐啷」被砸碎的聲音，撕破耳膜的口哨聲，推開車門從破汽車裡衝出來的隊長、正濟和其他刑警。大家左顧右盼，朝喊著：「在那裡！」的方向不顧一切的跑去。

材韓(聲音)	刑機隊1組往東南方公車站的方向。

- 往另一個方向跑去的刑機隊刑警們。

材韓(聲音)	刑機隊2組往西側檢查哨方向。

- 第五集，S 31。兩、三名刑警追趕著前面的黑夾克（材韓）。

材韓(聲音)	管區1組南側遊樂場，管區2組西南側國小。

- 畫面回到世奎家門前，查看地圖的材韓。

材韓	沒有可以脫身的地方啊……到底……從哪裡溜走的呢？

材韓盯著地圖，感到混亂。

S／53　　　　D，現在，廣域搜查隊辦公室

　　　　　大批刑警走進廣域搜查隊大樓，海英像是在等其中的刑
　　　　　警1。

海英　　　　刑警，請問您之前也在這裡嗎？關於大盜案，我想問幾
　　　　　件……

　　　　　刑警們完全無視海英的存在。海英抓住刑警1的手臂。

海英　　　　只要一下子……

　　　　　話還沒說完，刑警1用力甩開海英。

刑警1　　　走開。

　　　　　沒等海英再開口，刑警1已經走遠了。

S／54　　　　D，現在，長期懸案專案組

　　　　　海英一臉鬱悶的回到專案組，只見偕哲和憲基站在一
　　　　　邊，面有難色的看著某處，義景正在整理秀賢的辦公
　　　　　桌。海英難以置信的看著義景。

海英　　　　現在這是在幹嘛？
義景　　　　啊……那個……三樓事務組說缺桌子。遺物也要整
　　　　　理……交給遺屬……
海英　　　　……叫他們找別的桌子去用，這張桌子不行。

　　　　　偕哲和憲基看到海英的反應，投來「幹嘛又自討沒趣」
　　　　　的眼神……

義景　　　　可是……上頭要我快點處理……

海英	上頭誰？誰讓你處理的？

說著，後面傳來治秀的聲音。

治秀(聲音)	是我。

海英轉過頭，治秀已經站在面前，後面路過的刑警們也都看過來，好奇發生了什麼事。

治秀	我們是領稅金的公務員，那桌子是用國民的稅金買的辦公用品，總不能一直閒放著吧？
海英	（不可思議的看著）
治秀	長期懸案專案組雖然缺了一名成員，但暫時還是以這個狀態進行。我知道很辛苦，但再撐一下，反正要不了多久，這個組就會解散的……

說完，治秀剛要轉身離開。

海英	一直都是這樣嗎？
治秀	（停住，看著）
海英	警察，一直都是這樣嗎？那是昨天還在一起生活的同事……怎麼能這麼做呢？要送走一個人……怎麼能這麼做呢？！

路過的刑警、偕哲、憲基和義景都不敢吭聲，看著眼前的狀況。

治秀	（看著海英，皺起眉頭）你做對什麼了，還好意思在這裡大吼大叫？車秀賢被炸死的時候，在一旁袖手旁觀的人可是你。
海英	（無話可說）……
治秀	金偕哲，還看什麼？你負責馬上整理。

治秀冷冷看著海英，走出辦公室。偕哲立刻察言觀色，開始整理秀賢的辦公桌，義景也來幫忙。海英無可奈何的看著眼前發生的一切，憲基投來溫柔的目光，走過來拍了拍海英的肩膀。

S／55　　　　N，同一場所

過了一段時間，沒開燈的專案組一片昏暗。海英仍舊以剛才那個姿勢站著，所有人都出去了，看不到任何人，秀賢辦公桌的位子清空了。海英站了良久，才邁開步伐回到自己位子坐下，鬱悶得簡直快瘋掉。他茫然若失的坐在那，忽然聽到秀賢的聲音。

秀賢(聲音)　　朴海英……你在這組裡是幹嘛的？

－　Insert
　　第3集，S68，秀賢對海英講。

秀賢　　　　只會說自己是罪犯側寫師。我在外面與證據、證人較量的時候，你必須像阿波羅11號的阿姆斯壯那樣在月球上俯瞰我，證據、證人和案件都要看成一個點，絕對不能參雜自己的感情。你不能這麼意氣用事。

－　回到專案組，海英陷入沉思。
－　過一段時間。
　　專案組的燈亮了，海英盯著電腦，一一查看大盜案的新聞。
－　海英把查到的一字一字寫在白板上。
　　第一起，1995年9月2日，犯案時間：白天。被害人：漢陽集團姜尚文會長家。大門開鎖方法無法確認。被盜物品無法確認。特點：姜尚文會長60壽宴，家中無人。
　　第二起，1995年9月5日，犯案時間：白天。被害人：才新日報高才明會長家。大門開鎖方法無法確認。被盜

物品無法確認。特點：高才明會長全家海外旅行，家中無人。

在海英寫下這些的畫面之中。

海英(聲音)　雖然沒有現場照片和調查資料……但在某處……某處一定會有線索。

第三起，1995年9月8日，犯案時間：夜晚。被害人：新國民黨張英哲議員家。大門開鎖方法無法確認。被盜物品無法確認。特點：張英哲議員參加出版紀念會，家中無人。

第四起，1995年9月10日，犯案時間：11點。被害人：首爾中央地檢韓石熙檢察長家。被盜物品無法確認。特點：韓石熙檢察長全家除獨生子外，均探訪親戚，家中無其他人。

證明吳京泰就是盜匪的證據：郵筒上的指紋。竊盜保險箱的手法：目擊者韓世奎的證詞。

海英(聲音)　對講機一定還會響起的。在那之前要找出來……證據、證人和案件都要看成一個點……絕對不可以感情用事……

S／56　　D，廣域搜查隊外景

S／57　　D，長期懸案專案組

走進專案組的偕哲停下來，看到白板上寫滿關於大盜案的內容以及正在分析的海英。不知不覺間，白板已經寫得密密麻麻。

海英(聲音)　情報太少了……靠新聞做罪犯側寫是有限的……調查資料……如果能看看當時的調查資料……

偕哲　　　　還是這個案子啊？差不多就可以了吧。

海英沒有理睬偕哲的話，繼續確認資料。忽然「啪」的一聲，一個文件夾丟在海英眼前。

偕哲　　　誰啊，怎麼把這種東西丟到垃圾桶了……

偕哲說完走了出去。海英心想這是什麼？看過去，褪色的文件夾上寫著「1995年，高層連續被盜案調查資料」。海英愣了愣，看向偕哲走出去的方向，視線轉回文件夾……調查資料終於拿到手了。

- 過一段時間。
- 正一頁頁翻閱資料的海英視線。
- 海英查看被盜物品清單，上面並排貼滿被盜物品的照片，可以看到其中有一條藍色鑽石項鍊。
- 盯著目擊者陳述紀錄的海英。
「目擊者姓名：韓世奎，年齡：21歲，第四起被害人韓石熙的獨生子，就讀名苑大學法律系，太榮高中畢業，太榮國中畢業……」
──看完個人資料，翻到最後目擊者陳述的部分，海英的視線忽然定住，重新翻回個人資料。

海英　　　太榮高中，太榮國中……

- 海英把被害人兒子們的個人資料都印出來，一張張並排貼在一起。

第一起，被害人姜尚文會長長子姜石浩。年齡40歲，當時年齡20歲。禹江大學經營系畢業。太榮高中，太榮國中……
第二起，被害人高才明會長次子高進友。年齡42歲，當時年齡22歲。禮京大學法律系退學，美國伊利諾大學畢業。西冕高中，太榮國中……
第三起，被害人張英哲議員兒子張基柱。年齡41歲，

當時年齡21歲。芝加哥大學畢業，太榮高中，正民國中畢業。

第四起，被害人韓石熙檢察長獨子韓世奎。年齡41歲，當時年齡21歲。名苑大學法律系畢業，太榮高中，太榮國中畢業。

海英盯著4張個人資料。
—　從網路搜尋到4個人的畢業照及校友會照片。

海英(聲音)　被害人家裡的四個兒子，是從小在同一個地方長大的兒時玩伴。自由出入彼此家也絕不會被懷疑的熟人犯案。

海英靜靜看著韓世奎的照片。

海英(聲音)　而且其中之一——韓世奎提供了目擊吳京泰的決定性證詞。

海英看著4張個人資料。

海英　唯一的目擊者，韓世奎……如果……他的證詞是假的……

S ／ 58　　D，過去，世奎家門前

高級轎車停在世奎家門前。司機下車打開後門，世奎下車，一直等在門口的材韓擋住正要回家的世奎。

材韓　韓世奎。（出示警證）刑機隊刑警李材韓。
世奎　（心想搞什麼，看著）
材韓　知道我吧？聯絡了你十幾次，連個回音都不給啊。
世奎　（眼睛眨也不眨）讓開。
材韓　（硬碰硬的表情，站在那裡）
世奎　叫你讓開，沒聽見嗎？
材韓　真是……有禮貌啊，不愧是讀過書的人。

世奎想推開材韓回家，但材韓依舊不肯讓開。

材韓	看你也是個爽快人，就省掉客套直接問你幾件事。你説
	那天去上廁所時看到了可疑人物。
世奎	真是有夠煩。
材韓	（忍耐）因為很重要，所以想再確認一次。那天盜匪是
	從東邊窗戶跑出去的對嗎？這附近埋伏了幾十名警察，
	竟然沒有一個人看到那傢伙的長相。
世奎	都説是了，煩不煩啊？

世奎想繞過去，材韓又攔住他，收起剛才半開玩笑的態
度，眼神變得極為認真。

材韓	當時，你説的是對面的窗戶。
世奎	（眼神遲疑了一下）
材韓	你從哪裡開始説謊的？
世奎	什麼……你在胡説什麼……
材韓	從一開始就沒有盜匪吧？
世奎	（眼神閃爍，不知所措）
材韓	如果有盜匪是絕對跑不出去的，為什麼要説謊？
世奎	（眼神閃爍）我沒話跟你説，滾開。
材韓	如果不是……那你就是盜匪？
世奎	（驚慌，朝後面的司機）還在幹什麼？！

司機上前擋在世奎和材韓之間，「您這樣，會讓人很為
難。」世奎走向大門。材韓看著世奎的眼神裡響起恩智
的聲音。

| 恩智(聲音) | 太不專業了。 |

－ Insert
　　第五集，S 34。

恩智	想想看，專業的大盜為什麼要把事情鬧這麼大呢？驚動了警察，連自己的飯碗也砸了。不是沒發現贓物嗎？這可不是小心謹慎，是不知道銷贓管道。
京泰	手法明明很業餘……但太容易了。財力出眾的富貴人家，保全可不是開玩笑的，進去得太容易了。會不會是熟人犯案？

－　回到世奎家門前，剛按下門鈴，大門就「吱」的打開了，材韓盯著走進去的世奎。

材韓(聲音)	輕而易舉就能進去的業餘盜匪，而且不會被任何人懷疑，那個傢伙……那個傢伙，是真兇。

S／59　　　　D，刑警機動隊辦公室，隊長室

一個菸灰缸向站著的材韓飛去，材韓敏捷的避開。隊長看著那樣的材韓，更加氣憤。

隊長	你瘋了？那是哪裡你敢往上爬？
材韓	哪有爬，我是用走的。
隊長	你在跟我開玩笑啊？
材韓	開玩笑的人應該是隊長才對吧？
隊長	什麼？
材韓	我們這些單純無知的傢伙在下面聽從指令，讓我們往哪兒跑就往哪兒跑……但隊長你不是都一清二楚嗎？
隊長	（看著）
材韓	刑機隊、管區組、巡查組在哪裡埋伏，往哪邊跑，隊長你都知道啊。

材韓把自己調查的地圖推向隊長。

材韓	那天如果真的有盜匪，不管他往哪跑都沒有出路，可是為什麼沒抓到人呢？因為一開始就沒有要抓的人，對不

對？

隊長 （沉下臉）

材韓 ……第四起被害人，韓世奎。那傢伙從一開始就在說謊，謊稱根本不存在的盜匪往那邊跑了。

隊長 ……反正人也抓了，案子也結了。

材韓 抓到人的關鍵線索也只有韓世奎的證詞，如果他從一開始就在說謊，那就必須重新調查。

隊長 韓世奎可是檢察長的兒子，他為什麼要說謊？

材韓 檢察長的兒子，生下來嘴巴就帶著測謊器了嗎？

隊長 不要一大早就打壞我的心情。

材韓 請您批准調查令。只要到那傢伙周圍調查，肯定能找出什麼。韓世奎要是做了偽證，這案子就必須翻案。

隊長 你以為是在烤煎餅？還翻案，翻什麼翻！好不容易保住局長的烏紗帽，上面也把案子按了下來，你就不要在這裡自找沒趣了。

材韓 隊長！

隊長 又髒又噁心的這群人也是講階級的，懂嗎？韓世奎講的那叫證詞，吳京泰講的那就是狗吠。

材韓 所以你是要我閉上嘴、看眼色辦事了？在這睜眼說瞎話的情況下？

隊長 想翻案就找出證據來，沒有確切的證據，再怎麼拚命也不會批准調查令的。

材韓 （憤怒又激動）哇，這世界，真是美好！

S／60　　D，過去，監獄會面申請室

　　　　坐在申請櫃檯前的職員對材韓說。

職員 吳京泰本人拒絕會面。

材韓 只要一會兒就好。

職員 本人很堅持，我們也沒有辦法。

材韓 （失望）

S／61　　　　D，材韓的車內

材韓很鬱悶、提不起精神，靠在座椅上用手揉著臉，這時聽到對講機的雜音和海英的聲音。

海英(聲音)　　李材韓刑警，你在聽嗎？

材韓立刻打起精神，快速從副駕駛座的抽屜取出對講機。

材韓　　　　是我。怎樣了？京泰哥怎麼樣了？

S／62　　　　N，現在，車內

畫面從11點23分的電子錶移動到坐在駕駛座上使用對講機的海英。

海英　　　　……有人死了。

S／63　　　　D，過去，材韓的車內

海英(聲音)　　警察……死了……
材韓　　　　（絕望的閉上雙眼）……
海英(聲音)　　……大盜案呢？真兇抓住了嗎？
材韓　　　　（盡力平復感情）……鎖定特定嫌犯了……但只到這裡。（鬱悶）沒有調查令很難在嫌犯周圍搜查證據。

S／64　　　　N，現在，車內

海英　　　　那個嫌犯是不是目擊證人韓世奎？

S／65　　　　D，過去，材韓的車內

材韓　　　　（愣住）你怎麼知道？

S／66　　　　N，現在，車內

海英　　　　我看了韓世奎的目擊者陳述，有可疑的地方。最初他指
　　　　　　證的是別人，後來才翻供說是吳京泰。一般這種情況
　　　　　　下，被害人的心裡會動搖，無法記住作案人的長相。韓
　　　　　　世奎卻清楚道出吳京泰的長相。

　　　　—　Insert
　　　　—　第六集，S 3，Montage 第一個畫面。
　　　　　　刑警把吳京泰20代中段的模糊照片拿給世奎確認。

海英(聲音)　當時，刑警拿出的照片是比逮捕吳京泰更早、超過10
　　　　　　年前的照片。

　　　　—　回到現在的車裡。

海英　　　　但是，韓世奎清楚描述出30代中段的吳京泰容貌，這也
　　　　　　更增加了證詞可信性。
材韓(聲音)　所以說……
海英　　　　韓世奎在案發前已經知道吳京泰，所以把他設定為目
　　　　　　標。

S／67　　　　D，過去，材韓的車內

材韓　　　　（驚訝）吳京泰是有過三次竊盜前科的貨車司機，不可能
　　　　　　認識韓世奎。

S／68　　　　N，現在，車內

海英　　　　雖然不知道他們怎麼認識的，但韓世奎肯定知道吳京泰。查出兩人怎麼認識的，就能搞清楚韓世奎在隱瞞什麼了。

S／69　　　　N，過去，材韓的車內

材韓　　　　（感到苦澀）吳京泰不肯見我，他一定……不想再見到我了……

S／70　　　　N，現在，車內

　　　　　　海英透過對講機，感受到材韓的沉默。

海英　　　　那這件事就交給我吧。雖然過了20年，但這裡也存在著吳京泰。請你在那裡找到證據，當時被盜的贓物到現在也沒有找到，也就是說，不是因為缺錢才竊盜。找到那些贓物，便會成為決定性的證據了。

S／71　　　　D，過去，材韓的車內

材韓　　　　必須找出來，我一定要找出來……警衛……那就請你去說服吳京泰了。

S／72　　　　N，現在，車內

海英　　　　刑警……請一定要解決這起案子……拜託了。

　　　　　　但看到對講機，已經斷了信號。海英靜靜看著對講機。

海英和現在年老的京泰面對面而坐，兩人之間隔著一張桌子。海英直勾勾的注視著京泰，但與海英不同，京泰顯得什麼都不想聽，不願看向海英，視線固定在會面室的角落。

海英	現在心情如何？
京泰	……
海英	想必很難受吧？下了 20 年工夫策畫出的報復計畫，結果失敗了……
京泰	（終於看向海英）
海英	現在申東勳和女兒應該抱在一起激動的直流眼淚，感受著幸福吧。

京泰戴著手銬的手，往桌上「噹」的一捶。

京泰	你再敢提那傢伙一次，我就先殺了你。
海英	不，你從一開始就沒找對目標，申東勳也不過是個被害人。
京泰	被害人？我女兒是被他害死的！
海英	在那種情況下，你也會做出相同選擇的。不是申東勳，要報仇就要找對人。造出那種大橋的傢伙，騙人說大橋安全的那群人。怎麼，不敢報復那些握有權力的人？建築公司會長，還有那些高高在上的公務員。
京泰	你懂什麼？敢在這胡扯！混蛋警察懂什麼？！
海英	沒錯。我也知道那群警察無能無恥！我和你一樣，不、甚至比你更切身感受到！但至少被你害死的那個警察不是！你害死了唯一一個可以理解你的警察！
京泰	理解我？這世上已經沒有理解我的人了……

京泰起身打算走出去……海英平復情緒，朝京泰的背影。

海英	真正的報復還在後面。
京泰	（漠然不理，打算走出去）
海英	你女兒恩智……
京泰	（遲疑）
海英	你女兒恩智被困住時，害你什麼都做不了的人……
京泰	（轉頭）
海英	那個人利用了警察組織，誣陷你。要讓那個人受到懲罰，才是真正的報復。
京泰	（看著）
海英	真正該受懲罰的人，現在還吃好喝好。現在……應該讓那個人付出代價才行。
京泰	（看著）
海英	我會幫你的，只要你提供協助，就能抓住那個人了。不……請你幫助我。那個人……必須抓住他。

海英看著京泰，眼神顫抖。

S／74　　　D，同一場所

海英和京泰隔著桌子，面對面坐著。

海英	（向站在後面的巡警）能把他的手銬解開嗎？

巡警看了看，解開京泰的手銬後又站回後面。海英對著
雙手沒有束縛的京泰。

海英	現在開始，你要試著回想起 20 年前的記憶。
京泰	（看著）
海英	線索就在大盜案發生的 1995 年 9 月，就從那年的 9 月 1日開始好了。有關那天的事情，想起什麼都行，任何想起來的事情都請講出來。
京泰	……什麼也記不起來了。
海英	那從早上開始好了。那天的氣溫攝氏 3 度，風很涼，天

空晴朗。

京泰　　（想記起什麼，卻想不起來）

海英　　（隱藏起焦急的表情）再小的事情也可以。慢慢想，會想起來的。

S／75　　D，過去，食堂

桌上放著兩碗還冒著熱氣的熱湯飯。望元（男，20代）加了很多醬料在湯裡，攪拌幾下，大口吃起來。

望元　　大哥，沒有水煮肉啊？

材韓　　你哪時開始吃起肉了……（受不了）點吧、點吧，阿姨！來盤水煮肉！

望元　　（又開始吃起湯飯）

材韓　　贓物一樣也沒出手？

望元　　（喝口水，點點頭）鐘路那邊的銀樓確實沒有，地下老闆和黑道的傢伙也都問過了，我能打聽到的範圍都問遍了，確實沒人接手。

材韓　　確定？

望元　　要是拿出來賣，警察那群人肯定先知道，大盜案可是鬧得滿城風雨啊。

S／76　　D，過去，世奎家前

材韓站在世奎家前的巷子，越過高高的圍牆，望著世奎家的高級住宅。

材韓(聲音)　贓物如果沒流到市場上，那就是還在盜匪手上。藏在哪裡了呢？……不可能藏在家裡，太多人進進出出了。

S／77　　D，過去，世奎的別墅裡

位於郊外的幽靜別墅。材韓破門而入，走進別墅內，後

面跟著管理員。

管理員	這是要幹嘛？
材韓	（出示警證）正在執行公務。

材韓快速查看客廳、臥房、廚房，打開所有有可能藏放
贓物的櫥櫃、衣櫃，但什麼也沒發現。這時，外面傳來
警笛聲。材韓轉身，管理員走過來。

管理員	沒有搜查令就在這裡亂翻？我報警了，你看著辦。
材韓	啊，我出去，我走。真是的……這人……

S／78　　D，過去，銀行大樓後方

建築後僻靜的場所，材韓正和銀行職員講話。

職員2	最近6個月裡，韓世奎沒有申請新的物品放到私人保險 箱。
材韓	真的，確定都查過了？
職員2	都查過了……不要再求我辦這種事了，很為難的……

材韓也露出為難的表情。

S／79　　N，過去，高爾夫球場更衣室

材韓環視四周，朝高級高爾夫球場的私人衣櫃走去。確
認四下無人，拿出別針打開了寫著H.S.K的衣櫃。裡面
除了高爾夫用品、衣服和鞋子，沒有其他特別的東西。
重新關上、鎖好櫃門。也不是這裡，材韓感到鬱悶。

S／80　　D，現在，廣域搜查隊拘留所，會面室

海英	9月10日是星期天。你星期天都做什麼？前一天9月9

日，你說一直到中秋還有貨要往仁川那邊運送。9月10日休息了嗎？沒去哪裡玩嗎？

| 京泰 | ……中秋隔天也在工作，那段時間是宅配最忙的時候，沒有時間休息。 |

京泰　……中秋隔天也在工作，那段時間是宅配最忙的時候，沒有時間休息。

海英　那天送貨去了哪裡？

京泰　……（努力回想）

海英　早上會去領取要運送的貨物，是什麼貨物呢？中秋的話，應該是魚或肉吧。

京泰　魚……（停住）

海英　（看著）

京泰　那天……宅配的是魚。桂壽洞……去了桂壽洞。

海英　（愣住，是大盜案發生的區域）桂壽洞？

S／81　　N，過去，世奎家前

貨車停在世奎家門前，貨車後門敞開，京泰正往外搬鮮魚禮盒。這時，一輛高級紅色轎車停在貨車旁。司機打開車門，世奎下車，朝家門走去時撞到了捧著鮮魚禮盒的京泰。京泰失去平衡，禮盒裡的魚都掉到了地上。鮮魚禮盒裡的冷凍冰塊和汙物濺到世奎的皮鞋上……

世奎　（不耐煩）啊，真是的，髒死了……

京泰　（用手幫世奎擦皮鞋）哎喲，真對不起，沒事吧？

世奎　還不拿開你那髒手？

世奎推了京泰一把。京泰摔倒時用手扶了一下，手指碰到了郵筒。京泰驚慌的看了看世奎，但掉在地上的鮮魚更重要，京泰馬上撿起鮮魚放回禮盒內。世奎踢了魚一腳。

世奎　媽的……這味道，啊，髒死了。

世奎不耐煩的朝大門走去，京泰連氣都沒空生，拚命裝

著鮮魚。

S／82　　　　N，過去，世奎家前／材韓的車內

夜晚，沒有人走動的世奎家門前，材韓車內。
材韓望著上個畫面中，京泰撿起鮮魚的地方，震驚的講
著對講機。

材韓　　　難道就因為這個……才誣陷京泰哥的？作偽證說看到京
　　　　　泰哥的長相？（難以置信，對世奎感到氣憤，自言自語）
　　　　　從一開始……只要自己不被懷疑……隨便找個人頂罪……
　　　　　這王八蛋……

S／83　　　　N，現在，海英的車內

海英心緒紛亂，看了看對講機。

海英　　　贓物呢？找到了嗎？

S／84　　　　N，過去，材韓的車內

材韓　　　（鬱悶得直打自己的頭）贓物、證據。證據……只要有調
　　　　　查令（說著，激動得快哭出來）你那裡也是這樣嗎？只
　　　　　要有錢有勢，就算做出再混帳、再無賴的事，也能吃得
　　　　　好、過得好嗎？

S／85　　　　N，現在，海英的車內

跟隨手握對講機的海英視線，看到世奎家經營的嶄新氣
派的律師事務所大樓前，停著一輛進口高級轎車，世奎
和祕書從大樓裡走出來。雖然世奎已經是40代的中年
人，但依舊很時髦，也很傲慢無禮。

材韓(聲音)	已經過去20年了……至少應該有什麼不一樣了吧？……是不是？
海英	（講不出口）……是……不一樣了……和過去不一樣了……只要改變成那樣……就可以了。

S／86　　N，過去，材韓的車內

材韓的表情變得陰沉。海英的聲音從對講機裡傳來。

海英(聲音)	吳京泰的證詞裡一定有線索，李材韓刑警，你一定要抓住真兇，我這裡做不到。

材韓陷入沉思，突然……

材韓	……車……你說車是什麼顏色？

S／87　　N，現在，海英的車內

海英	（打開筆記本確認）紅色，怎麼了？

S／88　　N，過去，世奎家前

世奎的轎車從遠處駛近，在家門前停下來。是白色的轎車。材韓望著那輛車，眼神漸漸轉變。

材韓	或許可以抓到他了。

S／89　　N，現在，車內

司機打開車門，祕書向上了車的世奎90度鞠躬。舉手示意後，車出發了。海英看著舒舒服服坐在後面的世奎，耳邊響起材韓的聲音。

材韓 (聲音)　　不，一定可以抓到。

S／90　　　　N，過去，車內

過去，材韓望著的世奎從司機打開的車門走下來的樣子；現在，海英看著從律師事務所出發的世奎，畫面一分為二，響起材韓的聲音。

材韓 (聲音)　　你這次……死定了！

第六集　終

第七集

－　過去，漆黑的夜晚，一輛車僅憑昏暗的車燈行駛在沒有一盞路燈的路上。材韓坐在駕駛座上開車。

材韓(聲音)　　怎樣才能抓住藏在自己家的老鼠呢？

－　過去，白天，世奎家門前。材韓走近正在為世奎洗車的司機。司機看到材韓，嚇了一跳。

材韓　　　　（掃視車子）年紀輕輕的傢伙，車還真是有夠大！快跟我家廁所差不多大了。
司機　　　　有什麼事嗎？
材韓　　　　我說，除了這輛，別的車都停哪了？有錢人家的少爺怎麼可能只有這一輛車？
司機　　　　（遲疑）只有這一輛車。
材韓　　　　……那是我聽錯了？聽說除了這輛白的，還有一輛啊……
司機　　　　（緊張的眼神）
材韓　　　　花哨的……比如，紅色。
司機　　　　……要我說幾次啊？除了這輛沒有別的了！
材韓　　　　……是喔，那就當只有這一輛好了。要是找出來就有意思囉……辛苦了。

材韓轉身走遠。

－　過去，夜晚，世奎家門前。司機表情緊張，從家裡出來後巡視了一下四周。確認沒人後，上車出發。車子從住宅區開出來。這時，材韓沒有開車燈，守在幽暗的巷子裡，開車悄悄尾隨在後。在材韓的畫面之中。

材韓(聲音)　　因為韓世奎是富家子弟，家裡有錢有勢就不給我批調查令。但他也是個不懂人情世故、膽小如鼠的傢伙，只要試探一下就會露出馬腳。

- 過去，夜裡，第六集，材韓去過的別墅。
  司機打開車庫門，車庫裡停著一輛罩著防塵車罩的車，
  掀開車罩，露出第六集遇到京泰時開的紅色轎車。
- 現在，坐在車內用對講機的海英（接第六集，S 89）

海英　　你說得沒錯，對方一點也不專業，不會藏得那麼周全。
　　　　家裡很危險，所以不會放在家裡……極有可能藏在其他
　　　　人難以接觸，只屬於自己的空間。

- 過去，夜晚，別墅附近道路某處。
  材韓盯著司機把紅色轎車開往某處，也開著車尾隨。接
  第一個畫面，僅憑昏暗的車燈行駛在漆黑路上的材韓。
  在這畫面之中。

材韓(聲音)　其他人難以接觸，只屬於自己的空間……方便隨時轉
　　　　移、可以保管贓物的空間……車……

- 過去，夜晚，河塘。
  紅色轎車開到河塘邊停下來。司機熄火下車，查看四
  周，動手把車往河塘裡推。突然，手電筒的光照在司機
  臉上。司機驚嚇的望過去，只見材韓慢慢朝司機的方向
  走來。司機被材韓出乎意料的登場嚇得想跳上車，但材
  韓更快一步，拿出手銬把司機銬在車門上。

司機　　（驚嚇的表情）我、我什麼都不知道啊！都是上面叫我這
　　　　麼做的。

　　　　材韓沒有理睬司機，逕自走到車尾打開後車廂，用手電
　　　　筒照了照。

S／2　　　　D，過去，刑警機動隊大樓停車場

清晨，警局停車場響起一陣轟隆的汽車引擎聲。刑警都聚集在格外顯眼的紅色進口轎車尾端。大家張大嘴巴盯著裡面。隨著視線看到後車廂裡，有個黑色包包，裡面裝滿贓物。材韓把坐在副駕駛座、戴著手銬的司機拽了出來，朝目瞪口呆的隊長。

材韓　　　證人加上確切的證據，能批逮捕令了吧？管他什麼檢察長的兒子⋯⋯

S／3　　　　Montage

- 現在，夜晚，長期懸案專案組。海英趴在桌上睡著了。
- 過去，白天，世奎家門前。
　世奎從家裡走出來，忽然停住腳。只見材韓和刑警正朝自己走來。材韓看了看世奎，直接用手銬逮捕他。世奎十分驚訝。

材韓　　　韓世奎，以桂壽洞連續竊盜案的嫌疑逮捕你。你有權保持緘默，並有權請求律師在場。

世奎的臉瞬間僵住，材韓貼近世奎的耳邊悄聲說。

材韓　　　懂點法律的老爹恐怕這次也幫不上你了，贓物上可到處是你的指紋呢。

世奎的眼神顫抖。

- 現在，夜晚，長期懸案專案組，風吹了進來。
- 過去，清晨，韓石熙檢察長前往警察廳。警衛用身體阻攔記者，閃光燈此起彼落，韓石熙默默走進警察廳。在這畫面之中，主播報導。

主播	大韓民國輿論沸沸揚揚的高級住宅連續竊盜案，又稱大盜案的另一名嫌犯，已於今日下午落網。嫌犯韓某正是現任首爾中央地檢檢察長之子，韓某與被盜高層的交情深厚，利用這層關係進行竊盜，令人震驚。

- 法院前，面對記者進行採訪的律師。

律師	我的委託人韓某，在吳某被捕後深受良心譴責，寢食難安，最終受到良心指引，在決定自首的途中遭到逮捕。被害人都希望和解，考慮到一切騷動的起因只是源於少年單純的好奇心，相信法院會做出合理公正的判決。

- 過去，清晨，京泰從監獄釋放。與第五集一樣，漸漸消失在清晨的光亮裡。

S／4　　　　D，現在，長期懸案專案組

陽光燦爛的早晨。海英趴在桌前睡覺，輕輕吹進來的風從海英身邊繞了一圈吹過……海英慢慢睜開眼睛，陽光從窗外照進來，海英揉了揉眼睛。接著人們講話的聲音從遠處傳來，偕哲和憲基走進專案組。

偕哲	所以我說，要查五大洋……
憲基	（對偕哲的話似聽非聽）不是啊，辦公室裡怎麼可能沒有濃縮咖啡機呢。
海英	（半睡半醒、抬起頭）車秀賢刑警呢？

偕哲和憲基一臉怪異的看著海英。

海英	……車秀賢刑警呢？

偕哲和憲基奇怪的望著海英。偕哲用手指在頭旁邊打

圈,意指他是不是瘋了。

S／5　　　D,秀賢家外景

畫面特寫、猶豫不決、想按門鈴的手。畫面移動,海英
站在公寓走廊,猶豫著要不要再按一次門鈴。門毫無動
靜,海英正打算再按一次時,門忽然打開,裡面探頭出
來的是秀賢的母親。

秀賢母親　　你是……?
海英　　　　(看了看,鞠躬)您好,我是長期懸案專案組,車秀賢
　　　　　　刑警的同事朴海英。
秀賢母親　　(新奇的看著)是秀賢的同事啊,快請進!

S／6　　　D,秀賢家

海英尷尬的走進屋裡,聽到孩子們打鬧的槍聲。海英順
著聲音看過去,只見秀賢的房門開著,裡面裝潢的像算
命屋似的,粉紅色被子、粉紅色窗簾、粉紅色的床。孩
子們在床上跳來跳去,踩著只露出一個頭的秀賢。不小
心踩到了要害,秀賢「呃!」一聲掀開被子,看到秀賢
一身的粉紅色運動服。海英驚訝的望著秀賢。

秀賢　　　　(朝愣愣盯著自己的海英)看什麼?第一次看到人生病啊?

S／7　　　D,長期懸案專案組(海英的回憶)

接 S 4。
海英看了看偕哲和憲基,視線移動到旁邊,只見熟悉的
秀賢辦公桌、熟悉的蝙蝠俠相框。海英呆呆望著秀賢的
桌子。

憲基　　　　(詫異)車秀賢刑警……不是請病假了嗎?

秀賢的房門關著，海英坐在客廳。追打著展開槍戰的孩子們踩到海英。海英暗暗「啊……」，但不好意思喊疼。秀賢的母親端來水果和茶。

秀賢母親　　（新奇的看著）這還是第一次有同事到家裡來找秀賢……話說，你多大了啊？

這時房門打開，換好外出服的秀賢走出來。

秀賢　　　　有什麼好好奇的？
秀賢母親　　妳幹嘛換衣服啊？
秀賢　　　　（咳嗽）警局都派人來了，不就說明忙得不可開交嗎？
海英　　　　不……不是的。
秀賢　　　　（踢了海英一腳）走吧。
秀賢母親　　生著病這是要去哪裡啊？
秀賢　　　　警局肯定有處理不了的事情，才派他來的。（朝海英使眼色）
海英　　　　……對，警局有很重要的事情，沒有車秀賢刑警做不了……
秀賢母親　　那個，說真的，你今年多大了啊？

秀賢母親緊追不捨，秀賢幾乎是用腳把海英推出去的。兩人走出家門。

S／9　　　　　D，海英的車內

海英開車，坐在副駕駛座上的秀賢一直咳嗽，擦著鼻涕。海英不停轉頭看秀賢。

秀賢　　　　幹嘛一直看我？
海英　　　　……妳還好嗎？還是休息一下吧？
秀賢　　　　你覺得那叫休息嗎？

海英開著車，還是不停看向秀賢。

秀賢	又看什麼啊？
海英	……妳沒後悔過嗎？
秀賢	（看著）
海英	……那是很危險的事情啊，當警察……
秀賢	你今天是怎麼了？
海英	每天都要跟罪犯接觸，結了婚也不能過正常生活。
秀賢	（打斷講話）行了，就停在前面的汗蒸幕吧。
海英	嗯？
秀賢	叫你停車。

海英停車，秀賢咳嗽著下車。

秀賢　　　　我不在可別偷懶啊，下個案子要查什麼，好好寫份企畫
　　　　　　書。

秀賢走進汗蒸幕消失了。海英望著秀賢的背影。

S／10　　　　N，現在，長期懸案專案組

海英在網路上查找過去的新聞。

海英(聲音)　因大盜案接受判決的韓世奎雖然被判有罪，但念在他是
　　　　　　初犯，並反省了自己的罪行，判處6個月有其徒刑、緩
　　　　　　期2年，就被釋放了。

　　　　　　海英在搜索欄輸入「韓世奎」，網頁上出現的韓世奎律
　　　　　　師，與第六集S 85的照片一樣。是法務法人HK所屬律
　　　　　　師，父親韓石熙是HK律師事務所的代表律師，簡介裡
　　　　　　還寫著韓國律師協會執行董事等職務。
　－　　　　接著海英又在網路上查看其他新聞。1995年，漢陽大
　　　　　　橋坍塌事件的相關新聞只有簡單三行左右。「漢陽大橋

事件中懷恨在心的30代前科犯，以殺人罪被起訴」，海英靜靜看著那篇新聞。

S／11　　　　D，過去，監獄會面室

門開了，與獄警一起走進會面室的囚犯京泰，材韓隔著玻璃望著坐下來的京泰。京泰面對材韓坐下來。

材韓　　……我是白忙一場了。
京泰　　……
材韓　　要是知道你會去殺人，我就不替你洗清罪名了。

－　Insert
　　東勳家門前。東勳準備出門上班，突然有人迎面撲過來。東勳痛苦得抱著肚子倒在地上。京泰望著手握沾滿血跡的刀子、倒在血泊中的東勳。
－　回到監獄會面室。

京泰　　那傢伙受到應得的懲罰，我也受到應得的懲罰。
材韓　　（壓抑）為什麼只有你是這樣啊……
京泰　　……
材韓　　全都各歸原位了，為什麼只有你還是這樣……為什麼這麼蠢！那些壞人以後會把這些事忘得一乾二淨，還是吃好睡好……只有你……一個人這樣啊。

看到京泰憔悴的模樣，材韓心中充滿愧疚。

S／12　　　　D，現在，監獄外景

海英把車停在監獄門前，仰望建築。

S／13　　　D，現在，監獄服務檯

海英詢問站在服務檯的職員。

海英　　　名字叫吳京泰……聽說是在這裡收監時死亡的。

S／14　　　D，監獄附近山上

監獄後方低矮的山上。海英在獄警帶領下走上山，走在
前面的獄警停下腳步。

獄警　　　就是那裡。

看過去，不是什麼像樣的墳墓，只是長滿零星野草的荒
涼土堆，有4個巴掌大小的木牌插在上面。其中一個上
面寫著「吳京泰1958～2005」。在望著木牌的海英視
線之中。

－　Insert
－　第二集，S 25，樹葬的海英哥哥木牌寫著「朴善宇1983
　　～2000」。
－　回到山上。

海英　　　沒有墓，也沒有石碑……就這樣嗎？
獄警　　　沒有親人，無人認領的屍體只能這樣處理。

海英遺憾的注視木牌。

海英(聲音)　即使過去改變了，也有沒能改變的……世界還是那麼不
公平。

海英靜靜望著京泰淒涼的最後一幕。

S／15　　　　D，過去，刑警機動隊，辦公室

　　　　　　　材韓手拿報紙走進來。正濟一臉嚴肅、正在和其他刑警
　　　　　　　講話，材韓走向正濟。

材韓　　　　隊長呢？一整天都聯繫不上人。
正濟　　　　喂……
材韓　　　　（環視四周）韓世奎這兔崽子，說什麼只是單純的好奇
　　　　　　心……哪有因為好奇心一連竊盜三家的瘋子？
正濟　　　　喂！
材韓　　　　不只如此，還有沒有找到的贓物呢！檢察官那群傢伙連
　　　　　　查都不查就結案了。
正濟　　　　現在不是說這些的時候。

S／16　　　　D，過去，刑警機動隊，隊長室

　　　　　　　隊長正在整理行李，材韓猛的打開門闖入。

材韓　　　　這是在幹嘛？
隊長　　　　上面指東，誰敢往西走啊。
材韓　　　　怎麼回事？我們做錯什麼了？事前也沒通知，就這麼把
　　　　　　人趕走？
隊長　　　　喂，吵死了，沒看過工作調動嗎？
材韓　　　　（嚴肅）是韓世奎吧？
隊長　　　　（看著）
材韓　　　　是不是韓世奎還有別的事？他可不是出於單純的好奇心
　　　　　　做出那種事的傢伙。
隊長　　　　（看著，壓低聲音）你……知道振陽市吧？
材韓　　　　知道。這次新建的新都市。
隊長　　　　調查漢陽大橋坍塌的調查組在調查施工的世江建設時，
　　　　　　察覺到這與振陽市開發案有關，涉及到政界和財閥的大
　　　　　　型貪汙，來回的金額就破兆了。而且……這次被盜的三
　　　　　　家都與這案子有關。

材韓	（臉色漸漸沉下來）
隊長	更重要的是，韓世奎不知道是有意還是無意，被他偷走的贓物裡藏著能揭發這起貪汙案的關鍵證據。
材韓	……所以，檢察官也不查下去，就這麼結案了？
隊長	所以說……你也裝作不知道、老實待著吧！這案子可不是我們這些臭刑警能攪和的局。

這時，後面傳來說話聲。

范洙(聲音)	還沒走啊？

隊長和材韓轉過頭，30代中段、目光冷漠的范洙站在隊長室門口。材韓愣在那裡。

隊長	（隨和笑容）啊，已經來啦？（看著材韓）打個招呼。這位是接替我的金范洙隊長。

材韓靜靜看著，隊長抱起整理好的箱子。

隊長	（朝范洙）好好照顧孩子們。
范洙	沒把孩子管好才被趕走的人，竟然要我照顧他們？都是您把他們寵壞了，才被擺了一道，不是嗎？不過您放心，我會好好管教他們的……

隊長語塞，板著臉朝范洙勉強笑了笑，苦澀的走出隊長室。材韓一臉怒氣，正要跟著隊長出去，經過范洙身邊時……

范洙	你就是李材韓？
材韓	（停下來看著）
范洙	我最討厭那種傢伙，自以為是，就跟放肆的泥鰍一樣。就因為那一個傢伙，攪渾了海裡的水。
材韓	（氣得嘆口氣）搞什麼，這骯髒的世界還真是一刻也不

让人輕鬆。

范洙	（看著）
材韓	（要吃掉范洙似的眼神）這也太明顯了吧，抓到韓世奎連獎賞都沒有，這種時候不但把隊長趕走了，還把上頭養的走狗也放進來，看來是要使大力隱藏什麼啊。
范洙	（眼神變得冰冷）
材韓	您放心，我不會辜負您的期待，我會好好的盡情放肆的。

范洙靜靜看著走出去的材韓。

S／17　　　　D，過去，刑警機動隊辦公室

材韓坐在辦公桌前，重新翻看大盜案調查紀錄。

—　Insert
　　刑機隊辦公室桌上放著黑色包包，取出每一樣贓物擺在桌上，接著在相應的清單上畫掉。但是沒看到藍寶石項鍊。清單上標記著「遺漏」。
—　回到辦公室，材韓看著清單，畫面上響起 S 16，隊長的聲音。

隊長（聲音）	韓世奎偷的贓物裡有揭露貪汙真相的關鍵證據。

材韓凝視著清單上藍寶石項鍊的照片。

| 材韓 | 消失的贓物……在張英哲議員家偷的藍寶石項鍊…… |

S／18　　　　D，過去，世奎家門前

在世奎家門前停著一輛高級轎車，後座坐著律師和剛從拘留所出來的世奎。

律師	已經一個半月沒回家了吧？
世奎	（沒回答，準備下車）
律師	請記住，張英哲議員和其他長輩是以找回項鍊為代價，才同意和解的。
世奎	（看過去）
律師	您也是明白的，還請不要洩露給外人。

世奎感到畏懼，看著禮貌裝出假笑的律師。

S／18-1　D，過去，英哲地方選區辦公室大樓前

高級轎車停在大樓前，助理打開車門，英哲（40代中段，男）走下車。等候已久的記者見英哲出現，馬上喊著「張英哲議員」並遞出麥克風。

記者1	大盜案的嫌犯韓某今天早上以緩刑被釋放了，很多人覺得處罰得不痛不癢，對此您怎麼看？
記者2	身為大盜案的被害人，請您說句話吧！
英哲	（露出從容的笑）我想法院已經做出明智的判決。

像是習慣了這種場合，英哲只講了一句話便走出記者的包圍。這時傳來一個聲音。

材韓	消失的贓物找到了嗎？

英哲看過去，只見材韓扒開記者走上前，像要攔住英哲。材韓站在那裡看著對方，英哲以毫無情感的眼神看著材韓。材韓出示自己的警證。

材韓	首爾廳刑機隊重案一組李材韓。聽說贓物沒有全部找回來，您就答應和解了，肚量真是大啊。

這時，在英哲兩側保護他的助理上前推開材韓：「請讓

開！」助理使了個眼色，辦公大樓的保全也上前阻攔記者，材韓突破防線，快步追上英哲。

材韓　　　不只韓世奎，您要是對之前抓到的吳京泰也能這麼寬宏大量該有多好啊？難不成……韓世奎是因為消失的藍寶石項鍊，迫於無奈才被放出來的？

英哲看著材韓。雖然保全攔下了記者，但大家都在注視著兩人。英哲原地不動的瞪著材韓，突然朝材韓走來，伸出手。材韓心想，他這是要幹嘛？……英哲伸出手，幫材韓拉平被助理扯歪的衣領。

英哲　　　真是……辛苦你了。

英哲說完，轉身走進大樓。材韓透過玻璃門望著英哲的背影。

S／19　　　N，現在，廣域搜查隊頂樓天臺

秀賢在喝咖啡，海英走過來站在旁邊。

海英　　　這麼冷，怎麼跑出來了？
秀賢　　　那你幹嘛也出來？
海英　　　感冒好點了嗎？
秀賢　　　別再提感冒了，很丟臉。
海英　　　照顧好身體，不要生病，也不要受傷。
秀賢　　　……（一臉「他搞什麼」的詫異表情）
海英　　　（開玩笑語氣）一把年紀了，再怎麼說也要身體健康才會有人娶啊。
秀賢　　　找死嗎？
海英　　　（喝了口咖啡）還記得那時講的話嗎？
秀賢　　　什麼話？
海英　　　我問過妳，如果從過去傳來對講機信號，意味著什麼。

秀賢	（看著）
海英	那時妳說，與其什麼都不嘗試就後悔，不如嘗試了搞得一團糟也好……但是……似乎不是那樣。那種對講機不接也罷，搞不好……一切會變得更糟糕……

在海英畫面之中，響起「吱吱吱」的對講機雜音。

S／20　　　　N，現在，長期懸案專案組

深夜，所有人都下班了，專案組空無一人。時間指向 11 點 23 分。海英坐在辦公桌前，看著頻率晃動的對講機，對講機那頭傳來材韓的聲音。

材韓(聲音)	朴海英警衛。是我，李材韓。
海英	（靜靜看著對講機）
材韓(聲音)	警衛？在聽嗎？韓世奎被捕了。
海英	（看著對講機，回答）我知道。

S／21　　　　N，過去，刑警機動隊辦公室某處／走廊／緊急出口

所有人都走了的昏暗走廊，材韓巡視四周後，走到沒人的緊急出口。

材韓	但這不是結束，韓世奎不是出於單純的好奇。贓物不見了，是藍寶石項鍊。那裡一定藏著更大的祕密。
海英(聲音)	刑警……

S／22　　　　N，現在，長期懸案專案組

海英	那時你說過，這個對講機根本不應該開始……
材韓(聲音)	警衛……
海英	這個對講機為什麼會開始，為什麼偏偏是我們兩個人……雖然不知道……但我現在覺得應該停止了。

材韓(聲音)	你這是什麼意思？
海英	我們這麼做也改變不了世界，只會……帶來混亂而已。這次也是，差點犧牲掉一位無辜的警察。

S／23　　N，過去，刑警機動隊大樓緊急出口

材韓	等一下，你那裡可以知道的，告訴我贓物的去向。韓世奎都把京泰哥害成什麼樣了！

S／24　　N，現在，長期懸案專案組

海英注視著材韓的人事檔案。

海英	請務必……小心身體。

S／25　　N，過去，刑警機動隊大樓緊急出口

材韓	警衛、警衛！雖然不知道這對講機哪裡出了錯，但犯了法，就算有錢有勢，也該讓他受到應有的懲罰啊！這才是我們警察該做的事啊！

對講機安靜下來。材韓焦急的喊著：「警衛！」但對講機已經斷了信號。

材韓	（煩躁）媽的！

S／26　　N，現在，長期懸案專案組

海英看了看材韓的人事檔案，然後放進碎紙機。海英看著被粉碎的材韓人事檔案掉進下面的編織袋裡，又看了看手裡握著的對講機，一起丟進編織袋裡，打好結。

S ╱ 27　　　N，廣域搜查隊大樓後方

聚集碎紙垃圾的地方。海英提著裝有對講機的編織袋來到擺著很多編織袋的地方。海英把編織袋放在眾多袋子之間，看了半晌，最後像下定決心般，轉身消失在黑暗中。片刻的寂靜後，遠處大樓陰影裡走出一個人影。黑影看了看編織袋，解開袋口，看到裡面的對講機愣住了。拿出對講機的手。靜靜看著對講機的人影，正是面無表情的治秀。治秀盯著對講機下面貼著、早已褪色的黃色笑臉貼紙。

S ╱ 28　　　N，廣域搜查隊大樓走廊

要上班的秀賢走在走廊上，看到治秀從遠處走來，用眼神打了個招呼。

治秀　　　點五。
秀賢　　　（愣了愣，轉身）好久沒聽人這麼叫我了，還真教人懷念。
治秀　　　那就再聊聊以前的事吧？還記得李材韓刑警像護身符一樣帶在身上的對講機嗎？
秀賢　　　（遲疑一下，看著）
治秀　　　黃色的笑臉貼紙……是妳貼上去的吧？

秀賢看著治秀，在秀賢的視線之中。

S ╱ 29　　　D，過去，刑警機動隊大樓後方停車場，機動車內

20代的秀賢緊張的坐在駕駛座上、盯著正前方，旁邊副駕駛座上坐著滿腹牢騷的材韓。

材韓　　　點五，準備好了嗎？
秀賢　　　是！
材韓　　　出發。

秀賢打好檔，腳鬆開離合器，踩下油門。機動車開始向前。

秀賢　　　　（自己也嚇了一跳）動了！

說出這句話的同時，瞬間引擎「嗞嗞」熄火了，秀賢和材韓身體往前衝了一下。秀賢難為情的看著材韓。材韓表情快要抓狂。兩人正在刑機隊大樓後的停車場練習開車。

材韓　　　　喂！放開離合器後要馬上踩油門。
秀賢　　　　（重新打檔）我再來一次！

機動車再次向前行駛，但還是沒走多遠就熄火。秀賢驚叫出聲，看向材韓。

材韓　　　　哇……真是，妳真是勁敵。

S／30　　　　D，過去，刑警機動隊大樓後方停車場

聚集在大樓一角的正濟、材韓和刑警1。背景是還在走走停停的機動車。

材韓　　　　把她趕走吧，無解的。
正濟　　　　長得很漂亮啊。
材韓　　　　（指著身後）沒看到嗎？連機動車都不會開，還混什麼重案組。
刑警1　　　　配個司機不就行了。
材韓　　　　她是貴婦嗎？還有，憑什麼每次都是我教開車？不是說好了輪流嗎？反正我不管，我沒時間教她。

這時，正濟突然發現什麼。

| 正濟 | 快閃！ |

只見機動車向材韓這邊衝了過來。

S／31　　　D，過去，刑警機動隊辦公室

開會前，慢慢聚集的刑警們。秀賢穿梭在刑警間，送著用紙杯泡好的即溶咖啡。送給材韓時，眼神比給其他刑警時特別不同。

秀賢	放了2勺糖、2勺奶精。
材韓	（看了看）我只喝罐裝的。還有⋯⋯妳是咖啡廳服務生嗎？妳是來當警察的，不準備開會送什麼咖啡？表現給誰看啊？
秀賢	⋯⋯（不高興）
正濟	（戳了戳材韓）喂。

材韓完全不在意，秀賢雖然心裡不是滋味，但還是控制住情緒。

S／32　　　N，過去，同一場所

秀賢在材韓辦公桌放上一罐咖啡，咖啡下面墊了一張寫著「謝謝前輩每次都教我開車～」的紙條，但心裡總覺得不太妥當，又用筆把心塗掉了，然後把咖啡放在堆滿書和文件的角落。秀賢在文件下發現了什麼，翻開一看，是個舊型對講機。

| 秀賢 | 沒上繳嗎⋯⋯？ |

這時，正濟從秀賢身後走過，丟下一句。

| 正濟 | 不要隨便亂碰啊，那可是材韓的護身符。 |

秀賢	護身符？

秀賢望著對講機，像是想到什麼，拿出自己的警證。秀賢從警證後面取下一張笑臉貼紙，貼在材韓的對講機下面，心滿意足的看著。

S／33　　D，現在，廣域搜查隊大樓走廊

從秀賢的回憶回到現在。

秀賢	為什麼突然問起那個對講機……？
治秀	（看著）妳在國科搜那邊可是出了名的，據說只要發現白骨就會跑去。
秀賢	（看著）
治秀	可是……找李材韓的人可不只妳一個。
秀賢	什麼？
治秀	（盯著秀賢）朴海英在挖李材韓的底……
秀賢	……（詫異）朴海英？
治秀	他很明確的問過我，認不認識振陽警局重案組的李材韓。
秀賢	……朴海英怎麼會知道前輩……
治秀	家人或親戚都沒有和李材韓有關聯的人，李材韓失蹤的時候，朴海英也不過是個十幾歲的孩子，不可能認識。
秀賢	（詫異）……
治秀	況且，朴海英還拜託人事科的人偷偷調出李材韓的人事紀錄。
秀賢	……（愣住）
治秀	如果他們認識，就沒有必要調人事紀錄了。既不認識也沒有關聯，卻一直在調查李材韓……未免太奇怪了吧。
秀賢	……（更加覺得可疑）
治秀	組長可不能對組員太一無所知啊。

治秀說完，睰了一眼秀賢便走開了。秀賢納悶著到底怎

麼回事？陷入沉思。

S／34　　　D，長期懸案專案組

偕哲、憲基和海英正在聊天，義景在發放信件。

憲基	前面有家店的奶油義大利麵不錯，中午去那吃吧。
偕哲	什麼奶油義大利麵啊，看你長得虎背熊腰的……喝湯去。
義景	內臟湯怎麼樣？
偕哲	這小傢伙怎麼點個餐都這麼血腥啊。
憲基	哎，真是的，跟鄉巴佬真是話不投機。朴海英警衛呢？
偕哲	問他幹嘛，那位不是每天都自己一個人吃，很有品味的……
海英	蛋包飯。

偕哲、憲基和義景十分意外，看向海英。

海英	怎麼？不喜歡蛋包飯嗎？

忽然偕哲看向門口，站起身。

偕哲	車刑警來啦？

所有人都跟著偕哲一起看過去。秀賢一走進來，就直接來到海英面前。

偕哲	就等妳來了。我們下個案子查什麼？五大洋怎麼樣？把大韓民國鬧得風風雨雨的五大洋。

秀賢像是沒聽見偕哲講話，走到海英面前。

海英	（表情詫異，站起來）有什麼……事嗎？

秀賢疑惑的看著海英。

秀賢　　　　……朴海英……你……

秀賢正想開口問海英，只聽後面傳來閔成的聲音。

閔成(聲音)　　……請問這裡是長期懸案專案組嗎？

全部看過去。穿著休閒、看起來約40代中段的閔成站在入口，與回過頭的秀賢視線相對，秀賢點了點頭，目光充滿疑惑。

閔成　　　　……車秀賢刑警。
秀賢　　　　（詫異）……您是？
閔成　　　　之前我們見過一次……看來您不記得了。
秀賢　　　　……（努力回想）
閔成　　　　我還記得，20年前您和一位男刑警來過，名叫李材韓的刑警。

聽到李材韓的名字，海英吃驚的看向閔成。

海英　　　　（不自覺的）李材韓刑警？
秀賢　　　　（遲疑，看過去）怎麼……你認識？

海英猶豫。秀賢盯著海英。

海英　　　　……沒什麼……和我認識的人同名……（轉移話題，望向閔成）您有事才找來的吧？那你們聊吧。

秀賢盯著乾咳幾聲、坐回位子上假裝用電腦工作的海英。

秀賢和閔成隔著會議桌對坐。海英、偕哲和憲基各自坐在自己位子上整理資料。雖然海英在用電腦整理京畿南部案的罪犯側寫，但注意力完全集中在秀賢與閔成的對話上。

閔成　不久前，在電視上看到您破獲了京畿南部的案子。
秀賢　……所以？

閔成眼中滿是混亂，長嘆一口氣。

閔成　我想了很久，能夠想到的人也只有您了。

閔成拿出20年前多惠的照片，放在桌上。

閔成　這是20年前去世的……我的未婚妻，她叫申多惠。

偕哲和憲基被好奇心驅使，湊到會議桌前看多惠的照片。

偕哲　哎喲……是個美女耶。做什麼的？
閔成　她是演員練習生。我在攝影棚當助理時第一次遇見她。

　－　Insert
　　　過去，20代的多惠來攝影棚拍履歷照。在不停按快門的攝影師旁站著20代初段的閔成。閔成對多惠一見鍾情，痴痴望著多惠。
　－　回到專案組，秀賢、偕哲和憲基專心聆聽閔成敘述，海英也走到偕哲和憲基身後，看了一眼多惠的照片。

閔成　雖然日子過得辛苦，但她是很努力生活的人……突然就自殺了，連封遺書也沒留下……就在河塘裡被發現。

秀賢	（看著）所以，您來找我的理由是什麼？
閔成	請幫我……找到這個女人。

包括秀賢在內，海英、憲基和偕哲全都詫異的看著閔成。

偕哲	（哭笑不得）你現在是說……要我們幫你找到這個20年前死掉的女人？
閔成	（混亂）是的，20年前多惠自殺了，這我也知道。

閔成從多惠年輕時的照片中取出一張拿給大家看，照片是從窗外拍攝，坐在某家咖啡廳窗邊的多惠。

閔成	這是20年前，最後一次見面那天我拍的照片，是我們約會時經常去的咖啡廳。

- Insert
  20年前，白天，位於郊外靜謐、有落地窗的獨棟咖啡廳。年輕的閔成邁著輕快步伐朝咖啡廳走去，靠近時，發現多惠坐在窗邊。閔成覺得沉思時的多惠很美，於是舉起相機拍下那張照片。
- 回到專案組，看到當時的照片。

閔成	多惠走了後，我偶爾還是會去那裡……20年了，雖然很破舊，但咖啡廳依舊還在。幾天前，我習慣性的又去了。

- Insert
- 幾天前，白天，40代的閔成揹著相機包走向咖啡廳。他什麼都沒想的向前走，發現有個女人坐在20年前多惠坐過的窗邊位置。女人正低頭看書，雖然看不到女人的臉，卻與20年前多惠的模樣重疊。閔成靜靜看著眼前的畫面，也沒多想，順手舉起相機、按下快門。女人

突然抬起頭，雖然上了年紀，但正是仍保有年輕時樣
貌、40代的多惠。閔成嚇得把相機從眼前移開，那個
女人也同樣驚慌的看著閔成。

- 白天，閔成像瘋了似的衝進咖啡廳，望向那女人坐的位
置，但不知何時，人已遠去。
- 回到專案組，閔成又取出幾天前拍到的另一張照片，放
在桌上。

閔成　　　　這是幾天前拍的那張照片。

海英走近，拿起照片看，偕哲和憲基也湊過來，拿20年
前的照片和幾天前的照片比較。

閔成　　　　我覺得多惠……一定還活著！請幫我找到多惠，找到這
個女人，拜託了。

20年前和現在的多惠，鏡頭慢慢拉近兩張照片。

S／36　　　D，過去，街道某處

銀樓聚集的街道。材韓環顧四周，快速向前走著，畫面
上響起第六集，S75中望元的聲音。

望元(聲音)　　幾天前，有個年輕女子拿著鑽石項鍊去銀樓。是水滴型
鑽石，可能是大盜案還沒找到的那條項鍊。

S／37　　　D，過去，銀樓

材韓和銀樓老闆隔著櫃檯談話，老闆正在確認材韓拿給
他看的贓物照。

老闆　　　　沒錯，就是這條項鍊。
材韓　　　　誰拿來的？

| 老闆 | 看起來大概 20 幾歲的女人。 |

S／38　　　D，過去，銀樓倉庫

狹小的倉庫，材韓和老闆快速查看著CCTV裡來賣項鍊的女人。老闆在材韓身旁注視著。

| 老闆 | 就是這個女人。 |

材韓按下暫停，CCTV畫面中有一個走進銀樓、站在櫃檯前的女人。

－　Insert
銀樓，白天，老闆的回憶。
從CCTV畫面變成現實畫面。女人把裝有鑽石項鍊的盒子放在櫃檯上。S 35，閔成拿出的照片主角，是沒有化妝、20代、美貌出眾的多惠。她看上去很焦躁。銀樓老闆打開盒子，看了看項鍊、又打量一下多惠，怎麼看都是一個普通人。

老闆	小姐，這是從哪來的啊？
多惠	收到的禮物。
老闆	看來妳男朋友很有錢啊？為什麼要賣掉呢？
多惠	不買就算了。

多惠拿起項鍊正要走，老闆立刻抓住她的手。

老闆	八張。
多惠	（吞吞吐吐）八……百？
老闆	（哭笑不得）……小姐還真是不懂行情，這個少說也要八千。
多惠	！！

	－ 回到銀樓倉庫，材韓靜靜盯著CCTV畫面裡的多惠。這時，材韓發現奇怪之處，把臉貼近畫面。
材韓	這是什麼？
老闆	哪個？
	材韓的視線落在盒子旁的黑色物體。
老闆	啊……那個，從項鍊盒子裡拿出來的。
	－ Insert 銀樓，白天，老闆的回憶。 老闆從盒子裡取出項鍊仔細端詳，是真貨……可是，看多惠的穿著又不像……下面有保證書，翻看盒子時，裡面跑出一張磁碟片。
老闆	這個怎麼在這裡？
	老闆只是想查看放在磁碟片位置上的保證書，把磁碟片丟在櫃檯上。老闆查看保證書，多惠也詫異的看著磁碟片。 － 回到銀樓倉庫，材韓的視線漸漸沉下來。
材韓	磁碟片……
	－ Insert － S 16，刑機隊隊長室，隊長正與材韓講話。
隊長	調查漢陽大橋坍塌的調查組在調查施工的世江建設時，察覺到這與振陽市開發案有關，涉及到政界和財閥的大型貪汙，來回的金額就破兆了。韓世奎盜走的贓物裡，藏著能夠揭發這起貪汙案的關鍵證據。

－ 回到銀樓倉庫，從材韓緊張的眼神可以更加肯定，證據就是那張磁碟片。

材韓	磁碟片被那女人帶走了？
老闆	是啊。
材韓	那女人沒留下什麼嗎？姓名或聯絡方式……
老闆	留了個電話，但是空號。
材韓	（遲疑）

S／39　　　D，過去，銀樓

材韓盯著銀樓帳薄上留的電話號碼「02-780-8269」。寫到780-82，82後的號碼寫好又被塗掉了，然後再寫下69。

老闆	即使不打過去確認，我也覺得她不可能留下真正的聯絡電話。拿那種東西來賣的人怎麼可能留下自己的電話呢？

低頭看著號碼的材韓，抬頭時突然注意到什麼，他從銀樓的鏡子裡看到外面街道上，有個一直在跟蹤自己的男人，突然閃躲到電線桿後。

材韓	（預料之中）金范洙……這個王八蛋……（不動聲色的把電話號碼放進口袋，看著老闆）老闆，把CCTV刪掉吧。

S／40　　　D，過去，刑警機動隊辦公室

材韓坐在自己的辦公桌前，瞄一眼坐在前面沙發上看報的范洙，又環視周圍的刑警們，大家都在看范洙的臉色安靜做事。材韓發現沒人注意的角落裡，被屏風隔開的秀賢座位，他看了看無事可做、坐在那裡發呆的秀賢，

材韓起身走過去。

材韓	點五。
秀賢	是。
材韓	到停車場來，練習開車。
秀賢	啊……是！

看著報紙的范洙瞄了一眼走出門口的兩人。

S／41　　　D，過去，街道某處

機動車緩慢的蠕動式前進。

材韓	妳不在座位上也沒人會注意吧？
秀賢	（吃驚）真的嗎……所以呢？
材韓	女值班室有電話吧？
秀賢	……有是有，怎麼了？……
材韓	要找一個電話號碼，後兩位數字與實際號碼不符，一一打過去確認，只要找到20代年輕女性住的地方就可以了。
秀賢	（眨眼看著材韓）……這樣就好嗎？
材韓	（差點撞上前面的車）喂！
秀賢	（緊急踩剎車，熄火後再次啟動，動作自然）
材韓	（呼……嘆口氣看過去）怎麼，做不到？
秀賢	不！與實際不符的電話號碼，20代女性。資訊很充足！
材韓	這是妳我之間的祕密調查。
秀賢	（興奮）是！

S／42　　　D，過去，Montage

－ 白天，女值班室裡，秀賢打開筆記本，用鉛筆在頁面最上方寫下02-780-8269，然後依次往下改變一個數字，780-8200，780-8201，780-8202……不知不覺已經寫滿整

頁的電話號碼。

- 夜晚，女值班室。筆記本上的電話號碼已經有一半以上畫了「×」。鏡頭從筆記本移動到正在打電話的秀賢。

秀賢　　　　老奶奶，您的孫子女多大啦？（眨眨眼）24啊？……（失望）只有孫子啊？嗯？澡堂？不是惡作劇電話，請別掛斷！

　　　　　　掛上電話，畫下「×」。秀賢疲累的左右轉了轉脖子，深呼吸，重新打起精神按下電話號碼。在畫面中響起秀賢的聲音。

秀賢 (聲音)　找到了！

S／43　　　　D，過去，街道某處／車內

　　　　　　材韓坐在行駛中的機動車副駕駛座，臭臉看著秀賢的筆記本，頁面上寫著5個電話號碼、女性的名字和住址，其中一個「02-780-8287，申多惠，首爾市龍山區珍水洞山238-5」。

秀賢　　　　（邊開車邊笑）100個兩位數不同的電話號碼中，住家24個，其中家裡有20代女性的住家只有5戶。

　　　　　　材韓翻到筆記本前一頁，看到整頁打滿「×」的電話號碼。材韓瞄了瞄秀賢，心裡有些意外。秀賢開心的開著車，用手摸了下鼻梁，小拇指和手掌沾滿鉛筆的黑印跡。

材韓　　　　（撕下秀賢的那頁筆記紙，放進口袋）現在，去市內兜一圈吧。
秀賢　　　　（難以置信）我嗎？
材韓　　　　（看向前方大叫）喂！看前面！剎車！

S／44　　　N，過去，多惠家附近

材韓從停穩的機動車下來，看著地址環視四周，前面兩行畫了「×」，接下來是「02-780-8287，申多惠，首爾市龍山區珍水洞山238-5」。秀賢跟上來。

材韓　　就叫妳在車上等了。
秀賢　　是我找到的，我想看看要找的人長什麼樣子。

材韓看了眼秀賢，隨便吧。轉身走去，秀賢緊跟在後。

秀賢　　到底要找什麼人啊？

說著，材韓發現了什麼，停住腳步。秀賢也跟著停下來，慢慢隨材韓的視線看到前面的一戶人家，那裡掛起了喪燈。兩人吃驚，上前確認地址，沒錯，就是「珍水洞山238-5號」。

S／45　　　N，過去，多惠家

昏暗光線的屋內。似乎是年輕人過世了，沒有多少人來弔喪。雖然母親和姐姐穿著喪服坐在那裡，卻沒有人落淚。材韓和秀賢慢慢走進屋內的靈堂，遺照前坐著身著喪服、傷心欲絕、20代的閔成。看向遺照的材韓整個臉僵住，遺照裡微笑著的，正是多惠。

－　Insert
－　銀樓CCTV被拍到的多惠。
－　回到多惠家，材韓表情僵硬的望著遺照。

S／46　　　D，現在，長期懸案專案組

似乎已結束談話，閔成打過招呼後，走出專案組。秀

賢、偕哲、憲基和海英起身送走閔成，又坐了下來。秀賢看著「攝影師金閔成」的名片。

偕哲	真是的，年紀輕輕怎麼搞成這樣……
憲基	聽說最近不少年輕人也會得失智症。
偕哲	剛才真該幫他介紹幾家好醫院。
秀賢	……看照片，是和他死掉的未婚妻很像……

偕哲和憲基驚訝的看向秀賢。

憲基	根據拍攝的角度和光線，就算完全不一樣的人也能拍得有幾分相似。
偕哲	就是！不只如此，20年忘不掉一個人，怎麼可能？借出去的錢沒要回來倒是有可能。
秀賢	……也有可能忘不掉。
憲基	哪有那種事？公車和女人過去了，等5分鐘就能再來，不是嗎？

秀賢、偕哲、海英看向憲基，憲基一副「怎樣？」的表情。

偕哲	（看看憲基，再回頭看向秀賢）妳，不可以這樣。
秀賢	什麼？
偕哲	這案子，我絕對反對。
憲基	我也反對。屍體都火化了，科學證據也不充分。
秀賢	拍下照片的咖啡廳或許會留下證據呢？
偕哲	啊，為什麼又這樣？
憲基	進進出出的客人就有幾十人了，怎麼可能留下證據。
秀賢	不去找怎麼知道。
偕哲	好了、好了……少管別人愛情的閒事，來調查一下五大洋，這才是真正的未結懸案。
秀賢	如果那個人說的是真的，那發現的可就是身分不明的屍體啊，如果是這樣，也算是懸案了。

憲基	哈……真是無法溝通。朴專家怎麼看？你也反對吧？
偕哲	肯定反對，最近的年輕人哪還相信真愛。
海英	（想了想，看向秀賢）妳和那位李材韓刑警是什麼關係？
秀賢	……你為什麼那麼好奇那位前輩？
海英	前輩？
秀賢	……是以前一起在刑機隊共事的前輩。

海英看著秀賢，在那視線之中。

- Insert
- 材韓的人事記錄「1994 ～ 1999刑警機動隊，職務警查」。
- 回到長期懸案專案組。

海英	為什麼會去那個女人的葬禮？
秀賢	……你現在是在審訊我？
海英	因為這個案子才問的。你們為什麼會去申多惠家呢？
憲基	調查案子嘛，對吧？
秀賢	（看看大家）……詳細情形我也不清楚，說是要找贓物。
海英	贓物？到底是什麼知道嗎？
秀賢	……說是在找藍寶石項鍊。
海英	（愣住）

- Insert
  S 21，材韓用對講機告訴海英。

材韓	贓物不見了，是藍寶石項鍊。那裡一定藏著更大的祕密。

- 回到專案組，海英的眼神沉了下來。

海英(聲音)	李材韓刑警自己一直在追查贓物……這案子和韓世奎有關。

秀賢詫異的看著表情嚴肅的海英。

偕哲　　啊，真是讓人不安，幹嘛一直追問這件事啊？
海英　　難道這件事是發生在大盜案真兇韓世奎被捕後？
秀賢　　（看著）……沒錯。
偕哲　　該不會是要查這個案子吧？不會吧？
海英　　……（想了想）試試看。

偕哲、憲基一臉不解，秀賢也同樣不解的望著海英。

海英　　多數表決怎麼樣？我贊成。
偕哲　　我反對。
憲基　　我也反對。
秀賢　　……我贊成。

這時，後面傳來一個聲音。

義景（聲音）　我也贊成。

看過去，義景正在擦地。

偕哲　　他算老幾啊？
秀賢　　點五啊。2.5比2。我去見遺屬，鄭憲基蒐集證據，（看
　　　　向偕哲）前輩追查一下申多惠生前的戶頭、信用卡，
　　　　（看向海英）你跟我來。

S／47　　D，廣域搜查隊大樓某處

站在放著咖啡機的幽靜走廊一角，秀賢和海英正在談
話。

海英　　要說什麼啊？
秀賢　　我說過，不會和有祕密的人一起共事，所以你老實回答

　　　　　　我。

海英　　　啊⋯⋯又開始了。

秀賢　　　⋯⋯你，是怎麼知道李材韓前輩的？

海英　　　（遲疑，顧左右而言他）剛才不是說過，跟我認識的人同名啊。

秀賢　　　（盯著）

海英　　　妳不是要去見遺屬嗎？那我去見負責刑警，行吧？我先走一步。

　　　　海英轉身先行離開，秀賢望著走遠的海英背影。

－　Insert
－　S 33，治秀對秀賢說。

治秀　　　他很明確的問我⋯⋯認不認識振陽警局重案組的李材韓⋯⋯

－　回到大樓走廊，秀賢的眼中充滿懷疑。

S／48　　　D，現在，咖啡廳外景

　　　　多惠和閔成經常光顧的首爾郊外咖啡廳外景。

S／49　　　D，現在，咖啡廳內

　　　　背著工作包的憲基和店員，站在40代女子坐過的位子旁談話。

憲基　　　（戴上手套）每天店裡大概有多少客人？

店員　　　一天最少也會超過20人吧。

憲基　　　（指著桌子）每天都擦嗎？

店員　　　當然了，客人走後都會擦⋯⋯

憲基　　　（無可奈何）讓我死吧，這是要我找什麼啊？

S／50　　　D，現在，眉江警局外景

S／51　　　D，現在，眉江警局大樓走廊

　　　　　　頭髮花白、50代後段的刑警一邊喝著販賣機咖啡，一邊和海英講話。

海英　　　您就是當年負責溺死案的刑警吧？
刑警　　　（看著海英的名片）長期懸案專案組，有什麼事嗎？

　　　　　　海英一張張翻看手中「1995年，眉江河塘溺死案報告」。

海英　　　我們拿到當時管轄警局的調查報告，有幾點疑問想請
　　　　　　教。據說最初發現死者的是釣客，從屍體穿著的衣服裡
　　　　　　找到了錢包，發現身分證後才證實身分。
刑警　　　就是上面寫的內容。
海英　　　屍體已經腐爛得很嚴重了，家屬又是如何肯定屍體就是
　　　　　　自己的家人呢？
刑警　　　家屬說穿的衣服和遺物可以肯定。
海英　　　但有一點我不理解。

　　　　　　海英翻開遺物清單，拿屍體穿的衣服照片給刑警看。

海英　　　死者申多惠住在首爾，距離這裡需要一個半小時，她卻
　　　　　　在睡衣外只穿了一件外套，就到這裡了？
刑警　　　……沒錯，這點我也覺得很可疑。
海英　　　（看著）
刑警　　　我想過或許不是自殺，於是勸家屬驗屍，卻遭到他們強
　　　　　　烈反對。
海英　　　家屬？

S／52　　　D，現在，市區咖啡廳

20年過去，上了年紀的正惠和坐在對面的秀賢。

秀賢　　　聽說您現在還和母親一起生活？
正惠　　　是的。
秀賢　　　我想見見您的母親，去家裡探望她也可以。
正惠　　　她生病了，現在人在醫院。
秀賢　　　那我可以去醫院探病嗎？
正惠　　　這很為難，她現在病情很嚴重，住進了加護病房。
秀賢　　　……聽說是您親自確認了申多惠的屍體，您是如何確定
　　　　　那就是申多惠？
正惠　　　頭髮長度和妹妹很像，穿的衣服也都是妹妹的。
秀賢　　　我可以看看申多惠留下的遺物嗎？
正惠　　　……不行。
秀賢　　　（看著）
正惠　　　都燒了。
秀賢　　　什麼？都燒了？
正惠　　　是的，因為母親太難過了。幫不上什麼忙，真是不好意思。

秀賢看著自始至終語氣都很生硬的正惠。在這畫面之中。

海英(聲音)　不是自殺。

S／53　　　N，長期懸案專案組

秀賢坐在辦公桌前確認調查資料，海英在向秀賢闡述自
己的想法。

海英　　　一般自殺的場所會選擇與情感有關、或具備地緣條件的
　　　　　地點。但申多惠與眉江河塘毫無關聯，而且如果是為了
　　　　　自殺故意跑到那裡，就說明這不是衝動自殺，而是有計
　　　　　畫的自殺，卻穿著睡衣、外面只穿一件外套。從頭到尾

都說不通。

秀賢　　　……

海英　　　極有可能是有人故意把申多惠偽裝成自殺。遺屬也一
樣，負責刑警站出來建議驗屍，卻遭到家人強烈反對，
分明就是在隱瞞什麼。

這時秀賢的手機響了，是憲基。

秀賢　　　怎麼樣？

憲基(聲音)　桌子、椅子、門把都查過了，幾十個人的指紋重疊在一
起，根本沒法查。我說過了，根本查不出來。

秀賢表情鬱悶。

S／54　　　　N，過去，世奎別墅某處

別墅管家關上別墅的門，提著行李箱走出來。一輛車迅
速開過來，停好後，材韓下了車。管家嚇得往後退了幾
步。

材韓　　　突然要出遠門啊？

管家　　　您來有什……什麼事嗎？我真不知道這裡藏了贓物。

材韓逼近不斷往後退的管家，將一張照片舉到他鼻子
前，是申多惠的照片。

材韓　　　知道這女人嗎？

管家　　　……（遲疑）

材韓　　　韓世奎和這女人是什麼關係？這女人拿走了韓世奎偷的
贓物。她經常出入這別墅吧？是韓世奎的女友嗎？

管家　　　那個混蛋哪來的女朋友？都是玩玩的。

- Insert

夜晚。燈火通明的別墅窗戶縫隙傳出音樂與歡笑聲。別墅裡，桌子、地上到處都是亂丟的酒瓶和針筒。

- 畫面回來。

管家	那群傢伙，別提玩得多過分了，每次打掃都累得我這把老骨頭快散了。
材韓	這女人之後也來過嗎？
管家	（看著）
材韓	大盜案發生後，贓物在這裡時，她來過嗎？
管家	來過一次，自己一個人。

材韓流露出預料之中的表情。

- Insert
- 過去，夜晚，別墅車庫。

多惠悄悄走向停在車庫的紅色轎車，打開後車廂，看著裡面黑色包包，拿起放在最上面的藍寶石項鍊盒子，迅速跑走。

- 回到別墅，材韓看著手裡拿著的多惠照片。

材韓（聲音）	那時……是申多惠拿走了項鍊。

S／55　　　N，現在，咖啡廳內

憲基累得坐在一旁，秀賢和海英在店內巡視。

海英	（查看女人坐過的桌子）這裡也查過了？
憲基	從桌子到四把椅子，連地上的灰都查過了。

秀賢環視咖啡廳內，看到角落的書架上擺著雜誌和書籍，其中一本很顯眼的天藍色精裝書引起秀賢注意。視線再次移動時，秀賢彷彿突然想起什麼……

- Insert
- 玻璃窗外拍照的閔成。低頭看書、40代的女人。她看著的正是一本天藍色的書。
- 回到咖啡廳內。
  秀賢慢慢走向書架，為了不沾到自己的指紋，謹慎的拿出手帕取下那本書。是一本與其他書不同的德文書。

秀賢　　（看向身後的店員）請問這書是店裡的嗎？

店員　　（走上前）啊……不是，是幾天前一位客人忘記帶走的。我心想或許客人還會來取，就保管起來了。

秀賢　　女客人嗎？

店員　　是的。

秀賢　　她坐在哪張桌子？

店員　　（指向女客人坐過的桌子）那裡。

秀賢、海英和憲基一起望向那本書。

- Insert
- 咖啡廳內，女人閱讀著精裝書，突然察覺到有人在看自己，抬頭看向窗外，視線正好與拍照的閔成相對。（樣貌沒什麼變的）閔成透過相機看到女人，相當驚訝，女人看到閔成也很吃驚，猛然起身拿這包包，跑了出去。
- 回到咖啡廳，憲基開始採集精裝書上的指紋。
- 過一段時間。
  採集到的指紋輸入憲基電腦中的APS程式，出現符合配對的指紋，指紋的主人也慢慢出現在畫面上。秀賢、海英和憲基看到結果都大吃一驚。

海英　　那男人說得沒錯……

畫面裡出現的指紋主人。姓名：申多惠，20代的照片。出生19**年～死亡1995年。

－　Insert
咖啡廳，丟下書跑出去的女人，回頭看到她的臉，正是40代的申多惠。

S／56　　　D，過去，世奎別墅前

接續S 53的感覺。
別墅前，材韓坐在車裡，注視著申多惠的照片。

材韓　　　這案子的所有線索都在這個女人手裡……

S／57　　　N，現在，長期懸案專案組

吃驚的看著指紋檢驗結果的海英和秀賢。

秀賢　　　申多惠……沒有死。

驚訝的秀賢與海英，與過去的材韓畫面交錯。

第七集　終

第八集

偕哲、秀賢、海英和憲基不可思議的望著會議桌上憲基的平板電腦，畫面上顯示著APS程式指紋檢驗結果，出現了申多惠的照片。

偕哲　　　這怎麼可能？死人怎麼可能活過來？那20年前死掉的又是誰？

憲基　　　是不是當時的警察搞錯了？

秀賢　　　不可能。溺死者屍體上找到申多惠的身分證，身分證不可能那麼巧跑到那個人的口袋裡。

偕哲　　　如果是有人故意把屍體偽裝成申多惠呢？

秀賢　　　如果真的是這樣，那就很有可能不是單純的自殺了。

海英　　　我都說了，這案子不是自殺，是他殺……

秀賢　　　你怎麼這麼感情用事啊？雖然沒有自殺的證據，可也沒有他殺的證據啊。

海英　　　……（眼中充滿混亂與焦急）只有一個人能回答這所有的問題。

大家看向海英。

海英　　　申多惠本人。找到那個女人，就能知道20年前究竟發生了什麼事。

偕哲　　　躲了20年的人怎麼找啊？

秀賢　　　因為沒有人知道，所以她能躲起來。但現在我們知道她還活著，活著的人就一定會留下蹤跡，我們只要找到那個蹤跡就可以了……

S／2　　　　D，街道某處

正惠提著包包走著，偕哲坐在遠處停著的車裡監視正惠。

秀賢(聲音)　　最可疑的是家屬。

S／3　　　D，蓮美醫院某處

加護病房外的走廊。正惠從加護病房走出來，偕哲在走廊另一端一邊監視、一邊講電話。

偕哲　　　　申正惠講的都是事實，申正惠的母親得了肝癌，做了移植手術，現在正躺在加護病房。

S／4　　　D，長期懸案專案組

秀賢與偕哲通話中。

偕哲(聲音)　　查了帳戶、信用卡紀錄，也向鄰居打探過了，沒有什麼和申多惠有關的可疑之處。
秀賢　　　　繼續在旁邊盯著吧。（掛斷電話）
海英　　　　未婚夫呢？
秀賢　　　　（看著）
海英　　　　那個人也跟申多惠有最直接的關聯。

S／5　　　D，閔成的工作室

閔成的工作室位於半地下，簡潔且充滿自由感。閔成端來咖啡，放在秀賢面前。

閔成　　　　（緊張）找到多惠了嗎？
秀賢　　　　仍在調查中。在這之前，我們需要您的協助，需要20年前申多惠的相關情報。她是一個怎樣的人呢？

閔成默不作聲站起來，走到工作室角落的櫃子，取來一個箱子放在桌上。箱子裡放著幾十盒卡帶，卡帶上用女生的筆跡寫著《哈姆雷特》、《伊凡諾夫》、《戀馬狂》、

《高加索灰闌記》、《在底層》等戲劇標題。

閔成　　　　都是多惠練習用的，錄有多惠的聲音。

S ／ 6　　　　過去，Montage（閔成的回憶）

－　多惠的套房。多惠拿著卡帶隨身聽在練習朗讀劇本。

多惠　　　　沒事的，哭出來就舒服多了。兩年了，第一次哭出來。
　　　　　　昨天夜裡，我偷偷跑來想看看我們的劇場還在不在。它
　　　　　　還在……兩年了，我第一次哭了出來……

　　　　　　多惠把卡帶回放，認真確認自己朗讀的臺詞。

－　新開業的烤肉店門前，多惠穿著短裙、高跟鞋在發傳
　　單，很明顯看得出她又冷又累，但還是笑著向每個路過
　　的人遞上傳單。
－　閔成和多惠常去的咖啡廳。閔成面帶微笑，走進和多惠
　　約好的咖啡廳，多惠拿著劇本，正仰頭打瞌睡。閔成在
　　多惠身邊坐下，把自己的肩膀借給多惠。

閔成 (聲音)　多惠只知道演戲，除了要打工賺生活費，她一心就只想
　　　　　　著演戲。

S ／ 7　　　　D，現在，閔成的工作室

　　　　　　秀賢和閔成仍在對話。

秀賢　　　　申多惠私下有和什麼人結怨嗎？
閔成　　　　沒有，多惠不是那種性格的人，不過……和經紀公司的
　　　　　　人有點問題。
秀賢　　　　經紀公司？
閔成　　　　多惠沒有親口告訴我，都是多惠簽約後才聽說的……那

家經紀公司在業界很出名。

秀賢　　（看著）

閔成　　進那家公司後，多惠經常一個人流淚，但我也只能裝作
　　　　不知道，因為不想傷她的自尊心……這也是我最後悔的
　　　　事。如果當時我能多安慰她……也就不會自殺了……我
　　　　太對不起她了。

S／8　　　D，現在，茶坊

　　　　鄉下小城市的茶坊，海英對面坐著手有些抖、穿著寒酸
　　　　的光載（50代，男）。

海英　　你在95年開過經紀公司吧？還記得當時簽約的演員
　　　　中，有個叫申多惠的嗎？

光載　　申多惠？……我帶過的新人就有幾百名了，怎麼可能記
　　　　得？不知道。

海英　　詐騙、貪汙加上暴力，前科還真不少呢，最擅長的是敲
　　　　詐手無縛雞之力的練習生……

光載　　你到底想怎樣？（猛然起身）一大早的這麼倒楣……

海英　　要是不想再加上非法賭博的話就坐下。

光載　　（遲疑）

海英　　人是不會輕易改變的，當時肯定也一樣吧？到底對申多
　　　　惠做了什麼虧心事，竟然一口咬定不認識她？

光載　　哪有做什麼虧心事，我還不是為了她們好。沒有我，她
　　　　們上哪能遇到那樣的有錢人啊。

S／9　　　N，過去，世奎的別墅（光載的回憶）

　　　　豪華的別墅裡，吵鬧的音樂，昏暗的燈光，女人的歡笑
　　　　聲。奢華的別墅裡到處都是酒瓶和香檳杯，地上丟著打
　　　　過毒品的針筒。客廳沙發上坐著摟著女人喝酒的男人
　　　　們。30代初段的光載把領帶綁在頭上，一邊幫人倒酒一
　　　　邊炒熱氣氛……這群人當中只有多惠板著臉，不合群的

坐在那裡。

光載(聲音)　　公子哥跟漂亮小姐玩當然開心，她們陪玩一下就能賺到零用錢，不是兩全其美的事嘛！

S ／ 10　　　　D，現在，茶坊

海英不可思議的盯著光載。

光載　　　　申多惠那丫頭剛開始還裝呢，結果都一樣，非要堅持自己不喝酒，結果就被人看上了。

海英　　　　誰？HK律師事務所的韓世奎嗎？

光載　　　　（愣住，看著海英）

S ／ 11　　　　N，過去，世奎的別墅

一隻手粗暴的把坐在那的多惠拽過來，是吸了毒的20代世奎。世奎粗魯的拉起多惠，要把她拉進房間。多惠反抗，要世奎鬆手，只見世奎一巴掌打在多惠臉上。多惠倒在地上，被世奎拖進房間。房裡傳來多惠反抗的慘叫，基柱嘻嘻哈哈的笑著，拿起桌上的錄影機，打開房門拍下裡面發生的事。

S ／ 12　　　　D，現在，茶坊

海英沉下臉，瞪著光載。

海英　　　　那裡……就是韓世奎藏大盜案贓物的別墅？眉江河塘附近？

光載　　　　你怎麼知道？

海英　　　　發生大盜案的時候呢？也做了那種混蛋事情？1995年9月，仔細想想。

光載　　　　都20年前了，想不起來了……

海英	戴上手銬就能想起來了，要不要試試看？
光載	（無法蒙混，死心）在那之前那個局就散了，他們之間鬧僵了。

S／13　　　N，過去，世奎的別墅

晚上，派對開始前，光載小心翼翼的走進打掃乾淨的別墅。客廳裡坐著基柱、進友、石浩和世奎。

世奎	你們老爸收賄幹嘛跟我說啊？直接跟我爸說啊。
基柱	說了，沒用。

光載在一旁察言觀色，世奎察覺到光載站在那裡。

世奎	（神經兮兮）幹嘛？
光載	那個，什麼時候送小姐們過來？
世奎	（煩躁）算了，讓她們回去。

光載見事情不妙，打了聲招呼轉身要走，這時身後傳來對話。

世奎	我們家老頭也不聽我的。
基柱	那……那卷錄影帶就交給警察了？
世奎	（有點不安，但還在嘴硬）那有什麼？不就是跟小姐們喝酒，你們不是也一起喝了嗎？
基柱	（看了看）我們可沒吸毒啊。
世奎	（表情僵硬）
基柱	你自己看著辦，要不勸你老子停止調查，要不就送你進監獄……

光載出來，從慢慢關上的門縫裡看到世奎僵住的模樣，還有其他人在嘲笑世奎。

海英(聲音)	檢察長的兒子韓世奎，還有威脅韓世奎的國會議員、財閥的兒子們。性愛錄影帶成為威脅的籌碼，為了偷走錄影帶，韓世奎才去朋友家竊盜……

S／14　　N，過去，基柱家書房（海英的推理）

空無一人的書房。世奎用鐵撬撬開保險箱，找到保險箱裡裝在信封裡的錄影帶，安心的嘆了口氣。世奎把錄影帶放進帶來的包包裡，隨手抓了幾樣東西一起放進去，藍寶石項鍊就混在其中。

海英(聲音)	因為不知道錄影帶在誰手上，只好三家全盜了，為了偽裝成竊盜，也拿走了其他金銀首飾。

S／15　　D，現在，茶坊前街道某處

海英一臉怒氣，朝自己的車走去，和秀賢講電話。

海英	是韓世奎那個王八蛋。
秀賢(聲音)	什麼意思？
海英	妳說過那條寶石項鍊在申多惠手上吧？就是因為那條項鍊。韓世奎那個王八蛋仗著自己老子有權有勢，做盡喪心病狂的噁心事，現在還逍遙自在的活著。我不會放過這個畜生的。

秀賢朝手機喊：「喂，朴海英！」但海英已經氣得失去理智，掛斷電話後上了車，猛踩油門出發。

S／16　　D，閔成的工作室

站在工作室角落通話的秀賢。

秀賢	喂！你說項鍊怎麼了？

電話另一頭傳來「嘟嘟嘟」的掛斷音。真是⋯⋯令人頭疼的傢伙！秀賢面有難色，轉身走向等待她的閔成。

秀賢	對不起，今天只能先聊到這裡了。
閔成	啊⋯⋯好吧⋯⋯
秀賢	（拿起外衣正打算走出去，忽然停下，轉身）請問⋯⋯那條項鍊，後來也沒有發現嗎？
閔成	⋯⋯當時也告訴警察了，沒發現什麼項鍊。
秀賢	您認識的人裡，有沒有什麼人可能幫忙保管那條項鍊的呢？
閔成	（回想過去）那位刑警也問了同樣的問題。
秀賢	（看著）
閔成	李材韓刑警。葬禮結束後，他又來找我。
秀賢	（初次聽說的表情）前輩嗎？
閔成	是的。那天夜裡，他去了多惠住的套房。

S／17　　　　N，過去，多惠的公寓套房

材韓正在巡視多惠的套房，旁邊站著臉色黯淡、20年前的閔成。遺物已經整理得差不多了，房間裡空蕩蕩的，只剩下衣櫃、書桌等家具，打開抽屜，裡面也都清空了，衣櫃也一樣。

閔成	跟電話裡講的一樣，沒剩下什麼了。多惠走了後，姐姐來整理了遺物，全都帶走了。

材韓神色鬱悶，又細細檢查了一遍，甚至低下頭、連書桌下都看了。

材韓	她身邊有沒有認識什麼人，可能幫忙保管那條項鍊的？
閔成	沒有。
材韓	那遺物中有沒有看到磁碟片？
閔成	多惠不會用電腦，沒有那種東西。

材韓不死心，又看了一眼衣櫃下面，忽然看到什麼。

－ 過一段時間。

材韓用力抬起衣櫃一角，閔成把手伸進去從衣櫃下取出了什麼。是證件照，但不是多惠，而是個20代初段、面帶稚氣的女生。

材韓	這是誰？
閔成	（看著照片）嗯……是智喜。
材韓	誰是智喜？
閔成	也是演員練習生，多惠說是家鄉的後輩，偶爾有試鏡時才會過來借住……
材韓	最近有來過嗎？
閔成	有，一個星期前……
材韓	有她的聯絡方式嗎？

S／18　　D，現在，閔成的工作室

「青雲市兩津洞28號，金智喜041-588-4905」，在重疊的畫面中，秀賢看著褪色筆記本上的字跡。

閔成	是多惠介紹她到我們攝影棚拍照的，這是當時留下的電話號碼，已經過了20年了，不知道還能不能幫上忙。
秀賢	那……這位後輩有來參加葬禮嗎？
閔成	葬禮……（想了想）沒有。當時也沒什麼經驗，忘了告訴她了。
秀賢	或是……她有絕對來不了的理由。

秀賢低頭盯著地址。

S／19　　D，長期懸案專案組

憲基一邊與秀賢通話，一邊在電腦的查詢系統裡輸入智喜的地址。畫面上出現智喜過去的資料和出國紀錄。旁

邊放著智喜家人的資料。

憲基　　　　姓名金智喜，1976年生。（確認一旁放著的資料）父母在1995年前就去世了，沒有兄弟姐妹。（看回電腦畫面）1995年12月去了德國，之後一直住在那裡，一個星期前從仁川機場入境。

S／20　　　　D，街道某處

秀賢一邊開車、一邊與憲基通話。

秀賢　　　　確定是德國？
憲基(聲音)　　沒錯。

－　Insert
　　第七集，S 55。天藍色的德文書。
－　回到車內，秀賢更加確信。

S／21　　　　D，飯店外景

S／22　　　　D，飯店走廊

秀賢與飯店櫃檯職員談話。

飯店職員　　（用電腦查詢紀錄）金智喜……上個星期就退房了。
秀賢　　　　有沒有寄存在這裡的物品，或留下聯絡方式呢？
飯店職員　　沒有。

S／23　　　　D，飯店房間

秀賢和飯店職員一起巡視智喜住過的單人房。

飯店職員　　因為每天都會清掃，所以不會留下東西。

秀賢沒有回應，巡視完房間後，走到窗邊拉開窗簾、看向窗外。一片荒涼的首爾景色。

秀賢(聲音)　　隱姓埋名過了 20 年，卻突然回國……究竟是為什麼呢？為什麼……

秀賢陷入沉思，望著首爾的風景，突然視線定住。透過窗戶，可以看到附近醫院的紅色十字架。

秀賢　　　　醫院……移植手術……

S／24　　　N，蓮美醫院大廳

秀賢快步走進大廳，偕哲等在那裡，迎面走向秀賢。

偕哲　　　　怎麼突然想起申多惠的母親了？
秀賢　　　　人還在加護病房？
偕哲　　　　說是在恢復中，還要再觀察幾天。
秀賢　　　　移植手術是哪天做的，問到了嗎？
偕哲　　　　6 天前……但加護病房不讓人進去，我也連面都沒見到呢。
秀賢　　　　我想見的不是申多惠的母親。

S／25　　　D，蓮美醫院某處

位於走廊中央的護士站，秀賢和偕哲與護士講話。

護士　　　　……618 號房，往那邊走。

秀賢和偕哲朝護士指的方向走去，可以看到前面的 618 號病房。秀賢和偕哲走上前，開門走出來一個人，正是正惠。正惠看到秀賢和偕哲走來，大吃一驚。

正惠	（關上病房門）這裡……怎麼……
秀賢	我們才要問您怎麼會在這裡呢？（指著病房）據我們了解，裡面躺著的是捐贈肝臟給您母親的器官捐贈者，難不成您是來道謝的？再不然……就是來探望原以為死了的妹妹？
正惠	……（眼神立刻顫抖）
秀賢	如果不是腦死病患，而由活人捐贈器官時，醫生會建議優先從家人尋找。您也是如此，但因為血型不符，過去也有病史，所以不適合捐贈。
正惠	請你們回去……
秀賢	但突然出現了器官捐贈者，還是在那麼遙遠的德國……
正惠	拜託……求求你們了。
秀賢	檢驗結果顯示血型吻合，所有條件都符合，就像……親人一樣，這是為什麼？
正惠	（發抖，望著秀賢）
秀賢	因為6天前，捐贈肝臟給您母親、躺在這間病房裡的捐贈者，金智喜……正是20年間消聲匿跡、隱姓埋名的您妹妹——申多惠。

正惠突然全身無力，搖晃了一下。偕哲站在後面，心想怎麼可能……偕哲繞開正惠，打開病房門走進去，秀賢也跟在後面慢慢走進去。畫面出現寫著「患者姓名—金智喜」名牌的病床。靠在床上看書的女人看向秀賢。

| 秀賢 | 終於見面了……金智喜小姐——不，應該稱呼您申多惠才對吧？ |

隨著秀賢的視線，坐在病床上的女人慢慢抬起頭，不知所措的望著秀賢，正是步入中年的多惠。

S／26　　　N，同一場所

多惠不發一語、坐在那裡，正惠坐在旁邊的椅子上抱著

頭。秀賢和偕哲看著這對姐妹。

偕哲	（看了半天、納悶）啊，至少説點什麼吧，到底是怎麼回事啊？
秀賢	（看著）20年前死亡的人是金智喜，對嗎？
多惠	……
秀賢	妳們兩人的身分是怎麼對調的？
多惠	……
秀賢	20年前究竟發生了什麼事？請不要隱瞞，如實講出來。
多惠	（死心）全……全都怪我……

S／27　　N，過去，世奎的別墅客廳

電視機下擺設的錄放影機發出嗡嗡快速旋轉的聲音，正在播放 S 11 被偷拍的錄影帶畫面。世奎一臉滿足的表情，獨自喝著酒，坐在沙發上看電視。這時，門開了，多惠表情嚴肅的走進來。

| 世奎 | 來了？過來。 |

多惠看了一眼世奎，然後看到錄影帶畫面。多惠不想看到這些，轉過頭。

多惠	（看著世奎）錄影帶……給我。
世奎	怎麼，怕我傳出去？
多惠	你説會給我，我才來的……快點給我。
世奎	知道啦，給妳還不成嘛……（一把摟住多惠的肩膀，硬是讓她坐下來）看看，我好不容易才找到的……至少也欣賞一下嘛！
多惠	（不想看，轉過頭去）
世奎	怎麼？不好玩？那我給妳看點更好的？

S／28　　　N，過去，世奎的別墅車庫

世奎把多惠拉到車庫，世奎打開紅色轎車的後車廂給多惠看。多惠震驚的看著包包裡塞滿的金銀首飾和大把現鈔。

世奎　　　怎樣？喜歡嗎？像妳這種鄉巴佬能到哪看到這些？

多惠像是沒聽見世奎的諷刺，呆呆望著那些首飾。

世奎　　　（大笑）應該好好欣賞一下那些糟老頭看到家裡被偷的表情……

S／29　　　N，過去，世奎的別墅客廳

世奎喝醉後倒在沙發上，旁邊放著針筒。多惠靜靜望著睡著的世奎。

S／30　　　N，過去，世奎的別墅車庫

多惠悄悄走向車庫停著的紅色轎車，打開後車廂，看著裡面的黑色包包。

中年多惠　對那時的我來說，那條項鍊就像是能把我從這令人厭煩
（聲音）　的現實裡救出去的黃金繩索。

多惠拿走放在最上面的藍寶石項鍊，迅速消失不見。

S／31　　　N，現在，病房

多惠　　　之後沒多久，韓世奎以竊盜罪被捕。我每天擔心警察會找上門來，天天過得如同地獄一般……直到新聞說韓世奎被放了，然後……那天韓世奎打電話來。

多惠膽怯的接起電話。

世奎(聲音)	是妳？是妳偷走了我的東西？妳竟敢動我的東西！
多惠	……（顫抖）
世奎(聲音)	趁好好說的時候，還回來。
多惠	……不還……
世奎(聲音)	什麼？
多惠	不想……不想再見到你了……我知道是我不對……明天我就去向警察自首。
世奎(聲音)	妳……找死嗎？
多惠	……不……不要再找我了。

多惠掛斷電話。雖然撂下狠話，但自己也十分害怕。

中年多惠 (聲音)	那天晚上……韓世奎找上門了。

S／33   D，現在，高級酒店包廂

裝潢高級的包廂內，現在40代的世奎和打扮妖嬈的女人一起喝酒。這時，海英推門而入。

海英	韓世奎律師，您可真是一點創意也沒有啊，怎麼和20年前玩得一模一樣？

世奎一臉不爽，跟在海英身後走進房間的保全向世奎低頭說了句「對不起」，接著抓住海英的手臂正要往外走，海英用力甩開。

海英	20年前，申多惠拿走的項鍊，還記得吧？
世奎	（愣住、看著）
海英	藍寶石項鍊。還要繼續講下去嗎？這麼多人在聽，也沒

關係嗎？

世奎和海英互相注視。

| 世奎 | （朝女人們）出去。 |

世奎一句話，所有女人立刻出去了。世奎使了個眼色，保全也都退了出去。

世奎	你是誰？
海英	首爾廳長期懸案專案組朴海英。正在調查20年前申多惠自殺案——不對，不是自殺，而是他殺……所以應該說是他殺案？
世奎	（眼神僵硬）
海英	我們分析了當時的調查資料。死者身穿睡衣，犯案場所應該是在家裡，犯案時間在晚上。如果是單純的入室搶劫導致衝動殺人，就不會大費周章的棄屍了。也就是說，兇手和死者認識，是熟人犯案。
世奎	你這什麼意思？
海英	請聽到最後。兇手將申多惠偽裝成自殺，但只給屍體套了件裝有身分證的外套，這種作案手法也太馬虎了。兇手很可能是因為毒品或酒精，無法正常思考導致判斷能力低下。當時，您也有吸食毒品的習慣吧？
世奎	（猛然起身）你這是……
海英	還有，這類兇手極有可能選擇自己熟悉的地點棄屍。例如，別墅附近的眉江河塘。
世奎	你現在是在威脅我？
海英	不，我只是在陳述事實。這麼馬虎的案子竟然沒有驗屍，只當成單純的自殺案處理，調查也是草草結案了事。看來如此剛直的韓石熙檢察長，也不忍心把自己兒子當成殺人犯啊。

海英靠近世奎。

海英	含著金湯匙出生，仗著你老子有權有勢到處揮霍錢財、性騷擾那些無知的年輕女子……雖然骯髒、噁心，勉強能睜一隻眼閉一隻眼。為了偷那狗屁錄影帶去偷狐朋狗友的家，毀了無辜之人的人生，雖然令人髮指、教人抓狂……好吧……全當你是逼不得已。但是……
世奎	（看著）
海英	殺人可就千不該、萬不該了。
世奎	（看著海英，笑出來）那又怎樣？
海英	（快要抓狂）
世奎	沒錯，人是我殺的。誰叫那個賤人亂碰我的東西，是我殺了她，你又能把我怎麼樣？

海英氣得發抖，瞪著世奎。

S／34　　　N，過去，多惠的公寓套房

關了燈，漆黑的房間。

玄關門傳來喀啦喀啦的聲響，過去的世奎開門走進來。他像是吸過毒，眼睛通紅、滿布血絲，顫抖的手提著一個大行李箱。隱約看到眼前一個女人蓋著被子睡著了，世奎走上前，用被子用力悶死了女人。

世奎	（憤怒）妳竟敢……動我的東西……

被子下的人雖然極力反抗，仍抵不過世奎的力氣，女人白皙的手終於垂到地上。世奎殺死女人後，環顧四周，開始在房間裡翻找項鍊，抽屜、化妝檯……終於在化妝檯的抽屜找到了項鍊盒子。他收好項鍊，畫面往世奎旁邊移動，看到躲在冰箱旁角落的多惠。水杯在多惠手中劇烈抖動。

多惠	……我……我只能看著。

S／35　　　　N，現在，病房

難過的多惠繼續講著。

多惠　　　雖然我們不熟，但她也是個懂事的孩子……可我沒能來
　　　　　得及阻止。而且上前阻止的話……我怕自己也會被他殺
　　　　　死……那天晚上，我跑回家躲了起來。太害怕了……誰
　　　　　知道，警察打電話來……說我死了……那時我便下定決
　　　　　心，要冒充金智喜活下去……
秀賢　　　去德國也是因為這個理由？畢竟在韓國是不可能以另一
　　　　　個人的身分活下去的……

S／36　　　　N，現在，高級酒店包廂

海英眼神憤怒，瞪著世奎。

世奎　　　怎麼？還想抓住我不成？（輕蔑的笑）我可是律師，大
　　　　　韓民國最優秀的HK律師事務所的律師。事前你未告知
　　　　　緘默權和律師辯護權，所以我的陳述並不具備法律效
　　　　　力。
海英　　　（顫抖）
世奎　　　要是覺得委屈，那就拚命去調查吧！不過就算查到了，
　　　　　你也奈何不了我，到處都有能讓我逃脫罪責的漏洞。
　　　　　（笑）大韓民國是很好的國家吧！

海英顫抖的眼神看著世奎。

海英　　　……大韓民國最優秀的律師事務所的律師，果然不一樣
　　　　　啊，我還以為你腦袋裡裝的都是屎呢。
世奎　　　什麼？
海英　　　靠著你老子才當上律師，但聽說你這幾年的業績幾乎是
　　　　　零啊？分配到幾個案子，也都被你打輸了官司，之後就
　　　　　再也沒分配案子給你了？

世奎	你這臭小子……
海英	準備用你那裝了屎的腦袋為自己辯護吧！就算我會被開除，也要以殺人罪把你送進牢裡。

S／37　　N，現在，病房

多惠說完一切，病房裡充滿寂靜。秀賢看著多惠。

秀賢	妳說的……我都了解了。但是……有證據可以證明嗎？
多惠	……
秀賢	如果沒有韓世奎殺害金智喜的證據……這只會對妳不利。
多惠	（眼神顫抖，看著）
秀賢	妳以金智喜的身分生活了20年，別人會懷疑是妳殺害了金智喜，盜用她的身分。
多惠	不是的，我沒有那麼做。
秀賢	沒有證據的主張是解決不了任何問題的。
正惠	我有證據。

所有人看向正惠。

S／38　　N，長期懸案專案組

晚上，聚集在專案組的秀賢、偕哲和憲基，氣氛十分沉重。

偕哲	簡直是瘋了，我們這是抱著一顆炸彈啊。

這時傳來腳步聲，海英走進來。偕哲立刻像彈簧似的跳起來。

偕哲	你哪根筋不對啊？找韓世奎律師做什麼嗎？現在事情可鬧大了。

秀賢不知在思考什麼，面無表情的盯著某處、陷入沉思。憲基也一臉緊張。這時，治秀走進專案組，偕哲和憲基緊張的看著治秀。

海英　　（心想，又來了）是，我是去找了韓世奎律師，這有什麼不對嗎？

但很意外的，治秀只是靜靜看著海英。偕哲和憲基望著治秀，覺得奇怪，秀賢也十分意外的看著。

治秀　　……為什麼去？
海英　　（怎麼回事？這種氣氛？）

所有人都一頭霧水的看著。

治秀　　總得有個理由吧。

這時，秀賢站了出來。

秀賢　　是我讓他去調查的。
治秀　　（看著）
秀賢　　95年在眉江河塘發生一起溺死案，當時雖然以自殺終結，但不久前找到疑似他殺的線索，也找到殺人現場的目擊者。根據目擊者的證詞，HK律師事務所的韓世奎律師嫌疑最大。
治秀　　！！
秀賢　　請允許我們傳喚韓世奎律師。
治秀　　……對方可是HK律師事務所，沒有確切的證據，是不可能傳喚調查的。
秀賢　　……有證據。

治秀愣了愣，海英也吃驚的看著秀賢。秀賢從信封裡取出卡帶遞過去。Zoom In卡帶特寫。

S／39　　　　D，病房（秀賢的回憶）

接 S 37。大家看向正惠。

秀賢　　　妳説有證據是什麼意思？
正惠　　　之前在整理多惠的東西時，無意間發現的。

- Insert，過去，多惠的公寓套房。
  正惠把多惠的東西一一放進箱子裡，發現被子旁放著的
  卡帶隨身聽，拿起來一看，裡面還裝著卡帶。
- 回到病房。

正惠　　　我怕拿出來會被人發現多惠還活著，所以沒對任何人説
　　　　　過。
秀賢　　　卡帶裡錄了什麼？
正惠　　　……那天發生的所有事情……

S／40　　　　D，長期懸案專案組

治秀和專案組成員圍坐在桌前，用電腦播放錄音檔。

多惠(聲音)　沒事的，哭出來就舒服多了。兩年了，第一次哭出來。
　　　　　昨天夜裡，我偷偷跑來想看看我們的劇場還在不在。它
　　　　　還在……

S／41　　　　N，過去，多惠的公寓套房

床頭只開著檯燈，多惠和智喜躺在床上。智喜睡著了，
多惠拿著隨身聽在讀劇本。

多惠　　　兩年了，我第一次哭了出來……沒想到心裡舒服多了，
　　　　　原本像迷霧一樣什麼也看不見的，如今卻清晰可見。
　　　　　（越來越睏）你瞧，我現在已經不哭了。

－ 過一段時間。多惠睡著了，卡帶隨身聽還亮著紅燈一直
　在轉動。這時，睡著的智喜翻了個身，覺得太亮把檯燈
　關掉了，屋內暗下來。
－ 過一段時間。睡著的多惠感到口渴，慢慢起身走到冰
　箱，取出水倒在杯子裡，關上冰箱門時，聽到玄關門喀
　啦喀啦作響。多惠疑惑這是什麼聲音？自己聽錯了嗎？
　只見世奎打開門慢慢走進來。卡帶隨身聽依舊亮著紅燈
　運轉著。

S／42　　　　N，現在，長期懸案專案組

治秀、秀賢、海英、偕哲和憲基都集中在錄音檔上。只
聽見男人的腳步聲，被子沙沙作響的聲音，接著傳來智
喜掙扎著發出「呃！呃！」的呻吟……治秀的眼神越來
越僵硬。

S／43　　　　N，高級日式餐廳

桌上擺放著高級料理，接上個鏡頭傳出的掙扎聲與智喜
最後的呻吟聲，其間摻雜年輕世奎的聲音。

世奎(聲音)　　（憤怒）妳竟敢……動我的東西……

智喜的反抗漸漸減弱，接著是打開抽屜和衣櫃翻找東西
的聲音，到這裡錄音檔就結束了。畫面移動，范洙、世
奎和治秀在日式餐廳裡面對面而坐。

治秀　　　　……就到這裡。
世奎　　　　（表情僵硬）這錄音在專案組手上？
治秀　　　　是。

世奎很生氣，拿起酒杯一飲而盡，然後放下酒杯。范洙

恭敬的倒酒給比自己年輕許多的世奎。

范洙　　您不必擔心，我會盡快處理，不會讓專案組查下去的。可以讓監查官室內查專案組，也可以轉給其他部門，方法有很多。

世奎　　（不屑的笑，冷眼看著）那這錄音證據呢？

范洙　　不必太在意，都過了20年，沒有屍體、案發現場也不存在了，這種證物是不存在效力的。

世奎　　（諷刺）局長連自由心證都不知道吧？證物的證明力是由法官判斷的。局長是法官嗎？

范洙　　這案子不會到審判的，我會好好處理，不會給您添麻煩。

世奎　　目擊者呢？（看向治秀）叫什麼？

治秀　　叫金智喜的女人。

范洙　　目擊者的證詞也不能算是情況證據，專案組想要的……

世奎　　喂！

范洙　　（愣住）

世奎　　證明證據和證詞沒有效力那不是警察能做到的事，而是像我這樣的律師該做的事。都是你管不住下屬，才會把事情鬧到這個地步，還有什麼好說的？

S ／44　　D，廣域搜查隊大樓外景

S ／45　　D，長期懸案專案組

海英和偕哲在桌前相對而坐。

偕哲　　我就說查五大洋嘛！反正啊，人倒霉連喝水也會嗆到，嫌犯偏偏不是別人，就是韓世奎。

海英　　還有時間。

偕哲　　他瘋了嗎？還跑來這？

海英　　韓世奎性格衝動，喜歡感情用事，是個自卑感很強的傢伙。他絕不會容忍自己輸給別人。

偕哲	哎喲，你還真厲害呀，乾脆鋪張蓆子坐在地上算命吧。

這時，憲基急忙走進專案組。

憲基	來了！

海英和偕哲回頭看向憲基。

偕哲	該不會是……
憲基	嗯，HK律師事務所的韓世奎律師來了。

S／46　　　D，調查室外，走廊

海英、偕哲和憲基快步走在調查室外的走廊。透過調查室的玻璃，可以看到世奎坐在桌前。和昨天完全不同，表情十分從容。

海英	……好……上鉤了。

S／47　　　D，街道某處／車內

開車的秀賢正與海英講電話。

海英 (聲音)	韓世奎接受傳喚了。
秀賢	（眼神一亮）知道了。
海英 (聲音)	目擊者呢？
秀賢	快到了。

透過正面的擋風玻璃可以看到前面的建築，是蓮美醫院。

S／48　　　　D，病房

多惠換上外出服坐在輪椅上，顯得十分緊張。正惠擔心的望著多惠。

S／49　　　　D，調查室

海英和世奎隔桌相對而坐。

海英　　　韓世奎先生。
世奎　　　（看著）
海英　　　您有權不回答全部或個別的問題。即便您不回答任何問題也不會對您造成不利。您拒絕行使緘默權，進行的陳述將成為呈堂證供。您在接受問話時可以要求律師在場，可以接受律師的協助。（看著世奎）這些您都聽懂了嗎？
世奎　　　（笑著）聽懂了。

S／50　　　　D，調查室隔壁的觀察室

治秀透過玻璃觀察著調查室。這時，范洙開門進來。治秀形式上的點點頭。范洙透過玻璃看向調查室。

范洙　　　開始了？
治秀　　　是。

S／51　　　　D，調查室

海英　　　1995年，眉江河塘發現的溺死者申多惠，認識吧？
世奎　　　認識。
海英　　　申多惠溺死案於95年以自殺結案，但不久前有目擊者指出申多惠是遭到他殺，那位目擊者稱在申多惠的住處，親眼看到你殺害了申多惠。

世奎	那不是事實。
海英	現在要播放的是申多惠遇害當天，推測是在申多惠的住處錄下的錄音證據。

海英按下事前準備好、存在桌上筆電裡的錄音檔，以多惠的聲音開始，之後是玄關的開門聲、腳步聲、被子沙沙作響，像是勒住人脖子的聲音，女人反抗的聲音，世奎的聲音。「妳竟敢動我的東西」，接著反抗聲漸漸減弱，再來是翻抽屜的聲音。海英按下停止鍵。

海英	這個錄音檔裡的聲音，是您本人吧？
世奎	（看著）是。
海英	那麼……您承認殺害申多惠了？
世奎	我只承認那是我的聲音，並沒有承認我殺人。剛才你也說了，推測這是在申多惠家裡錄的。
海英	（看著）
世奎	雖然不知道這證據是從哪來的，但你能證明這是20年前，在申多惠家裡找到的證物嗎？

海英靜靜看著世奎。世奎露出從容的笑。

S／52　　N，高級日式餐廳（世奎的回憶）

接S43，世奎看著范洙。

范洙	總之，專案組想要的是您的供詞，千萬不能接受傳喚。
世奎	不，既然他們這麼想，那就順從他們的心願。一群廢物也想動我？我就堂堂正正去證明自己的清白！那個叫朴海英的兔崽子，我要告他濫用職權、名譽毀損，踩得他不得翻身。
范洙	（遲疑）
世奎	我去做我律師該做的事情，局長你就做些警察該做的事吧。

范洙	（看著）
世奎	不是有目擊者嗎？這種小事也要我一一操心？
范洙	（看著）是，我會好好處理的。

范洙看著世奎。

S／53　　　D，病房外走廊／病房

秀賢和護士一起走在走廊上，打開多惠病房的門，卻不見多惠，只有正惠在整理床鋪。

秀賢	您妹妹呢？
正惠	（詫異）剛才和護士一起出去了……說您在一樓等……
秀賢	護士？
正惠	第一次見到的護士，是個男的……
護士	（搖頭）男的？奇怪了，我們病房沒有男護士啊……

秀賢的眼神僵住。

S／54　　　D，醫院，電梯

坐著輪椅的多惠上了電梯，推著輪椅的男護士按下B3。

多惠	嗯？……不是說車刑警在一樓等我們嗎？

但男人沒有回答，也沒有任何表情。

S／55　　　D，CCTV監控室

秀賢破門而入。職員嚇得看過來，秀賢出示警證。

秀賢	（快速掃視十幾個CCTV畫面）首爾廳來辦案的，在找一名患者。

跟隨秀賢的視線快速掃過CCTV畫面，尋找著醫院到處移動的輪椅和移動病床。某個畫面定格，是搭乘電梯的多惠和男護士。

秀賢　　　這是哪裡？
職員　　　8號機。地下三樓的停車場。

S／56　　　D，醫院某處／緊急出口樓梯／地下3樓停車場入口

－　秀賢快速跑在緊急出口的樓梯裡。
－　推開地下3樓的緊急出口門，秀賢從走廊跑向停車場轉角時，忽然停住。只見輪椅倒在走廊地上。同時一個黑影向秀賢撲過來。

S／57　　　D，調查室

海英面無表情，注視從容不迫的世奎。

世奎　　　這樣就結束了？還有要調查的嗎？
海英　　　（看著）是。
世奎　　　（遲疑的看著）
海英　　　可以證明。
世奎　　　……（海英的反應出乎意料，不由自主的）什麼？
海英　　　這個錄音。我可以證明這個錄音是20年前、在申多惠家裡找到的證物。
世奎　　　（不安，但不相信）那……怎麼可能？
海英　　　還沒有播完。

世奎面對這出乎意料的狀況，表情徹底僵住。

S／58　　　D，調查室隔壁的觀察室

范洙和治秀的眼神也僵住。

范洙　　　　　　怎麼回事？

S／59　　　　D，調查室

海英　　　　　　聽到剛才那段錄音時，我們也沒有信心可以證明。但幸
　　　　　　　　運的是，後面留下了線索，證明這就是申多惠的家。

　　　　　　　　海英再次按下剛剛暫停的錄音檔，繼續傳來翻抽屜的聲
　　　　　　　　音。世奎僵著臉、聽著錄音。

S／60　　　　N，過去，多惠的公寓套房

　　　　　　　　翻抽屜的世奎。（接S 34）發現化妝檯抽屜裡的項鍊盒
　　　　　　　　子。他生怕被人發現，快速打開盒子確認項鍊，接著收
　　　　　　　　好盒子。轉身時，躲在冰箱旁顫抖的多惠偷看世奎，好
　　　　　　　　像就要與轉身的世奎視線相對了，多惠嚇得不自覺發出
　　　　　　　　「呃」一聲。多惠摀住自己的嘴巴，世奎覺得不對勁，
　　　　　　　　回頭看過去，這時外面傳來「碰碰碰」的敲門聲。世奎
　　　　　　　　嚇得定住。外面傳來聲音。

閔成(聲音)　　　多惠！是我，閔成……多惠啊！在家的話就回答我！

　　　　　　　　世奎屏住呼吸等待著。外面見沒人回應，門外的腳步聲
　　　　　　　　遠去。世奎又等了一會兒，感到更加焦急，快速用被子
　　　　　　　　裹住智喜的屍體，裝進行李箱裡。

S／61　　　　D，現在，調查室

　　　　　　　　伴隨被子沙沙作響的聲音，清楚傳來世奎焦急的聲音。

過去的世奎　　　怎麼塞不進去啊。
(聲音)

　　　　　　　　世奎眼神顫抖。稍後傳來拖行李箱的聲音，開玄關門的

聲音，接著是一陣寂靜。

海英　　　剛才敲門的人是申多惠的未婚夫金閔成，我們已經取得
　　　　　那天晚上他去過申多惠家的證詞。
世奎　　　（不知所措）這是什麼……怎麼可能……
海英　　　怎麼？跟您之前聽到的不一樣嗎？奇怪了……調查資料
　　　　　不可能外洩的啊……

海英的視線看向與調查室相連的鏡子。

S／62　　　D，調查室隔壁的觀察室

范洙和治秀望著調查室。這時，范洙的手機響了。

范洙　　　（確認打來的號碼後）怎麼樣了……（皺眉）什麼？

S／63　　　D，調查室

海英　　　雖然不知道您聽的是什麼版本，但這才是原版。這卷錄
　　　　　音帶可以證明，錄音的場所就是在申多惠的家中。
世奎　　　那又怎樣？
海英　　　現在……輪到證明你在那裡做過什麼了。

這時，傳來敲門聲，憲基開門走進來。海英朝憲基微微
點頭，憲基拉著門好讓後面的人進來。從敞開的門進來
的，是推著輪椅的秀賢和坐在輪椅上的多惠。多惠與世
奎視線相對，世奎像是見到鬼似的大吃一驚，猛的從椅
子上站起來，眼神顫抖，身體不由自主的向後退。

世奎　　　妳……！妳怎麼……！

秀賢看著世奎，模樣像是剛大打出手過，臉上帶著傷口。

- Insert

  接 S 56，地下停車場入口。看到輪椅的瞬間，男護士撲向秀賢。秀賢雖然被撲倒在地，但仍極力反擊。兩人一陣拳打腳踢。衝入地下停車場的秀賢看到前面停著一輛休旅車，多惠正拍打著車窗玻璃。秀賢剛要跑過去，男護士再次撲上來，雖然秀賢立刻反擊，但她與男人的力量相差太懸殊。在一陣打鬥中，秀賢抓起滅火器砸向男人的後腦。趁男人尚未做出反應，秀賢拚命跑向車子、跳上駕駛座，發動插著鑰匙的車。男人立刻追趕，但還差一步，車子就出發了。男人漸漸落在後面，車子安全開出停車場，秀賢和多惠這才鬆一口氣。
- 回到調查室，渾身顫抖的世奎看著多惠。

世奎	（快要崩潰）妳……明明死了啊……是我殺死妳的……
多惠	不……你殺死的是智喜。

海英慢慢走近世奎。

海英　　謝謝，你自己親口承認了殺人……這次可在事前告知了緘默權和律師辯護權，所以你的陳述充分具有法律效力。

世奎渾身顫抖。

世奎　　你們現在是想怎樣！想幹嘛！（陷入崩潰狀態，抓起椅子要砸海英）你這兔崽子，算什麼東西，你算老幾？！

世奎失去理性，抓起桌上的筆電摔到地上，接著掀起桌子，又舉起一把椅子要砸向多惠，秀賢上前制伏世奎，給他銬上手銬。

秀賢　　韓世奎，你以破壞公物罪、公務妨礙罪、侮辱罪、暴行罪、監禁未遂，還有……1995年發生的金智喜被殺案的兇手被逮捕。你有權保持緘默，並可以行使律師辯護權。

世奎無法接受眼前的現實，失去理智。

世奎　　　你們、你們這麼對我……以為能沒事嗎？我要殺了你們，
　　　　　殺了你們！

S／64　　　D，調查室外走廊

一路喊著「我要殺了你們」的世奎被巡警押送前往拘留
所。秀賢、海英和多惠看著世奎被押走。

－　Insert
　　第七集，S 25

材韓　　　犯了法，就算有錢有勢，也該讓他受到應有的懲罰啊！
　　　　　這才是我們警察該做的事啊！

－　畫面回來。
　　韓世奎終於受到法律制裁。海英注視著韓世奎應有的下
　　場。

S／65　　　D，醫院走廊

秀賢推著多惠的輪椅，海英跟在後面。要轉到病房前的
走廊時，秀賢突然停下來。前面站著焦急等候的閔成。
兩人目光相對，閔成難以置信的朝多惠邁開步伐。秀賢
和海英為了不打擾兩人重逢，退後了幾步。閔成走到多
惠面前，跪了下來，欲言又止，只能伸手握住多惠的
手。兩人雙手緊握，多惠這才流下強忍已久的眼淚……
閔成給了多惠一個溫暖的擁抱。秀賢望著兩人重逢，在
她的眼神之中。

－　Insert
　　第一集，S 11，振陽警局辦公室，在與材韓說話的過去

的秀賢。

秀賢	（看著）那個，前輩……那天我說的話……
材韓	這個週末應該能解決。
秀賢	（看著）嗯？
材韓	等都結束以後，到時候再說。

材韓把自己要說的話講完，逕自大步走了出去。秀賢嘴角露出淡淡的微笑。

– 回到醫院走廊，回想起與材韓的最後一面，秀賢的眼神顯得落寞。秀賢轉身漸漸走遠，海英望著走遠的秀賢。

S／66　　　D，病房

多惠躺在病房床上，與坐在一旁的秀賢、海英講話。不見正惠和閔成的人影。

多惠	鑽石項鍊？
海英	是的，韓世奎不惜殺人也要拿回那條項鍊的理由是什麼？
多惠	……那項鍊的盒子裡藏著一個磁碟片，我猜是因為那個磁碟片。
海英	磁碟片？

– Insert
第七集，S 38。銀樓。
老闆發現磁碟片，多惠看了看，裝進包包裡。
– 畫面回來。

海英	磁碟片裡有什麼內容？您看了嗎？
多惠	沒有，那時候還不會用電腦。
海英	那個磁碟片，還在您手上嗎？
多惠	沒有……很早以前就給警察了。

海英	警察？
多惠	我去智喜家找護照時，警察打了電話來。

S／67　　　D，過去，鄉下小城市街道某處

材韓在小鎮街上的某處公用電話亭裡打電話，手上的紙條寫著「青雲市兩津洞28號，金智喜041-588-4905」。「嘟嚕嚕－嘟嚕嚕－」撥通的聲音一直響著……忽然對方接起電話。

多惠(聲音)	……喂。
材韓	我是首爾廳刑機隊的李材韓。請問是金智喜嗎？
多惠(聲音)	……有什麼……事？
材韓	（以為是智喜）您認識申多惠吧？請問申多惠有請妳替她保管什麼物品嗎？像是磁碟片之類的東西。
多惠(聲音)	沒有，沒有那種東西。

電話掛斷了，材韓「喂、喂」了幾聲，掛斷再打過去，就沒人接聽了。材韓再次確認智喜的地址。

S／68　　　D，過去，智喜家門前

材韓確認著矮小獨戶住宅的地址，大門旁掛著的門牌號「兩津洞28號」。材韓又確認了筆記本上的地址後，邊敲門邊喊：「有人嗎？」但裡面沒人回應。

S／69　　　Montage

- 材韓拿出智喜的證件照，給街上小店鋪的阿婆看。

阿婆	這幾天都沒見人影。

- 住在附近的大嬸們聚在一起聊天。材韓很自然的參與其

中，拿出智喜的照片。這時，在一旁有個看到在向大嬸們打探的材韓，立刻躲進巷子裡的一雙腳，鏡頭Tilt Up，是感到害怕的多惠。

S／70   D，現在，病房

接S 66，多惠與海英在談話。

海英   還記得那位警察的名字嗎……
多惠   我只記得他在刑機隊，別的就想不起來了。當時我把磁碟片寄到了刑機隊。
海英   寄到刑機隊？
多惠   是的，我怕拿著那磁碟片，他會一直找上門……所以到郵局把它寄去了。

S／71   D，過去，刑警機動隊辦公室

刑警們進進出出的辦公室，不見材韓人影。材韓的辦公桌上放著一堆掛號信，其中一個信封上寫著「首爾廳刑警機動隊　李材韓收」，沒有留下寄信人的訊息。一隻手伸進畫面裡，一一確認材韓的掛號信，是范洙。秀賢從遠處經過，瞄了一眼范洙。

S／72   D，過去，刑警機動隊隊長室

材韓板著臉破門而入，只見不認識的人與范洙相對而坐。范洙手上拿著磁碟片，前面擺著被撕開的信封，寫著「首爾廳刑警機動隊　李材韓收」。

材韓   （看到范洙手上拿著磁碟片，火冒三丈）哪來的小偷，真是膽大包天，竟敢偷到滿屋子都是刑警的機動隊來？
范洙   （不動聲色）你來得正好。打個招呼，中央地檢特殊一組的調查官。

材韓望著坐在范洙面前的調查官。調查官1從口袋裡取出名片遞給材韓。？

調查官1	中央地檢特殊一組吳承俊。我們在調查與振陽新都市開發有關的貪汙案時，收到你們找到關鍵證據的消息。那張磁碟片是如何入手的？
材韓	……（懷疑的看著調查官與范洙）
范洙	還愣在這裡幹嘛？趕快去檢察那邊協助調查。這是你辛苦找到的線索，也是你該領功的時候了。

材韓很好奇范洙的舉動，但實在想不透范洙心裡到底在打什麼算盤。

S／73　　　D，過去，住宅巷子某處

清晨。中產階級聚集的住宅區，一條靜謐小巷內。范洙正要上班，穿好衣服走出來。他撿起腳下的報紙看著頭版新聞「世江建設貪汙」「漢陽大橋豆腐渣施工，賄賂資金」「世江建設社長被捕」……范洙看著報紙露出一絲冷笑，朝自己的車走去。這時，一陣轟鳴聲傳來，巷尾開來一輛汽車，衝著范洙直踩油門。范洙嚇得往後退，跌倒在地，開過去的車踩下剎車，駕駛開門走下來，是板著臉、走向范洙的材韓。

范洙	你想幹什麼？！
材韓	我還想問你想要什麼花招呢！我明明聽說張英哲議員、才新日報、漢陽集團都與這案子有關……貪得最多的傢伙竟然都安然無事？世江建設貪汙？
范洙	（噗哧一笑）不知道你在說什麼，那張磁碟片裡只有世江建設的資料而已。
材韓	（像要吃掉范洙似的靠前）不只那些，分明是你把其餘資料刪掉了，像條狗一樣朝主人搖尾巴！

－ Insert

范洙的辦公室。電腦畫面上出現的張英哲議員政治資金、漢陽集團和才新日報行賄紀錄等資料，范洙一一刪除。

－ 畫面回來，范洙露出笑容，看著材韓。

范洙　　　所以？被狗咬了一口的滋味如何？一下子清醒了吧？
材韓　　　（眼裡充滿怒火）
范洙　　　看不下去就走人啊，我也不需要你這種傢伙。

范洙轉身朝自己的車走去。

材韓　　　從巡警幹起，年紀輕輕就做到機動隊隊長……還真是會排隊。
范洙　　　（慢慢轉身）
材韓　　　（看了看房子）哇，房子真是不錯，在市面上得多少錢啊？那麼點薪水怎麼買得起這麼好的房子？

范洙的眼神漸漸冰冷，材韓也不認輸的回瞪范洙。

材韓　　　我不會走的。在抓住那個往警察臉上抹黑的王八蛋前，打死我也不會離開。是我贏，還是那個王八蛋贏，咱們走著瞧！

說完，材韓上車，一踩油門消失了。范洙冷冷看著材韓消失的背影。

S／74　　　N，現在，搜查局長室

一個物體快速閃過，從治秀的腦袋旁掠過、撞在牆上，摔得四分五裂，是范洙丟出去的玻璃菸灰缸。治秀一動不動站在那裡，怒氣沖天的范洙瞪著治秀。

范洙　　　專案組那群兔崽子在背地裡調查的時候，你都幹什麼去

	了？故意給我好看是吧？
治秀	對不起。
范洙	別忘了，你個仁州鄉下的鄉巴佬能有今天，都是我一手 提拔的。
治秀	……
范洙	朴海英呢？有沒有可疑的地方？

治秀眼神猶豫。

- Insert
  第七集，S 26，把對講機丟進編織袋裡的海英。
  第七集，S 27，從編織袋裡取出對講機的治秀。
- 畫面回來。

治秀	……（看著范洙，緩緩開口）沒有，沒有特別的事情。
范洙	要是發現那兔崽子嗅到了李材韓案子的味道，就必須馬 上剷除。那案子的真相要是揭發出來，最麻煩的人可是 你自己……心裡有數吧？

治秀眼神游移，感到心虛。

S／74-1　　　N，辣炒雞排店外景

S／75　　　　N，辣炒雞排店

店裡響起偕哲豪放的笑聲。辣炒雞排配燒酒，秀賢、海
英、偕哲和憲基正在聚餐中。

偕哲	（模仿世奎的聲音）妳……死了啊……是被我殺死的啊…… （模仿多惠的聲音）不……你殺死的是智喜。哈！竟然錯 過了經典場面，看來我們真的是精英啊！不但破了京畿 南部案，這次還把大韓民國司法界的皇太子韓世奎也抓 住了。

憲基	當然、當然，來，喝一杯吧！
秀賢	我不喝了，韓世奎的案子還得整理資料，交到檢察那邊⋯⋯
偕哲	唉，幹嘛啊，真掃興⋯⋯組長得留下來給組員提振士氣啊！
秀賢	要提振士氣，不是還有前輩在嘛，大家多吃點，早點回去休息。

秀賢正要起身，海英看到滿臉是傷的秀賢，站起來把秀賢強制拉回位子上。

海英	我回去整理報告，妳多吃點再回來，臉上也記得塗點藥⋯⋯

沒來得及阻止，海英就拿起包包走出去。偕哲、憲基和秀賢看著海英的背影。

偕哲	朴海英這小子⋯⋯人不錯嘛。

S／76　　　N，長期懸案專案組

海英回到下班後空無一人的辦公室，坐在自己的位子打開電腦，牆上的錶正走向11點23分。到了11點23分，某處傳來隱隱約約的「吱吱吱」對講機雜音。海英遲疑，納悶這是什麼聲音？是自己聽錯了？但是，隨後傳來了材韓的聲音。

材韓(聲音)	朴海英警衛。是我，李材韓。

海英十分驚愕。到底是哪裡傳出的聲音？海英環視辦公室，尋找聲音的源頭。

S／77　　　N，廣域搜查隊大樓走廊

治秀走在昏暗的走廊上，忽然停下腳步，望著窗戶上映照出的自己。在治秀的畫面之中。

S／78   N，過去，2000 年，荒山某處（治秀的回憶）

第二集，S 39，荒山某處，材韓流著血。

材韓   （朝對講機）請絕對不要放棄，過去是可以改變的。

這時，後面傳來沙沙聲響、有人靠近的腳步聲。材韓把對
講機藏到身後，慢慢轉頭，看向有人靠近的方向。材韓
像是已經預測到走來的人是誰，與望著自己的人對望。
那人慢慢舉起手槍，放在扳機上的手指在顫抖，最終還
是「砰」的扣下扳機……坐在地上的材韓歪斜著倒向一
邊。這時，對講機滾下山坡。手槍冒著白煙，握著手
槍、注視著倒在地上的材韓，正是眼睛充滿血絲的治秀。

S／79   N，現在，廣域搜查隊大樓走廊

畫面與黑暗窗戶反射出的現在的治秀重疊。

S／80   N，廣域搜查隊辦公室

隨著材韓不停發出「朴海英警衛」的聲音，海英焦急的
四處尋找。海英走到廣域搜查1股辦公室時，材韓的聲
音越來越清楚了。

S／81   N，廣域搜查隊走廊

治秀逐漸走近廣域搜查隊辦公室。

S／82   N，廣域搜查隊辦公室

海英走近一張辦公桌，材韓的聲音越來越響亮。「朴海
英警衛？」海英慢慢拉開抽屜，裡面放著對講機。海
英難以置信的慢慢取出對講機，這才看到位置上的名牌

「廣域1股長安治秀」。

海英 　　　這個怎麼……

說著，對講機的信號不知不覺斷了。海英表情混亂，鏡頭
移動，治秀安靜的站在海英身後，面無表情的盯著海英。

治秀 　　　……朴海英。

海英下意識轉過身去，治秀眼神冰冷的看著海英。與表
情慌亂的海英畫面交錯。

第八集　終

導讀與推薦

資深劇迷／Mogu（「蘑菇娛樂」版主）

突破戀愛掛帥的韓劇型態

　　從 2000 年開始看韓劇的我，深深認為 2010 年是韓劇內容革命的元年。2010 年之前，所有在亞洲大紅的韓劇，主因都是帥哥美女演員搭配華麗場景包裝，帶給觀眾一波波視覺饗宴。真要談論劇情，大多是人們熟悉的韓劇公式套路：高富帥男主角跟平凡女談著只有電視上才會發生的戀愛。

　　然而從 2010 年開始，韓劇在選題創意上與決心發展的速度與氣勢，讓每年的熱播題材五花八門，從外星人、穿越、前世今生到各式各樣類型劇，不只劇情完成度高，甚至跳脫以往被詬病的哭哭啼啼愛情劇，幾乎媲美節奏快速的美劇，而其中最成功的，莫過於刑偵懸疑推理類型劇的飛躍進步。在這類型編劇中，擁有自己風格、進入市場後又引領同類題材不斷出現的，我第一個想到、也必須感謝的莫過於金銀姬編劇。

堅持自己風格的編劇之路

　　金銀姬於 2010 年推出第一部作品前，我看的懸疑推理韓劇大都是披著類似場景（警察局、法院、醫院）跟角色設定的皮，骨子裡往往還是戀愛劇。推理辦案只是編劇讓男女主角談情說愛的工具，因此身為觀眾，還是只能把這類劇看作愛情劇，若想認真推理案件邏輯，只會敗興而歸。

　　這樣的無奈，直到第一次看金銀姬的作品才有被救贖的感覺。記得我在 2012 年第一次看了《幽靈》（2012 年韓國首播），就感受到我的韓劇世界被開啟了新視野的震撼。看過上百部韓劇的我，第一次看到如此扎實撰寫一部純推理辦案的燒腦系韓劇，沒有硬兜的愛情線。在那次觀劇過程中，感受到金銀姬安排劇情推進的仔細，無論是人物設定到案件該有的專業知識，連每件案情帶給社會大眾何種好、壞影響，都在劇本中完整呈現，深刻感受編劇為報答螢幕前觀眾投資時間看劇的誠意，我也從此成為金銀姬編劇的忠實

觀眾，不但補看她先前的作品，之後的每部劇也絕不錯過。

推理劇並非容易收視率討好的類型，但金銀姬讓人佩服的是，她從第一部正式作品開始就只寫推理劇。《信號》是她的第四部正式作品，在觀賞這部劇時，很訝異也很開心看到一個好編劇該有的成長。她把自己在前三部作品累積的推理編排經驗去蕪存菁後，穿針引線的說故事手法更加純熟，且每一集的節奏安排也更顯俐落。

不只懸疑，更探討人性，賦予作品生命

《信號》與金銀姬以往作品比起來，最大的進步莫過於大幅加入人性剖析及反思。韓劇一直以來最迷人的特色是擅長書寫人與人之間的各種關係，但在《信號》之前，鮮少有一部劇能從犯罪推理切入，深入探討人性。

而《信號》最值得推薦之處，在於追求正義、不放棄希望的樂觀力量。雖然真心認為金銀姬筆下的主角們都好辛苦，但為了追求正確的答案，總是不放棄，不斷抽絲剝繭的往真相邁進，並在種種考驗中點出犯罪背後更該面對的社會問題，不應只是找到真相後就畫下句點。在現今社會中，比起不斷攀升的犯罪率，更可怕的是對於犯罪議題越來越冷漠的我們，那怕只有一點點，若能在這劇本中感受到金銀姬透過《信號》所傳遞的堅持及渴望散發的溫度，都能讓這世界變得更加溫暖，我是如此深信。

《韓國人和你想的不一樣》作者／太咪

　　我非常喜愛《信號》這部韓劇，無論是內容、演技或拍攝手法，精采程度直逼電影。而編劇金銀姬在撰寫劇本時，更從韓國真實發生過的懸案取材，讓劇情看起來更具真實性，令人悚然。接下來就來告訴大家，在劇中幾個重大案件的原型（以下文中提及真實案件中的韓文姓名皆為音譯）。

金有真誘拐案 vs. 朴娜莉誘拐案（박초롱초롱빛나리 유괴 살인 사건）

　　1997年，發生了一起韓國家喻戶曉的誘拐殺人案，1997年8月30日，當時27歲、懷孕8個月的女子全賢珠（전현주），在首爾蠶院洞的英文補習班前誘拐了當時只有國小二年級的朴娜莉（박나리），朴娜莉全名其實為「박초롱초롱빛나리」，具晶瑩發光的含意，因名字太長且特殊，因此取其簡稱為朴娜莉。

　　全賢珠成功帶走朴娜莉後，當天晚上用公共電話向她的父母打了3通電話，要求2千萬韓圜贖金（約新臺幣60萬）。誘拐後隔天，全賢珠在明洞某咖啡廳內向朴娜莉的父母要求贖金時，警方追蹤訊號找到那間咖啡店。當時店內有12名女性、1名男性，但警方僅簡單詢問後就釋放了所有人。

　　勒索電話錄音被警方公開，全賢珠的爸爸聽到錄音，於9月11日向警方舉發，說女兒在案發隔天9月1日後就不見蹤影。警方最後在案發14天後，於一間旅館內逮到全賢珠。但朴娜莉小妹妹在被誘拐當晚，全賢珠打完第一通勒索電話後就被下了安眠藥，然後被勒斃。

　　全賢珠受過良好教育，也很有教養，但在該年2月結婚後因為花了很多錢，欠下約3千萬韓圜債務，因此才誘拐朴娜莉、勒索贖金。被捕後，全賢珠被檢方求處死刑，後來判無期徒刑，目前仍在服刑中。

　　在以前的年代，很多人會給孩子取很長的特殊名字，但在此案件發生後，父母們為了避免受人注目，都盡量不幫孩子取這樣的

名字。

京畿南部連續殺人案 vs. 華城連續殺人案（화성 연쇄살인 사건）

1986年9月19日，在京畿道華城市泰安邑安寧里發現一名71歲女性的屍體，這就是韓國最知名懸案「華城連續殺人案」的開端。

從1986年到1991年一共發生9起案件、共10名女性遭到殺害，案發地點都在泰安邑半徑2公里範圍內。被害人年齡層不一，且遭到不同方式被性侵殺害。其中4具遺體被發現時，陰部有受損情況，在被害人體內或案發現場都有發現精液、頭髮或菸頭等物品。

這是韓國第一件連續殺人案，一開始只被當作個別的殺人案，但隨著調查更深入，受害者繼續出現，才被列為連續殺人案，受到全國關注。當時一共動員180萬名警察，調查超過3千名嫌犯，其中第8起案件，因犯人的體毛在現場被發現，之後被證實與此連續殺人案無關。

華城連續殺人案在2006年時，因為超過15年的公訴時效，最終以未結懸案告終。韓劇《岬童夷》、電影《殺人回憶》等也曾以這起事件為背景。韓劇《隧道》中的連續殺人案也被推測是以這起案件為原型而製作的連續劇。

大盜案 vs. 大盜趙世亨（대도 조세형 사건）

大盜趙世亨（조세형）因只盜取富人或有權者而被稱為大盜。1982年他被捕時，警方在他家發現共5.75克拉碎鑽及紅寶石戒指、卡地亞手錶等贓物。之後他入獄服刑15年，於1998年11月出獄，出獄後積極參與宗教活動。

2000年他到日本參與宗教活動時，又在當地竊盜，被日本警察逮捕，在日本被判刑3年6個月，期間獲得減刑，於2004年回到韓國。回到韓國後，趙世亨仍不改其行，於2013年在瑞草區偷竊被捕，2015年出獄後5個月又再度犯案，當時被捕的他已年近80。

漢陽大橋崩塌事件 vs. 聖水大橋崩塌事件（성수대교 붕괴사건）

1979年10月竣工的聖水大橋，在1994年10月21日上午崩塌，

因為這起事故造成 49 名駕駛、行人墜落橋下，其中 32 人死亡、17 人受傷。意外發生後，負責建造大橋的公司東亞建設公開道歉，更導致當時的國務總理李英德（이영덕）下台，首爾市長李元宗（이원종）也遭到解職。

紅院洞連續殺人案 vs. 新亭洞連續殺人案（신정동 연쇄살인사건）

2005 年 6 月與 11 月，在首爾陽川區新亭洞有 2 名女性遭到殘忍殺害。第一名女性年約 30 歲，在 6 月 6 日被綁架後，隔天於某住宅區垃圾桶內被發現，她上半身與下半身的屍體分別裝在兩個垃圾袋中，死因為頸部壓迫造成窒息死亡。在她的下體裡發現塞有兩個衛生棉及衛生紙，內褲是捲起來的，疑似被脫下後再拉上，胸前則有齒痕。警方懷疑是性侵殺害，但體內沒找到任何精液，因此無法掌握兇手特徵。

第二名女性是 40 多歲女性，在 11 月 20 日出門後就無音訊，她最後在新亭站的手扶梯被監視器拍到。她的遺體一樣被棄置在垃圾桶，以地墊及多層塑膠袋包裹，還纏有很多電線。死因一樣是勒斃，肋骨有骨折現象，應曾受到暴行。她被發現的地點與第一位女性相距只有 1.8 公里，衣服上沾有黴菌，警方判斷應曾待過地下室。

2006 年 5 月 31 日，第三位女性搭計程車要去木洞跟朋友碰面，但因為沒注意而開過頭，改在新亭站下車。在步行前往木洞的路上被犯人以刀子抵住肋骨挾持，雖然她大聲呼救，但犯人跟路人說女友喝醉了，因此沒有路人幫助她。

她被拖到新亭洞一個半地下房間，裡面還有另一個被推測為共犯的男性。她趁犯人上廁所時逃跑，卻往樓上逃而非往大門外。她躲在其他住戶的鞋櫃後沒有被發現，最後跑到附近的學校打電話給男友求救，才平安脫困。

在這之後，犯人可能覺得有被抓的危險，就沒有再犯案了。

仁州女高中生事件 vs. 密陽集體性侵事件
（밀양 지역 고교생의 여중생 집단 성폭행 사건）

2004 年，慶南密陽一帶發生了 44 名（也有些新聞寫 41 名）高中生集體性侵女學生的事件，所有加害者均為 1986 年生，當時已滿 18 歲。後來又有媒體稱共有 75 名加害人，不過後來都沒有針對

這些加害人進一步調查。據稱其中許多加害學生的家長為公務員、市議員。

被害人為當時在蔚山讀國中的 13、14 歲崔氏姐妹以及表姐盧氏，另外還有一名國中生與一名高中生。加害者性侵這些女學生長達 1 年時間，並用手機拍照藉以威脅她們。

這起案件在調查過程中出現很多狀況，警方不知是否受到加害者家屬施壓，竟對被害少女說出：「密陽的水都被妳們弄髒了」、「應該是妳們先勾引的吧」等歧視言論。被害人要求由女警調查也被拒絕，個資還被警方公開。加害者及家屬更毫無反省之意，最後加害學生的刑期似乎也沒有很長，讓當時許多民眾都非常氣憤。此事件暴露出韓國社會對女性諸多歧視問題，韓國電影《青春勿語》也是以此事件為主題。

韓國的許多影視作品、節目都常以真實案件當作題材，進行各種不同改編，例如 SBS 於 1992 年開播的 節目《The Its Know》就會重新演繹並深入探討各種案件，很多案件也因為他們的節目才重新浮上檯面，引起大眾關注，甚至發生過觀眾要求重啟調查的情況。

我覺得這些影視作品並不是想讓大家獵奇或造成心理陰影，而是提醒民眾更關心這些社會案件，不讓世界太過冷漠。在《信號》之前、之後都一直有這樣子的韓劇題材，就是讓大眾關注社會議題的方式之一。我想《信號》的原著劇本不僅會讓喜歡《信號》的朋友再次回味這齣好戲，更能反思平常被我們忽略的社會議題。

專欄作家／艾利斯

「只有徹底糾正錯誤，才能改變過去，進而改變未來。」這是李材韓最後一段對白，也總結了 2016 年那一部讓我們對劇情著迷與熱衷討論的《信號》。

用人情溫度處理冷門題材

一齣好的戲劇需要演員、導演和編劇三方的共同協力才能激盪出燦爛火花，進而吸引觀眾的矚目。做為戲劇主體的骨架，劇本構成了一部戲劇的個性，演員透過劇本給予的想像空間形塑角色，而這次換觀眾透過劇本，貼近編劇的異想世界。

做為一部懸疑刑偵劇，《信號》在題材的選擇上是冷門的，尤其當中的主軸又透過一部能跨越時空對話的對講機，這樣的奇幻內容讓觀眾對劇情充滿好奇，也挑戰觀眾的接受度，因此，要維持熱度甚至向上提升，需要的是能說服人的劇情鋪陳，而在金銀姬編劇用兩年時間進行取材與撰寫，當中的細膩也體現了編劇在訪問時所提到她寫劇本的堅持──「不用腦袋，而是用雙腳」。單憑想像所撰寫的劇情常常與現實產生悖論，只有實際的走訪與觀察後，所獲得的資訊才是最真實的，應用在劇情中也讓人更能產生共感。

影視作品足以影響社會發展

此外，《信號》也可說是打開了近年韓劇發揮警政題材的開關，在過去一年多來，幾乎每個時段都可以看到以法官、檢察官和警官為題材的影視作品。每部作品的製作動機其實都大同小異的希望能藉此喚醒大眾對社會的關懷，因此選擇領域陌生的題材，希望給予觀眾更多思考空間。這也呼應了金銀姬編劇在寫《信號》時所抱持的中心思想：「希望懸案不會被遺忘」。

《信號》從劇情一開始討論了公訴時效後，接著加入過去十年來就不斷被翻拍成影視作品的南韓著名未結懸案，如以華城連續殺人事件為主軸的電視劇《岬童夷》、以聖水大橋坍塌事件為雛型的

《恐怖直播》與柳永哲連續殺人事件的《追擊者》，以及依密陽性暴力事件為本的《青春勿語》。把這些灰暗人性的真實事件融合在同一部作品當中，描述處理上不以血腥暴力為呈現主軸，反而是基於希望能激起民眾對事件的討論為目的，讓觀眾有著滲血卻不痛的怵目驚心感，也更令人記憶深刻。

而要說電視劇的影響力，其實更遠超於電影和綜藝節目，即使後兩者在近年對社會法案的影響立下了重要的里程碑，如電影《熔爐》促成通過了對性暴力犯罪處罰特別法部分修訂法案；綜藝節目《無限挑戰》在「國民議員」特輯提出的《兒童虐待罪處罰法》，已在真實國會通過並進入修法程序，在在顯示出影視作品是能夠影響大家的生活環境。而電視劇因播出時間比前述兩者來得長，接觸的觀眾層面廣、收視門檻低，在播出過程中，透過觀眾對劇情的回饋不斷發酵和口碑行銷的效果，都讓《信號》的長尾效應比其他電視劇影響深遠。

不同於影像的文字穿透力

近年來，韓劇不斷更新製作題材，也相對升級了觀眾的觀看品味，原著劇本保留了編劇對角色的原始設定與未播出的片段描述，我也試著拿原著劇本、開著電視劇來回的對照閱讀、觀看，更是發現文字的穿透力與影像的動態呈現，能給予完全不同的劇情體驗。劇本所呈現的對白，賦予觀眾更寬廣的想像空間，同時也保留在影視作品中所無法感受到的文字溫度。希望大家可以透過劇本，除了品味與感受劇情，也從中品味與觀察演員演繹角色的方式，讓一部優秀的作品可以有不同層面的理解和感受。

編劇、作家／周紘立

　　《信號》幾乎是部零負評的「神劇」，網上滿是推推推。身為一個創作者，我時常哀嘆無劇可追，拋出這 Signal 後，識與不識的臉友動之以情，「慫恿」我去看《信號》，整串留言樓幾乎要讓人懷疑是電視臺的廣告。收服所有人心的戲難之又難，當晚我馬上看了第一集，從此花了兩天時間看完全劇，轉身去臉書推薦這部戲。

　　看電影或電視劇，在開頭前 15 分鐘就能揣測是好是壞，所以，我經常「棄劇」。然而，《信號》從頭到尾——故事將要說完前，依舊掛著懸念——堅持精良至最後一個畫面。這樣品質上等的戲，支撐故事的劇本，更令人想一窺究竟。

　　劇本和小說不同，劇本理應安份守己，簡潔俐落，透過動作、對白推演劇情；小說在先天上，作者是上帝，無論動用的是何種視角說故事，都意圖讓讀者走向預設的結局。縱使二者皆憑藉無數「事件」來「有戲可唱」，然小說講究文字經營，段落裡都有作者的影子。編劇則要旁觀，讓角色自由發揮，什麼人說什麼話，動作指示也要乾淨。於是，我特別鍾愛劇本。因為你大可以把主角想像成喜歡的人或明星，「想像」是最原始的天賦，無需成本，只要開始閱讀，燒錢、爆破、搞特效，都在腦中呈現，非常經濟實惠，順便拾回逐漸被磨鈍的想像力。

　　戲劇普遍被認為起緣於古希臘的羊人舞，戴著羊面具歌頌酒神戴歐尼修斯（Dionysus），感恩植物神賜予今年農作豐收，酒量狂歡的躁動，卻是真實的人性。中、西方對「巫」的狂熱孕育了戲劇的雛形。文類分流之後，劇本成為邊緣人，小說、散文、詩歌百花齊放，唯獨劇本被束諸高閣——天曉得，它才是最貼近市井小民生活概況的「側記」！如前文所說，「想像」離現代人太遠了，嚴禁飛往外太空的 N 種方式，導致我們只能安穩如常的走在地球表面。

　　編劇金銀姬的《信號》便是一條擦亮匱乏想像的捷徑。在閱讀這部劇本時，你會不自禁的被她纖細靈敏的背景描述打動，恍若置

身彼處；今昔場景的調度不著痕跡，隨著她建構的經緯順利航行，不會因雙主軸而困頓停滯。尤其她神乎其技的準確、貼合每個角色理應會說的話語、性格，使人物躍然紙上，這是基礎，也是能耐。根據採訪，為了這齣戲她足足花了兩年時間，除了蒐集韓國懸案史料，我想，在琢磨「人」上必定下過苦功。所以劇本不單是視覺的，更是奇幻的腹語術。

我最欣賞的是編劇立基現實的翻案功德。假使是夢境般的天馬行空，《信號》不會獲得好評，它的美德在於從人性的醜陋中開出花，衣冠楚楚的政治家，為搏上位機關算盡，粉飾自己站在鎂光燈前；貌似無害的掌權者，卻是整齣戲 16 集中，各個事件最終指向的淵藪。觀眾在追劇時安撫了心靈，同時盼望司法能勿枉勿縱，修正重大案件的闕漏，例如：過了法律追訴期，罪犯漂白一身乾淨。

作品優劣，我認為在於看完戲之後，你心中是否有什麼被觸動了。這頓悟，由情感延伸至思考，如果它無法帶給你這樣深刻的思辨，情緒終究會淡，追劇或讀劇的時光等同浪費，幸虧《信號》不在此歸類。

《信號》雖是韓劇，但劇本成就令人震撼，因為你會在字裡行間找到自己，投射對美好生活的嚮往：現在的黑暗只是等待天亮。

金鐘編劇、文化大學戲劇系副教授／陳世杰

收到厚厚的《信號》原著劇本書，很慶幸自己還沒看電視劇。因為忙碌與耐性不夠，我始終不是追劇一族。雖然自己也寫連續劇，卻常常買了 DVD、看看前兩集做個參考，就將之束之高閣。即使在網路盛行的時代，看見同行好友在社群網站如何盛讚某某劇集，最多也只是點開連結，略窺一二，包括這齣叫好叫座的《信號》。

大概是職業病的關係，身為一個出身劇場的影視編劇，我比較喜歡先閱讀文本。我一直很好奇這些文字創作在被影像化之前，是怎麼描述畫面、塑造角色、鋪排情節。可惜，市面上原著小說好找，原創劇本卻很少，尤其是連續劇，除非你是劇組相關人員，否則一般觀眾很難一睹劇本的廬山真面目。我自己也曾面臨即使想出版劇本集，卻因銷量與版權的緣故而無法付諸實現的窘況。

現在有了這套原著劇本，我終於可以先享受閱讀、觀摩，再與拍攝成品仔細逐一對照的樂趣了。同理，看過劇集的你，當然也可透過閱讀，穿越時空，追溯文字與影像之間相輔相成或彼此辯證的過程——就像劇中的朴海英與李材韓一樣。

將基本元素推展得更完整

《信號》與近幾年轟動的韓劇，大多採用「高概念」（High-concept pitch）的製作策略：俐落好記的劇名、符合角色的華麗卡司、簡單扼要的主旨和情節、強大又接連不斷且符合市場商機的戲劇衝突……以這些普世化的吸引力探索各式各樣的主題。而劇中角色追求的更是一個看得到、摸得到的目標（visible goal），讓觀眾因懸疑而產生好奇，願意跟隨主角努力克服重重障礙，展開一場又一場情緒高低起伏的獨特旅程。

《信號》的主要賣點「穿越」並非原創，撇開類似《回到未來》（Back to the Future）系列、《蝴蝶效應》（The Butterfly Effect），主角錯置時空，因而改變歷史或人生的基本元素，2000 年的好萊塢電影《黑洞頻率》（Frequency），即是描述因大自然的神奇力量，

使身處現代的兒子與昔日年輕的父親，在無線電跨越時空產生連結的奇特狀況下進行對話，不但相互影響彼此的生活與決定，更因此改變往後的一生，甚至促使父子和解的科幻電影。

以我個人的推測，《信號》應該有受到這部電影啟發，進而推展成更具推理元素的連續劇，以朴海英童年的傷痛與記憶及李材韓的生死之謎為主軸，巧妙串連出這橫跨數十年的數件懸案。角色性格與事件發展緊緊相扣，雖有若干巧合之處，卻依然合乎邏輯，讓這齣雖具有單元性的連續劇，依然使觀眾願意在前一案件破案後，繼續欲罷不能的往下追看、尋求真相，又可在過程中窺探與猜測這些人物、案件在宿命上的關聯，編劇金銀姬在劇本結構上的功力，可見一斑。

體現劇作終極目標——人性

然而，「穿越」只是一種講故事的手段，藝術創作的功能不僅是娛樂與抒懷，追求宇宙的公理和正義，更是諸多戲劇作品的終極目標，特別是推理辦案的類型劇。那潛藏在鮮血、白骨與詭計之下的是更多關於慾望仇恨、社會階級與道德法律之間的詭譎辯證，不但藉由追查結果彰顯善惡，更在探討案件過程中，那關乎人性幽微且不可言傳的灰色地帶。《信號》不但寫出本格推理的奧妙暢快，更對國家、司法和歷史的絕對性，做了一番徹底的追索與針砭。

善宇	（微笑）海英好奇的事情那麼多，以後肯定會成為好人。
海英	為什麼？
善宇	因為你很關心這個世界。

這是身為罪犯側寫師的警察海英，在幼年時與哥哥善宇的一段對話。那時，善宇便已精準側寫出我們主角的良善性格。

人是複雜的動物，因為良善，我們對彼此存在包容與理解；因為慾望，我們追逐所求或排除異己；我們不時在罪愆與道德間擺盪、掙扎。但也因為好奇，所以我們閱讀、欣賞別人的創作，讓自己在作者的情感與理智所產生的結晶裡，仔細品味對照，繼續關心這個世界，試著成為好人。

這也是為什麼你即使已經看過影像作品，現在仍願意打開這套《信號》原著劇本的緣故了。

透過一個老舊對講機，讓朴海英意外聯繫上 15 年前的李材韓刑警，跨越 15 年的時差，共同解決過去到現在都無法偵破的長期懸案。

刑偵類型劇向來不是容易撰寫的劇本，《信號》之所以成為經典，就在於能將露出端倪的線索一一釐清，節奏明快的敘明與案件的關聯，並留下令人想一再探究的懸念，屏息期待下一集劇情的反轉。

金銀姬編劇不僅描繪冷硬的社會案件，也適當融入細膩的感情線，將三個主角內心的遺憾與彼此的情誼，共同凝聚成一股正向的意志貫穿全劇：「只要不放棄，就有希望」。

——資深劇迷／Resolver（「你今天 re 劇了嗎？」版主）

金銀姬作家的脈絡嚴謹且文筆細膩，原著劇本的精采度絲毫不輸螢幕上的呈現，角色神情跟語氣躍然紙上。隨著主角們鍥而不捨的精神和劇情的神推展，幾度讓我瞬間起雞皮疙瘩，讀著讀著，就不知不覺再度進入了《信號》的世界！

這不只是推理緝凶、將惡人繩之以法的故事，更重要的是，當人越加脆弱，也會更加堅強，正義的信念讓人在黑暗中看見曙光，改變未來！

——資深劇迷／王喵（「不看戲會死」版主）

忠實呈現原句的《信號》原著劇本，不僅是 2016 年的韓劇神作，更說出一個永不過期的刑警戀愛故事，他愛的不只是並肩作戰的菜鳥女警，更愛著無法捨棄的正義，讓《信號》超越單純的韓劇娛樂界限，融入未結懸案中被遺忘的靈魂與心痛。在每一次看似變態驚悚的個案中，提醒你我以溫柔對待周遭的人們。

假如你從未理解何以韓劇能引領亞洲風潮，假如你以為驚心動

魄就是刑事案件的最高境界，假如你沒想過看連續劇還能反思社會現況，假如你，會被追求社會公平而吐露的字句撼動──《信號》原著劇本，你不能錯過！

──資深劇迷／貝爾達（「貝爾達日韓范特西」版主）

《信號》是近年來最好的韓國刑偵劇，既有社會寫實面上對案件的懸疑推理，也有藉由人的意志與情感推力，創造機會彌補種種缺憾的浪漫情懷。本劇無論在商業娛樂性與深刻的人物刻畫上，都表現相當出色，即便閱讀劇本都是欲罷不能的享受！

──編劇／吳洛纓

《信號》是我這幾年最喜歡的韓劇，完全折服於編劇的才華，不只是懸念轉折，就連人物情感的掌控也十分到位。如果你喜歡《信號》，那更應該讀一讀金銀姬編劇的文字劇本！

──《天黑請閉眼》導演／柯貞年

對於資淺編劇如我，選擇一部優秀的作品，在觀賞後，跟著回放影像或憑藉記憶，寫出它的劇本，然後與原劇本對照，將原劇本與影像互相參照，這個方法為我帶來莫大收穫。影像並非複誦劇本，劇本實為影像帶來一個迷人的計畫，擁有兩者，便能測知自己適合打造與保留多少空間給導演、表演及其他參與的創作者。《信號》的人物性格描寫與故事糾葛，實在棒極了！而且說起來，做為編劇就是得像朴海英，永遠樂觀的抱著那支對講機啊。

──《天黑請閉眼》編劇／傅凱羚

它幾乎改變了整個韓劇的歷史！單看劇本，你會懷疑自己根本是在看一部真實的電影，尤其人物刻劃極為用心，每個人性格上的缺陷無可避免的讓故事交織成一幅細膩的地獄繪卷。

在那裡，黑暗面與光明面並存，角色們為懸而未決的案件糾結

掙扎，每當案情稍微綻露曙光，又被無情推向另一個深淵，閱讀時不禁為他們死命追緝的拚搏過程捏把冷汗，毫無冷場的情節推演，縝密的思路布局，充滿懸念和刺激，讓你不由自主代入角色心境，無論是受害者或刑偵人員，大家都不願放棄最後一絲希望，相信兇嫌終能繩之以法。贏得讀者共鳴，讓心臟緊張到快要跳出來的劇本，幸好有這樣的作品，讓那些不安的魂魄得以被拯救。

——荒野夢二手書店主人／銀色快手

　　韓劇類型故事精彩絕倫的背後，有著非常厲害的編劇，他們能在情節、人物和懸疑感間彼此兼顧，高超技巧有如魔術般引人好奇。《信號》原著劇本比電視劇更好看，同時也揭開一個優秀劇本的真實面目。

——偵探書屋探長／譚端

信號Signal：原著劇本／金銀姬 著；胡椒筒 譯. -- 初版. – 臺北市：時報文化， 2018.1；面 ；14.8 ×
21 公分. -- （STORY；016-017）

ISBN 978-957-13-7256-3（上冊：平裝）
　　978-957-13-7257-0（下冊：平裝）
　　978-957-13-7283-9（全套：平裝）

862.5   10602314

ISBN 978-957-13-7256-3

Printed in Taiwan

STORY 016

信號Signal：原著劇本【上】

시그널 – 김은희 대본집 1

作者　金銀姬｜譯者　胡椒筒｜主編　陳信宏｜編輯　尹蘊雯｜執行企劃　曾俊凱｜封面設計　朱陳毅
Bert Design｜總編輯　李采洪｜發行人　趙政岷｜出版者　時報文化出版企業股份有限公司　10803 台
北市和平西路三段240號3樓　發行專線─02-2306-6842　讀者服務專線─0800-231-705‧(02)2304-
7103　讀者服務傳真─(02)2304-6858　郵撥─19344724 時報文化出版公司　信箱─台北郵政79~99
信箱　時報悅讀網─www.readingtimes.com.tw　電子郵件信箱─newlife@readingtimes.com.tw　時報出
版愛讀者─www.facebook.com/readingtimes.2｜法律顧問　理律法律事務所　陳長文律師、李念祖律
師｜印刷　勁達印刷有限公司｜初版一刷　2018年1月19日｜定價　新台幣450元｜（缺頁或破損的
書，請寄回更換）